公元787年,唐封疆大吏马总集诸子精华,编著成《意林》一书6卷,流传至今
意林: 始于公元787年,距今1200余年

意林轻文库

青春最美,梦想出发
中国式好看轻小说优鲜品牌

绘梦古风系列 016

散财皇妃

之臻 ◎ 著

北方妇女儿童出版社
·长春·

版权所有　侵权必究

图书在版编目（CIP）数据

散财皇妃 / 之臻著. -- 长春：北方妇女儿童出版社，2017.8
（意林・轻文库. 绘梦古风系列）
ISBN 978-7-5585-1378-7

Ⅰ.①散… Ⅱ.①之… Ⅲ.①长篇小说 - 中国 - 当代
Ⅳ.①I247.5

中国版本图书馆CIP数据核字(2017)第161209号

散财皇妃
SANCAI HUANGFEI

出 版 人	刘　刚
总 策 划	阿　朱
特约策划	师晓晔
执行策划	张　星
责任编辑	吴　强　王　婷　孟健伊
图书统筹	朱　颜
特约编辑	曹爱云
绘　　图	卫　衞
书籍装帧	胡静梅
美术编辑	兰博文
开　　本	700mm×1000mm　1/16
字　　数	350千字
印　　张	13.5
版　　次	2017年8月第1版
印　　次	2017年8月第1次印刷
印　　刷	北京市兆成印刷有限责任公司
出　　版	北方妇女儿童出版社
发　　行	北方妇女儿童出版社
地　　址	长春市人民大街4646号
	邮编：130021
电　　话	0431-85678573
定　　价	24.80元

版权所有　侵权必究

如发现印装质量问题，请与印务部联系退换，电话：010-51908584

第一章
皇帝特别穷　001

第二章
秀女突遭贼　021

第三章
皇位不好坐　047

第四章
治安不太好　065

第五章
将军一根筋　083

第六章
人多很口杂　105

第七章
皇妃不想当　129

第八章
江山不太稳　151

第九章
皇妃散千金　169

第十章
太傅逗成王　185

第十一章
散财名传世　205

第一章

皇帝特別窮

一个月前，京城最热闹的锦绣街上，新开了一家名叫"福满楼"的当铺，装潢格调高雅，面阔两间。据说当铺的老板出手阔绰，后台强硬，以高于行业水平的价格，收罗了一堆宝贝，瞬间成为变卖家财的首选之处。

这一天，当铺的里间，坐着一个容貌姣美、年方十五的少女——戚悦。她穿着藕荷色的交领襦裙，梳着双螺髻，看起来就像一个不谙世事的少女。没有人知道，她便是这家当铺的幕后老板。

眼下正值盛夏，暑气正旺，屋内略显闷热。她把袖子卷上了一点儿，露出一截皓腕，皓腕上戴着一对精致小巧的金镯子，更衬得肌肤欺霜晒雪。她正一心两用，思索着当铺要如何扩张，就听到外面掌柜蒋小九和客人讨价还价的声音。

什么？蒋小九要花五百两把一个古董花瓶买下来？

戚悦惊得算盘都拨错了。

蒋小九是识货的，从前管着戚家的古董店，抠门到家了。现在，他的语气中竟然还带着几分急切，生怕客人反悔。

该不会是刚到京城，就被乱花迷了眼，老实巴交的蒋小九让人给诓了吧？

戚悦抬眼，透过木窗栅往外看了一下。不看不知道，一看吓一跳。

眼看着外面就要一手交钱一手交货了，她当即打开门，从里头走了出来，指着那个细颈敞口玉瓶，道："别买，这个花瓶分明一文不值！"

少女脆生生的声音响起时，那个客人当即不耐烦地皱起了眉。少女不过十五岁的模样，圆圆的脸蛋嫩得像是能掐出水来，一看就是富贵人家养出来的只会撒娇的千金。他倨傲地说道："哪里来的丫头片子在这里信口雌黄？我家祖传的宝物，你竟然说一文不值？"

就连旁边的蒋掌柜也坐不住了，在戚悦的耳边小声地说："我认真看过了，肯定不是赝品，这色泽和镂空工艺都是万里挑一的。"他这样说着，目光还在那个玉春瓶上流连不舍，生怕这桩生意被自家小姐搅浑了。

戚悦依然气定神闲，说道："这桩生意我们不做，您请吧。"

客人听到这话，走到了戚悦的面前，撸起袖子，冷笑道："小姑娘，坏别人的买卖是损阴德的事情。想挑事就直说，大爷我奉陪。"

客人身材高大，肌肉虬结，带着浓浓的压迫感。

戚悦被吓得倒退一步，躲到蒋掌柜的背后，指着客人道："兄台，有话好好说！光天化日，朗朗乾坤之下，难不成你要一言不合就打人？"

那人本来快要抡起的拳头，却突然放了下来。戚悦原以为是自己的话起了作用，这人还有所顾忌，却听到一个清透的男声从客人背后传来。

"如风，别冲动，我们要和这位姑娘讲道理。"

说话的是一个少年，戴着黑色的兜帽，看起来神神秘秘的，站在大块头客人的后面不远处。刚刚戚悦的注意力被之前的客人转移了，倒没有注意到他。

少年沉声道："姑娘说这个花瓶一文不值，可有依据？不是我自夸，这个花瓶是顶级工匠所制，出去卖五千两都有人哄抢。姑娘有眼无珠，嫌五百两太贵就直说，何必故意贬低宝贝呢？"

蒋掌柜身宽体胖，戚悦躲在他的背后特别有安全感，胆子又壮了起来。她冷哼一声，道："我本来不想揭穿你们，你们硬要逼我拿出证据。五千两都能遭人哄抢，为什么却愿意五百两贱卖给当铺？我来告诉你，因为这是宫廷之物，所以你们才不敢公开售卖，只能拣着我们这样新开的软柿子捏。我们拿在手里，要是不知情，糊里糊涂地挂出来售卖，指不定就要被官府发现治罪了！真是害人不浅！"

见他们不吭声，戚悦就知道自己猜对了。她底气越发足了起来，说："好啊，你们倒卖宫廷之物，还这样有恃无恐，就不怕我们报官吗？威风个什么劲儿，瞧你们这样……"

戚悦顿了顿，又上上下下地打量了他们一遍，道："应该不是太监，太监的声音比较尖细，难道是……"

戚悦惊恐地睁大了眼，吐出四个字："江洋大盗？"

见那个叫如风的大块头又要拔刀相向，戚悦眼尖地瞅到外面捕快一晃而过的身影，就装模作样地喊了起来："捕快大人，这里有江洋大盗，快过来抓人啊！"

"我们若真的是江洋大盗，定要杀你于无声息之中。"少年见情势不对，冲着侍从使了一个眼色，甩下一句狠话之后，就匆匆地离开。

过了一会儿，捕快才姗姗来迟，懒洋洋地问道："大盗在哪里呢？"

蒋掌柜赔笑道："这不他会飞檐走壁跑了嘛。"说着又给捕快塞了块银子，"以后我们这片地段，可要劳烦捕快大人多多关照了。"

捕快掂了掂银子，笑道："一定一定，本是分内之事。"

等到捕快走后，戚悦对蒋掌柜说："以后价格太高的物品，你掂量着买。皇城脚下，倒卖宫中宝物的人多了。我们来京城还没几日，大家都盯着呢，指不定就是同行想故意陷害我们。到时候我们挂出宝贝，就会被人举报，官府就要上门了。"

蒋掌柜一副受教的模样，看向戚悦的眼神带着几分敬意："小姐您是怎么知道这是宫中之物的呢？"

戚悦眨了眨眼，用了金句："你猜。"

她才不会告诉蒋掌柜，自家老宅里有一间屋子，里面藏着无数的古董。她爹每隔一段时间就要进去，把那些老古董一件一件地擦个遍，还扬扬自得地说这些都是御赐之物。戚悦自然知道自家老爹的底细，从自己出生以来，他就没有离开过戚县一步，哪来这么多御赐之物？肯定是暗地里花钱让人去偷偷买下的宫中流出来的宝物。对此，她向来嗤之以鼻，整天嘲讽老爹，这些都是中看不中用的东西，哪有真金白银在手踏实？

只是没想到，那些御赐之物，让她见识多了还真有点儿用处，这也算是瞎猫碰上死耗子。

戚悦又回味了下少年甩下的狠话，不以为然。

有本事，就追到皇宫里面去找她麻烦！京城戒备森严，她才不相信那两个人有通天的本事呢。不过这时候的戚悦，还没有意识到，话不能说得太满！

戚悦避免了铺子损失一大笔银子，查完了账目，了解当铺目前经营状态良好以后，她估摸着时间，在街上逛了逛。她把买好的东西打包、装好，交给蒋小九，就和大队伍集合，乖巧地回宫了。

没错，就是回宫。

提到这个，戚悦就掬了一把辛酸泪。

她有一个目标，就是当天下第一皇商，即为皇家采办物资，有朝廷罩着、获得种种优先权、各地官绅见到都要礼让三分的商人。

然而，她现在的身份，却是刚刚入住藏秀宫没几天，连出宫都要偷偷上下打点的备选秀女。这一切，都是那个坑女儿的老爹造成的。

大周朝秀女原本是三年一选，全国各地都需呈报十五至十八岁容貌出众、品德优良的未婚女子进宫。经过一番考察和筛选后，确定最终留下充盈后宫的妃子或者赐婚给皇家宗亲的人选。而那些未当选的女子，可以留下当宫女，也可以由官府派人送回原籍。

但因当今皇帝年幼继位，中间有近十年都未选秀。这次是他十六岁即将亲政，为此朝廷才准备大选妃子充盈后宫。此时进宫机会多，获得高位分的可能性也更大，故而许多想要让家族更进一步的人家都铆足了劲儿，想把家中适龄的女儿送进宫去博一个未来。女儿能上位更好，对家族的贡献更大；就算最后落选，当不上皇妃，能在宫里走一趟，也算是镀了一层金，走出门去，腰杆也能比别人直上三分。

戚悦听说自己也成为入宫备选的秀女时，她是抗拒的，为此甚至还一哭二闹，最后绝食。

戚老爹却笑眯眯地说："女儿你确实也该减减肥了。你说那些女子弱柳扶风，细腰慢摇，多好看呀，爹还愁你下不定这个决心。"

戚悦悲愤地吞了一大口米饭，鼓着腮帮子，瞪圆双眼，恼怒地看着嫌弃自己的亲爹。

自家的娃正当十五岁妙龄，生起气来别有一番可爱形态，圆润得如同珠玉剔透，滴溜溜的一双眼冲着你一瞪，感觉心都要酥化了。戚老爹在心里喊着心肝宝贝儿，却狠着心，动之以情，晓之以理，捋着他的长胡子道："女儿你'财'貌双全，被选为秀女是板上钉钉的事，要是落选，岂不就坠了我们戚县的名声？再说，京城有什么？一堆达官显贵，若是同他们交好，沾了光，以后还愁戚家混不上皇商吗？"

戚老爹见自家女儿仍不为所动，依然为胖忧伤的模样，忍不住比了比两根手指，轻咳一声："喀，宝贝乖乖，你爹爹可是花了这个数才帮你拿下个名额的。你……不要辜负！"

"两百两？"戚悦无所谓，"我可以自己赚回来。"

戚老爹继续比着两根手指。

"两千两？"戚悦停顿了一下，看着那两根依然比着的手指，猜测道，"难道是两万两？"

戚老爹沉痛地点了点头。

"你……你竟然花了两万两银子给我买名额？"戚悦处于自己爹爹好败家的震惊中。自家抠门老爹这次竟然这么舍得下血本，能花这么多银子送她进宫？一定是有什么阴谋！

戚悦一阵无言，又一阵恼怒："你不是说我才貌双全吗？为选上这个秀女，还用花费两万两白银？"

"是……'财'貌双全，贝字旁的'财'。"戚老爹低声说道。

戚老爹赶忙补救："秀女讲究贞静贤淑，女儿你虽然丰腴了点儿，但你的容貌还是百里挑一、毋庸置疑的！不过呢，就是这性子莽撞了点儿，这才情……你懂的，层层打点到京城，花个两万两，喀，不足为奇！女儿你万万不要气不过！"

"丰腴？爹，你一定要女儿瘦成竹竿，才不觉得我胖呀！"戚悦不服气道。

"喀，总而言之……"戚老爹看向面部已经消去婴儿肥，如今已经出落得水灵灵的戚悦，轻咳了一声，而后重重地拍了下戚悦的肩，语重心长地说道，"悦儿，戚家的荣耀和复兴，就交给你了！成为皇商后，我们的账上每年会多上几百万两的毛利，你一定要把这些银子连本带利地赚回来！"

就这样，戚悦被自家老爹连哄带夸，想着要赚遍京城达官贵人的黄金白银，就一时心潮澎湃地答应了。然后她带着两个婢女铜钱和元宝，从故乡戚县雄心勃勃地往京城开拔而来。

结果呢，这好处半点儿还没看到，就已经不知道搭进去了多少钱财，用作上下打点了。

戚悦回宫的时候，正好碰到黄莉莉。黄莉莉和她同是商户之女，进宫后一起被分配到藏秀宫东配殿的梧桐阁住。梧桐阁正房三间，旁边各带两间厢房，正房左右两间是她们各自居住的地方，中间是共用的花厅可会客，两间厢房住着各自的丫鬟，也算是邻里关系了。

"悦儿，你今天去哪儿了？怎么都没瞧见你？"黄莉莉顺口问了一句。

戚悦面不改色地说："我今天早晨去叨扰玉木姑姑了。我规矩学得不好，想找玉木姑姑多请教请教，免得在宫内冲撞了贵人。"

黄莉莉点头，一脸钦佩："你真是太勤奋了！我也应该早起的！"

戚悦转过身，吐了吐舌头。

她也不怕黄莉莉去找玉木姑姑问，反正玉木姑姑会帮她遮掩的。

梧桐阁由玉木姑姑主管。玉木姑姑平日里看起来老气横秋，说话也一板一眼的。但有一次，竟被戚悦撞到她在偷吃烧鸡，她吃完了还在院落的泥土里埋鸡骨头，戚悦抓了个正着。玉木姑姑往昔高冷的形象崩塌，贴上了吃货的标签也就罢了，还被戚悦用美食威胁着折下了脊梁骨，答应帮她想出偷溜出宫的办法。

玉木姑姑一本正经地说："出宫很容易，宫里每天早晚都有人出去倒夜香。你到时候混在车里面就能出去了。"

戚悦不敢想象自己和臭烘烘的夜香在一起的样子，坚定地摇摇头："换一个。"

"没有。"

"玲珑糕、四方蜜饯、枣泥糕、叫花鸡……"戚悦念了一堆的食品名,"想吃吗?"

玉木姑姑语速极快地说:"秀女学规矩每五日休息一次,那日你可以跟着藏秀宫去采买物资的人一同出去。小膳房的王福子贪财,你使点儿银子,他什么事都能答应。不过切记,在宫门下钥前你必须回来。"说完,她抹干净嘴角的油光,火速转身离开了这个是非之地。

戚悦眨眨眼睛,转眼就溜进了小膳房,和王福子达成了共识。熬到休沐日,戚悦起了个大早,装作自己的丫鬟,出去给自家小姐买东西,低眉顺眼地跟在王福子身后,一路出宫去了。

大周朝秀女入宫选拔的周期较长,需要经过三个月的审核,通过了才能正式进宫。为显皇家仁厚,每隔十天半个月,也会允许秀女家里捎些东西进来。

而这一天,秀女们都会集中在藏秀宫的前殿,翘首等着内监唱号领取物品。

戚家送来的东西是最后一个送进来的,秀女们本来都要散了,就看到四个人抬着一个大箱子,从门外进来,高喊:"戚秀女家的东西到了。"

"悦儿,你家送进宫的东西,这……这么多呀。"黄莉莉倒抽了一口冷气,对着戚悦小声道。

"还好啦……"戚悦谦虚地说道。

在宫外,做生意的时候,戚悦锱铢必较,恨不得把一个铜钱掰成两个赚,眼里都冒着精明的光。

在宫内,形成对比的是,她慷慨大方,花钱如流水,仿佛送出去的贵重东西都不值分文。简而言之,就是她有钱她任性。戚悦的脸上总是带着招牌傻笑,看起来人畜无害。虽然不能大张旗鼓地在脸上贴上"我很有钱"四个字,但不妨碍她穿金戴银,脖子上戴了一个金质长命锁不够,手上还左右开弓,各戴三个金手镯,不仔细看,还以为是金铺门口的招财玉女。

这么大一个箱子,如果只她一个人用,是很多。但对于在场的数十位秀女而言,就不多了。她之前出宫,把宫外时兴的脂粉、首饰铺子都逛遍了,才整理出这一大箱子礼物,托人送进来。

戚悦让人把大箱子打开,刹那间,珠光宝气,衣物布料映入眼帘。围在戚悦旁边的秀女们个个眼睛发亮,窃窃私语起来。

黄莉莉和她住在一起，关系还算亲近，平日里对她也有一些照拂。黄莉莉先靠了过来，拿过一个胭脂盒，摩挲着底纹，道："哇，悦儿，这盒胭脂的颜色真好看，是妙妆阁刚出的新品吗？我之前去的时候还没看到呢，竟然还每种颜色都带了一盒，这一盒要好几两银子吧？"

"不知道呢。"戚悦笑道，"我之前写信给父亲，说我在宫里遇到了很多好姐妹，让他帮我张罗一些礼物送给你们。没想到准备了这么多，我还以为准备的会是一些零嘴特产呢！来来，拿着，你们别不好意思啊！我用不了这么多，也没大家好看，用在我身上有点儿暴殄天物了！"

尽管戚悦这么说了，但这些秀女还是比较含蓄的，她们的目光虽黏在礼物上面，可也不好意思真动手去拿。

见她们还是不动，戚悦往她们手里一人塞了一盒胭脂，道："你们要是不动，我就随便给了！到时颜色不喜欢，可别怪我啊！"

"别别别，我们自己挑。"也不知道是谁起了头，胆子大的领着胆子小的，开始挑起了礼物，一边还在对方身上比比画画着，说着奉承话，一边含笑地收着礼物。

"俗气。"一道不和谐的声音响起，一位个子高挑、表情冷淡的人哼笑了一声。

哟，这是遇到世家贵女了啊！

戚悦当然留心到，并不是所有的秀女都对她的礼物表现热切。相反，有的人不为所动，比如丞相的侄女关渔，再比如眼前这位故意出来捣乱的顾千歌。

戚悦对顾千歌的印象可谓深刻。她明明出自诗书世家，父亲是礼部侍郎，据说入宫之前，还是闻名遐迩的才女，但她的为人处世，却半点儿也没让人觉得有礼节。来来去去戚悦也算是对顾千歌笑脸相迎，却偏偏总不得她的笑脸。顾千歌除了对丞相侄女关渔热切外，对其他秀女都是用鼻孔看人。闲暇的时候，她总喜欢写些酸诗，也不知道皇帝喜不喜欢这种类型的女人。

"你说什么呢？"黄莉莉说。

"你又干什么呢？"顾千歌朝这边走了过来，摇曳生姿。

黄莉莉力争道："悦儿妹妹给我们带了礼物，我们收下又怎么了？"

顾千歌嘴角一勾，不屑地笑了："哎呀，我觉得啊，秀女的标准应该要提高下了，怎么什么样的人都能进来啊。"

"你说谁呢？"

"说你呢！"顾千歌语气轻快，毫不顾及黄莉莉的面子，"充满铜臭味的商户女呀，人家挑选礼物是选好看的，你呢，是哪个首饰最贵你挑哪个。哟，一支金簪子不够，还要挑两支。"

黄莉莉望着自己手上抓着的首饰，脸唰地一下白了。她原以为自己做得不露声色，没想到被人抓了个正着，当众打脸。她咬着嘴唇，看着戚悦，十分委屈。

戚悦心里也烦躁，这半路杀出个程咬金，搅浑了她的好事，弄得收礼的人都尴尬了，还拐弯抹角，骂黄莉莉的同时也把自己骂了。这宫里，最大的商户女，可不就是她吗？尽给她搞事来了。

于是，戚悦当着众人的面，从首饰盒里抓起几支金簪，其中一支还带着颗硕大的明珠。她走到顾千歌的面前，出其不意地抓起顾千歌的手，把金簪放在她的手上，眼睛笑成了月牙，看起来憨憨傻傻的。她天真无邪地说："来，顾姐姐，这些金簪子都给你。"

"扑哧！"旁边有人没忍住，笑出了声。

"谁要你的金簪子？你送给那些和你臭味相投的人去吧！"顾千歌的表情呆了呆，而后狠狠地挥了挥手，把金簪子都扫落在地上。

顾千歌的话音刚落，戚悦先冲黄莉莉的身上嗅了下，又伸着鼻子在周围的秀女身上嗅了一圈："臭？不臭呀，我闻着都挺香的。"

最后，戚悦绕到顾千歌的面前，猛地一嗅，然后立马把鼻子捏了起来。而她看起来偏偏憨态可掬，这样的动作做起来又不做作。

一会儿，她蹲下把那些金簪子捡了起来，委屈地看着顾千歌，没说话，像是顾千歌仗势欺人一样。

顾千歌的脸色青了起来，正要发作，就看到之前一直没说话、静静待着的关渔走了过来。

关渔的年纪稍长一些，今年正好十七岁，亭亭玉立，已经出落成了标准的美人，鹅蛋脸，柳叶眉，含笑看着你的时候，让人如沐春风。她笑容可掬地说："千歌，够了。大家都少说两句，姑姑教导我们要静、雅、惠。"

关渔在秀女中间有着举足轻重的地位，她是丞相关海的侄女。关海现在如日中天，说是权倾朝野也不为过，同他沾亲带故的人都惹不得。更何况，关渔还是关家这一辈中唯一的女孩子，将来获封四妃都不在话下。四妃是贵德淑贤四妃，为正一品品阶，在后宫妃嫔中的地位仅次于皇后。宫人们很会看眼色，秀女们虽然对权力还懵懵懂懂，但入宫之前，大多数也被家里人叮嘱过，对关渔要多几分敬重。她一发话，这里就鸦雀无声了。

关渔看了一眼散落在那边的胭脂盒，对戚悦笑道："妙妆阁的胭脂是吧？我在家里的时候也常用，不介意的话，也送我一盒吧。"

关渔笑起来稳重大方，温温柔柔的，三言两语就化解了尴尬。

戚悦点头如捣蒜。

她在心里感叹，这人果然是从贵胄之家出来的，收买人心的本事以后可要多学学。

半夜里，戚悦想着自己花出去的银子正叹着气，忽然听到一阵压抑的啜泣声。她被吓得清醒了，一个激灵从床上爬了起来。

宫女们都在大门外面守着，戚悦不想自己疑神疑鬼地惊扰了她们。她走到前室，那啜泣的声音越来越大。一阵穿堂风吹过，戚悦吓得抖了抖身子，也顺带碰倒了旁边的花瓶，弄出了声响。

哭声稍微歇了歇，戚悦的背后却幽幽地传来一个声音："悦儿……"

戚悦一转身，看到隔壁房间门口站着一位穿着白衣的女子，险些吓得跌倒。借着月光看清楚来人的长相之后，她松了一口大气。

竟然是黄莉莉！半夜三更的……她哭什么啊？

不过戚悦倒也能理解黄莉莉，她的脸面比较薄，被人当众揭短，肯定不好受，现在眼角还挂着泪珠。

戚悦讪讪一笑："你……你继续，我什么也不知道！"

戚悦想假装梦游，然后呆呆地回房间去，却被人扑个正着。黄莉莉正要号啕大哭，被戚悦比了一声嘘："不要惊动了姑姑，有什么话，我们回房间再说。"

黄莉莉唯唯诺诺地点了点头，然后跟着戚悦回房间。

两人窝在一床被子里，黄莉莉哽咽着说："悦儿妹妹，我该怎么办啊？我真的特别想留在宫中，要是被姑姑们知道了今日的事情，也认为我贪财，给我考评的分数打得很低，怎么办啊？"

黄莉莉在顾千歌的眼里不算什么，但在戚悦心里的地位不一般，因她是戚悦入宫结交的第一个朋友，另外，黄莉莉的家里可是皇商！她家里做的是丝绸生意，每年都要为皇家采办大量丝绸。戚家也有丝绸产业，若是自家丝绸能成为贡品，何愁戚家的丝绸价格不涨？

戚悦轻轻地拍着她的背,温声安抚:"没事,姑姑们不会知道的,就算知道了也不会怎么样,那都是我自愿送给你的。"

"我……"黄莉莉哭得打嗝,"悦儿,你觉得我贪财吗?"

"没有啊。"

"我……我也不愿意这样做的,但宫中真的花钱如流水,我家里虽然有点儿钱,可……可是姐妹也多。这次家里送来的东西,看起来多,但都是些不值钱、也不堪花用的东西……你懂的吧,我是真想出人头地。"黄莉莉抽抽噎噎地说,"算了,你应该不懂,你家财万贯,是不会计较这点儿银钱的。"

戚悦把安慰的话憋在了心里。她的目光在扫到之前装着满满当当东西的妆奁盒时,垮下了脸,像蔫了的花儿一样。

她觉得自己的心在滴血。她哪里不在意这点儿银钱了?她可在意了。可是在意有什么用?舍不得孩子套不着狼。她离开戚县的时候,老爹可是追在后头,险些就要跟着她到京城来了,字字句句透露出来的意思都是:女儿啊,我知道你抠。但要成为宫妃进入皇宫,这是个难得的机遇。钱财乃是身外之物,就是用来解决事情的,不是藏着生事的!你一定要在京城做出一番事业来,和人好好相处,让戚家闻名天下!

戚悦被黄莉莉哭得脑仁儿都疼,说:"多大点儿事,不要哭啦,免得明天面容憔悴,还以为真有人欺负你。她让你当众出丑,我们也让她出出丑,不就扯平了?"

黄莉莉怔了一下:"怎么让她出丑?"

戚悦眨了眨眼,微微一笑,道:"看我的。"

黄莉莉说:"你不怕……被姑姑知道吗?"

戚悦答:"你帮我保守秘密就好了。再说,我才不想入宫呢,天南地北、自由自在的生活才适合我。姐姐以后要是当上了皇妃,记得多照拂下我们戚家就好!"

"一定!"黑暗中,黄莉莉的眼睛亮了亮。

隔了两天,顾千歌确实在众人面前出了个大丑。

彼时,姑姑们正为了两个月后中秋晚宴陪王伴驾的名单做初选,在一炷香的时间内,秀女们要保持笑不露齿,双手交握身前,站姿要大方端正。结果还没过一会儿,就看到前方站着的顾千歌"摇曳生姿"起来,起初她还趁着姑姑不注意,轻轻地扭一下身体;到后来,扭动的幅度越来越大,交握的双手也越来越往上靠,在胸前一下一下地抠着。

动静闹得连拿着戒尺的姑姑都没办法忽略了，她眼刀一横，厉声道："顾千歌，你在乱动什么？"

顾千歌马上摆正姿势，但没过一会儿，又扭动起来。

"要是连这会儿工夫都站不住，以后还如何能撑得起后宫的场面？"姑姑道。

"我……"顾千歌羞愤难当，脸憋得通红，也不好意思说出"痒"来。今天不知道为什么，胸口的地方突然瘙痒难耐，她本想忍一忍就过去了。没想到她不过是轻轻抓了一下，身前一大片的皮肤都痒了起来，越是紧张就越痒得厉害，她恨不得把手伸到衣襟里面去挠个畅快。

姑姑见她支支吾吾，说不出所以然来，叹了一口气，转身要走。

顾千歌气急攻心，耳边仿佛全是秀女们嘲笑的嘴脸和她们嘲笑的话："你不是心高气傲的才女吗？瞧瞧你现在在做什么？""顾千歌，你连站姿都站不好，还想入宫，笑话。""连灯会的初选都上不了，我劝你还是回家吧！""痒？痒怎么能出现在完美的你身上？"

她自恃美貌中上，气度非凡，中秋晚宴上一定会大放异彩。现在不仅在众人面前丢了脸，还要失去这个机会！

不……不……不要！

是谁？到底是谁做的？

顾千歌朝四周看了一下，扫过黄莉莉和戚悦，最后落在主事姑姑的身上。眼看着姑姑就要把自己的礼仪分打一个大红叉，顾千歌没忍住，伴随着旁边一声惊呼，身体软软地倒在地上，竟昏了过去。

被顾千歌这么一打断，主事姑姑也没有心思再主持初选了。她看那香也燃烧得差不多了，就宣布初选结束。

黄莉莉有些不放心地拉了拉戚悦的袖子，递了一个探寻的眼神过去。

当着众人的面，黄莉莉不好明问，回到住处的时候，她才像开闸的洪水一句接一句地问："她没事吧？竟然真的出丑了，你好厉害，到底是怎么做到的？"

戚悦摇了摇头，眨巴着眼道："可能是心诚则灵？"还叹气道，"顾才女的身子骨也太弱了些，你以后可不能学她，随随便便就晕倒哦！"

戚悦才不会告诉黄莉莉，的确是自己动的手脚。她从小在乡间长大，身边一起混的都是些机灵的孩子。小时候她身材走样，胖乎乎的，大家都喜欢欺负她。后来她就学会了暗地里使坏，对这种事情自然是熟能生巧，以致后来身边的孩子没有一个能玩得过她。每次她欺负人了，还跑到长辈面前皱个鼻子，乖乖认错，让大家觉得她才是个好孩子。

这次，她是发现顾才女连自己的贴身衣服都要别具一格，绣上一枝绿竹，急中生智，才想了这个法子。她遛弯的时候路过浣衣坊，看到那枝绿竹挂在晾衣服的绳杆上迎风招展，当即把袖中藏着的一个毛桃，拿到顾千歌的衣服上滚了数下，然后找清水把桃子洗了啃掉，又挖坑把桃核埋了。物尽其用，毁尸灭迹。

没想到这效果还是一等一的好，只是把人戏弄得昏过去了，还是让戚悦觉得有些过意不去。

下午，戚悦拉着黄莉莉一起走到顾千歌的屋里去探望，"以德报怨"。

顾千歌看起来十分憔悴，身上传来一阵淡淡的药香，人还有些魂不守舍。

看到戚悦在自己面前嘘寒问暖，也没有从前的针锋相对，反而柔弱示人，她有些为难地说道："本来之前姑姑让我下午送一份东西到南苑去，现在我身体虚弱，恐怕就要耽搁了。悦儿你向来人好，能不能帮我送一下？"

能劳烦顾大才女求人办的事，肯定是急事。南苑顾名思义，位于皇宫的南面。一些年纪大的嬷嬷劳苦了一辈子，太后宽厚，就恩准她们在南苑颐养天年。姑姑让顾千歌送东西到南苑去，也不算是没有道理。

戚悦一直在宫里为塑造好名声努力，加上这次的事情的确是她把顾千歌给耽误的，就二话没说地答应了下来。

顾千歌要戚悦在这里稍作等候，让丫鬟红袖去把该准备的东西准备好，和戚悦一起去。

黄莉莉有点儿不放心，趁着顾千歌没留心，拉拉戚悦的袖子，凑在她的耳边道："悦儿，你要处处小心啊。你说，她该不会让你把东西送到龙潭虎穴去吧？"

戚悦犹疑地说："应该不至于吧……到时候你替我盯着点儿就是，要是我到时间还没回来，你记得帮我去找姑姑。"

顾千歌的婢女红袖一路只从大道上走，戚悦也就不担心对方会把她引到偏僻的地方了。只是走到半途，红袖把沉甸甸的食盒交到戚悦手中，称自己内急，让戚悦在这里等她。

红袖的表情确实痛苦，戚悦也就放她离开了。

然而，戚悦在这里左等右等，也不见人回来，悦才后知后觉地发现，自己是被红袖故意丢在这里了。

戚悦站在原地，四处环顾。

这里距离珍兽苑比较近，如果扯开嗓子吼，还是能叫来人的，但顾千歌她们图的是什么？

她好奇食盒里装的到底是什么，就偷偷地把食盒打开了一条小缝隙，朝里面看。

一打开，就闻到一阵扑鼻而来的香味。

鸡……大鸡腿？

香喷喷的大鸡腿！

这是什么情况？

戚悦正打算把食盒盖上，手在无意间好像触碰到一个毛茸茸的东西。

她定睛一看，不知道什么时候，一个胖嘟嘟的毛团子出现在她的脚边。粉嫩嫩的鼻子朝着食盒嗅，蓝汪汪的眼睛一眨不眨地盯着食盒，肉爪子还时不时地伸起来，扒拉着她的裤腿。

这是哪里来的萌物？戚悦觉得自己的心都快要被萌化了！

她没忍住，伸出手朝毛团子的头顶摸了一把。

小团子的脑袋上长着细细柔柔的胎毛，摸起来的触感简直不要太好，让人有点儿不忍离手。

真想把这个小团子抱起来，乱揉一通！

只是，当掌下的这个毛团子突然咧开嘴，懒懒地打了一个哈欠时，她为什么觉得有点儿眼熟？

等等……这不是白老虎的幼崽吗？虽然她没有见过真正的老虎，但是看过不少画像啊！眼前的白团子看起来一点儿也不凶，才让她没有一眼认出来。但是它脸上的花纹做不了假，额头上还明显有着"王"字纹路呢……

她总算知道顾千歌的意图了！顾千歌故意让婢女把她引到这里来，还把吃食带到这里，指不定就是听到什么风声，想用香喷喷的吃食，诱惑白老虎循香而来。只是这个白团子，怎么会无端端地出现在这里呢？也不知道它背后是否还跟着一只大老虎。

她不会要上演一出虎口逃生吧？皇宫里怎么能放任白老虎随便乱跑呢？万一伤人了可怎么办？虽然这只白老虎只有水桶大小，但毕竟成年后是猛兽，幼年的时候也不会差到哪儿去。

戚悦觉得自己的心都凉了，手下的动作都迟缓了不少，放也不是，收也不是。

她，竟然还在老虎的头上摸毛了？

戚悦毛骨悚然，身体僵硬，寻思着要怎样趁其不备赶快逃跑。

就在这时，背后传来一个男声，略带几分熟悉："怎么，这就怕了吗？在宫外时不是很厉害吗？"

戚悦动作缓慢地转过身，撞上了一道揶揄的目光。

宫外？

她在宫外结仇的只有两个人。

戚悦大惊失色："你是那个江洋大盗？"

那个少年现在并没有戴黑色兜帽，身边也没有侍从。他穿着锦衣玉袍，头戴青玉冠，看起来非富即贵的模样。

他嗤笑了一声，道："我这样像是江洋大盗吗？不过，我倒是好奇，外面做着当铺生意的人，怎么跑到宫里来了？难不成……你是杂耍团的，要来宫中偷老虎？"

戚悦心生警惕，不明白这个人到底想做什么。

不管怎样，他们在宫外可是结了大梁子啊！

少年嘴角挂着轻慢的笑，说："啧，不许动哦，这老虎可凶呢！你别看它小巧，要是暴躁起来，三五个宫人都没有办法制服它。你要是轻举妄动，把它惹毛了，眨眼间就能把你撕成碎片。"

戚悦听到这话，更不敢乱动了，生怕这老虎张嘴，朝着她就这么咬过来。

老虎可不会管她的身份地位呢。

戚悦正紧张着，就听到少年的嗤笑声，心里更是不忿！

这是在笑她前倨后恭呢！

"你是驯兽师？"如今也只有这个理由可以解释少年出现在这里的原因了。老虎很凶，一般的世家子弟也不敢轻易过来吧？

少年不置可否，也没有半点儿要过来帮忙的意思。

戚悦更加生气地说："你你你，不仅倒卖宫中宝物，还想纵虎行凶？"

"哎呀，糟糕，我做的事情都被你知道了，你说该怎么办？"少年似是思索了一会儿，道，"纵虎行凶，是个不错的主意！反正野兽伤人，我救援不及，比倒卖宫中之物的惩罚要来得轻一点儿。何况，大家也都知道，我经常在这片空地遛虎，无人敢

擅闯进来。"

"我……我不行!"戚悦竭力让自己平静下来,"你不过是个小小的驯兽师!若是凶兽,肯……肯定要在珍兽苑里好好待着,不许放出……出来的,你一定是骗我的!"

"珍兽苑那小地方哪里容得下虎大爷。白老虎是皇上的爱宠,身份比你们这些擅闯的宫人高贵多了。我在此遛虎也是他特许的。"少年又道,"哦,你觉得这小老虎咬不死你吗?放心,它要是咬不死你的话,它的母亲就在不远处,到时会出面的。"

少年表情平静,不过他越是平静,戚悦就越是着急。

尤其此刻,小老虎吼叫了一声,也不知道是把她视为盘中餐,还是故意想要和她玩耍,竟然直接朝她大力地扑了上来。

戚悦一个没防备,就被这只小老虎扑倒在地上,身子骨都快要被小老虎压断了。偏偏小老虎还伸出自己粉红的小舌头,朝戚悦的脸上一通乱舔。

她屏住呼吸,闭目装死,可是这小老虎就是在她的脸上舔得开心。

戚悦绝望了。

"你……你不要冲动!少侠有话好好说!"戚悦觉得自己的心脏都快要爆裂了,她赶紧说,"我……我不是宫女,我是备选的秀女。要是真被老虎咬了,你肯定会有一堆麻烦事的!你也不愿意惹麻烦吧?"

戚悦眼巴巴地看着少年。

少年蹲下身,朝这边叫了声小白。戚悦掌下的毛团子拱了拱身体,朝少年那边跑去,屁股还一扭一扭的。等跑到了少年跟前,它用自己的小脑袋不停地蹭着少年的掌心。

戚悦看到毛团子终于走开,压迫感减轻,长长地吐了一口气。果然这人还是害怕麻烦的,秀女这身份还是有点儿用处。

"你……"

戚悦正想说谢谢,就听到少年嗤笑了一声,语气尽是不屑:"牙齿都没长齐的小老虎,你也被吓得腿软。"

戚悦惊魂未定,就看到少年轻轻地掰开了小老虎的嘴巴。

小老虎也没和他客气,亲昵地用秃秃的牙床啃着他的手。

那乳牙尖尖、小小的,说不出的可爱。

原来少年没有坏心,只是想戏弄她而已。小白虎若是真的凶狠,就算有皇上特许，怎么会不拴铁链子就出来？她刚刚心急，竟连老虎的母亲会出来找她麻烦的鬼话也相信了。

戚悦心里的大石头落了下来。对老虎的恐惧感消失，再看到在少年身边打滚、翻肚皮、求抱抱的小老虎，只觉得心痒难耐，但又不敢贸然去摸。

她站起来，讨好地问少年："你能不能让我也摸几下小老虎？我愿意出钱，只要不是太贵！"

"摸一次五百两你也愿意？"少年道。

戚悦咬牙，目光依依不舍地黏在小老虎的身上。

五百两一次，确实好贵。可是这小老虎实在是太可爱了！白花花的肚皮上覆盖着一层短短浅浅的白色绒毛，也不知道摸上去是什么感觉。

过了这个村，就没有这个店了！这好歹也是宫中养的老虎，身价高着呢！

戚悦脸上的表情变幻全落进了少年的眼中，少年的眼里不免带上几分揶揄的笑意。

戚悦最后咬牙，视死如归："我愿意！成交！"

她话音刚落，还没等少年回话，就看到三个穿着官服的人朝这边走来。领头的一个人须发斑白，眼窝凹陷，一看就是常年殚精竭虑的样子。

少年见那人走过来，仍蹲着不动，没有站起来。

戚悦原以为那些人只是路过，没想到却停在少年面前，行礼，叫了他一声："皇上。"

皇上？

戚悦以为自己出现了幻听。

这哪里有皇上？

她的余光掠过只稍微抬了抬头，生生受了来人大礼之后，懒洋洋地叫了一声"关大人"的少年，顿时觉得自己的三观受到了挑战。

这是……皇上？

戚悦觉得自己好像进了个假皇宫。

不是吧？这个少年……是皇帝？传说中顽劣不堪、孺子不可教，也不知道气走多少太傅的少年皇帝——凌盏？

而刚刚她还拿钱砸了皇帝，啊不……之前还和皇帝结下了梁子。

哎呀，不对！真的会有这么穷的皇帝吗？还要出宫典当宝物！这得穷成什么样啊？皇帝再穷，也坐拥天下，还养着一堆人呢！

戚悦连忙跪地，低着头，努力降低自己的存在感。

她到底身份特殊，秀女在宫中不可以乱走动，要是惹出事情，分分钟就要被剥夺名额的。她可不要千里迢迢来皇宫一趟，结果灰溜溜地回去，那简直是太赔本了。

当然，她更不愿意被这个关大人以为她和少年之间发生了什么，从此真的就要"一入宫门深似海，从此出宫是路人"了！

不过，她越想降低自己的存在感，麻烦越找上门来。

关大人虽然冲着凌盏行礼，目光却一直停留在戚悦身上。他虽然老迈，但是眼神却半点儿不浑浊，反而如鹰一般犀利。被他盯着的时候，戚悦就觉得自己像是个猎物。

戚悦忍不住朝凌盏投去一个求助的眼神，心里拼命念叨着："我们是一根绳上的蚂蚱，求你不要揭穿我的身份！"

凌盏似是笑了一下，说："她啊……"他顿了顿，语气满不在乎，"一个宫女而已。"

白虎在旁，还有一个吓得有些腿软，现在看起来还有些花容失色的宫女。这场面怎么看都不是太愉悦，关大人叹了一口气，道："皇上……不要太胡闹了，这白虎虽然温驯，可是皇上到底是万金之躯，要是受伤就不好了。"

关大人的语气，听起来可真是一咏三叹，恨铁不成钢。

"是是是，关大人说得对。"凌盏道，可是他的语气散漫，看样子丝毫没往心里去。

关大人又叹了一口气，然后有些失望地看了凌盏一眼，就同别人离开了。这来来去去的阵仗，看起来倒比少年皇帝还大一点儿。

剩下脸色秒变阴沉的少年和呆若木鸡的少女。

"你……你不会真是皇帝吧？"过了好久，戚悦才反应过来。

凌盏脸上的阴沉很快消失，又恢复了云淡风轻，仿佛刚才只是她看花了眼。

凌盏看着戚悦，朝她伸了伸手。

戚悦不知道他是什么意思。难道他的腿蹲麻了起不来，所以要人扶？

戚悦从善如流地扶住凌盏的手，却被凌盏狠狠地拍开。他的脸色变得十分不自在，说："你……你干什么呢？"

"你才干什么呢？"

"我是跟你要钱呢，不是五百两成交了吗？"凌盏说。

戚悦默然。

她"啧啧"称叹："诚然我摸了你的老虎，但是，身为皇帝，向秀女要钱，还倒卖宫中之物，像话吗？"

凌盏笑了，反驳她："备选秀女在宫外开当铺，趁机偷溜出宫，对我赖账，还出言不逊，像话吗？"

戚悦被逼急了，道："你要是告诉别人，我就把你的事情弄得人尽皆知。"

凌盏淡然地道："你若告诉别人，我就把你那些铺子都没收充公了！"

两人几乎是异口同声地说出威胁，然后彼此转开视线，吹胡子瞪眼。

最后还是戚悦先妥协："喂！既然我们彼此都掌握着对方的把柄，算是扯平了。我们拉钩，彼此守住秘密怎么样？"

戚悦伸出自己的小指头，欲与凌盏拉钩。

凌盏目光轻飘飘地落在那一截胖乎乎的小指上，哼了一声，道："怎么看都是你更合算吧。"

戚悦瞪眼："那你到底同不同意？"

本以为凌盏不会答应，没想到凌盏应了一声："好。"

戚悦立即眉开眼笑。

不过这拉钩的仪式还是要完成的，凌盏不肯拉钩，戚悦就抓起小老虎的毛爪子，趁机偷偷地按了一下粉粉的肉垫，然后和老虎拉了拉钩。虽然老虎注定不能很配合她，但是仪式勉勉强强地还算是完成了："好了，拉钩上吊一百年不许变，互相保守秘密哦！"

凌盏略有些无语地看着戚悦，不过没有阻止她。

末了，戚悦问："你为什么要养小老虎，不怕它伤人吗？"

"要你管！"凌盏又恢复了喜怒无常，冷哼道。

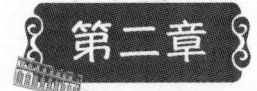

秀女突遭贼

中途闹了这么一出，顾千歌的婢女也没有回来，戚悦就知道自己中计了。顾千歌八成是知道皇帝在宫内养了一只老虎，还是放养的，现在肯定在幸灾乐祸，盼望着她把皇帝给冲撞了呢。

虽然过程有惊无险，但是戚悦在回去的路上，发现自己的发髻有点儿凌乱，身上也沾满了泥土。本来想回到藏秀宫时找个小门溜进去的，结果没想到在半路上，她遇到了一堆穿得花红柳绿的秀女，对着一株盛开的木槿花在吟诗作画。

什么时候卖弄文采不好，偏偏要在这个时候？而且竟然还有一个人眼尖地看到了她，扯着大嗓门，咋咋呼呼地叫："你怎么成这副模样了？"

戚悦的心情有些微妙，顶着众人的目光，她只觉得头痛。

当她看到人群中穿着白衣服，又活跃在众人中的顾千歌时，更觉得不太妙。下一秒果然就听到顾千歌冲着关渔倒打一耙，问："宫里有泥土的地方都很偏僻，她不会跑到不该去的地方了吧？"说完，她又捂着嘴巴笑了一下。

戚悦心里郁闷道：你不开口没有人当你是哑巴。

在座的几位都稍微有点儿才气，关渔也是个聪慧的人。要是随便敷衍过去，指不定又会让人觉得自己商人俗气了。

现如今，商人的地位虽然有所提高，若是能成为皇商，更能赚得盆满钵满，还能领取一份朝廷俸禄。不过那些真正有底蕴的世家子弟，骨子里还是看不起商人的，总觉得商人整天汲汲营营，忙着赚钱，充满了铜臭味，没有一点儿情怀。戚悦想要打入上层圈子，首先要表现出腹有诗书气质来，自己一点儿也不比她们差。眼前不正是一个好机会吗？

戚悦这么想着，总是带笑的脸上露出了忧郁，说："昨晚不是下了一场暴雨吗？我心想着，肯定有许多花朵不堪暴雨摧残，零落成泥，连个归处也没有。就起了心思，学习古人葬花，一抔净土掩埋了它们。本想自己偷偷摸摸完成的，没想到还是被你们看出来了。"

翰林学士的女儿朱笑缘听到这话，就快人快语："我本以为你就是个俗气的商女，还有些看不起你呢。没想到你居然有这样的雅意，倒是我们落了俗套。"说完，朱笑缘走了过来，一点儿也不在意戚悦身上的泥土，近距离地和她说起了话，"我竟然没有想到这一茬，你是在哪儿葬的花啊？现在还有吗？需要我们帮忙吗？"

顾千歌这时候又阴阳怪气地冷哼了一声。这不合时宜的声音虽小，却落入了朱笑缘的耳中。自古文人相轻，朱笑缘不是太看得起顾千歌。在她眼里，才女可以恃才傲物，但不能尖酸刻薄；看不惯不搭理就是，踩低别人，并不能捧高自己。

朱笑缘道："千歌，可是身上又不舒服了？"

顾千歌碰了个软钉子，不再说话。

戚悦暗暗叫苦。那地方子虚乌有，她可找不到呢，赶紧转移话题："门口这边不就有几株凋零的牡丹花吗？我们就不要舍近求远啦。说出来你们别笑话我……我有些路痴，再让我去找原先的地方，估计是找不到了。"

朱笑缘兴致勃勃地说："总觉得一个人背地里葬花才更有意境，要不然你来作两首诗吧？"

戚悦这下头可真大了。她从小就喜欢拿着算盘"哗啦啦"拨弄，一点儿也不喜欢做女红、吟诗作画。在她看来，那些叫附庸风雅。现在，她被逼着在一堆人面前班门弄斧，一不小心就会弄巧成拙的。

眼下正是好时节，木槿花开，灿若烟霞。戚悦灵机一动，走到木槿花旁边，轻轻地摇晃了一下木槿花枝。伴随着淡淡的花香，袅娜的花骨朵和着细细的风声，发出了"簌簌"的声响。

落花满肩，戚悦的眼里漾着莹莹秋波，她于缤纷的落花下，语笑嫣然："听到了吗？这就是我作的诗。"

顾千歌本来还想看戚悦出丑，结果朱笑缘却首先鼓掌，夸了一声妙，就又闭口了。

戚悦化解了眼前的小难关，便朝院里走去。然后隔着窗户，看见外面站着一个人，只不过被花树遮掩住了，如果不仔细看，还真看不出来。

没想到一代君王，在皇宫里穿得如世家公子也就罢了，现在竟然还躲在花树后，偷看她们这些刚入宫的秀女们打闹。

"你是故意来看我的笑话的吧？"戚悦道。

"朕只是好奇自己未来的妃子们长什么样，才过来看一眼的，可不是特地为了你。"凌盏揶揄道，"不过朕现在放心了，她们看起来都知书达理，并不像你这样离经叛道，也不像你这样……把朕的好心当作驴肝肺。"

这是凌盏第一次在她面前自称朕，戚悦听着，别有一番滋味。

好似有了这个自称以后，凌盏的身上还真有了几分帝王的色彩。他自花树后而来，穿着一身月牙白织锦袍子，头戴白玉冠，步履从容，眉目冷淡，还真有一种出身

帝王家的煌煌气度。

只不过，他们的第一次见面实在是不太愉快，至今戚悦也对他产生不了多少敬畏之心。

"也只不过是看起来罢了。"戚悦道。

凌盏道："对，你在她们面前和在我面前，可是完全不一样，让我大吃一惊了。"

"当然要看碟下菜了。"戚悦不担心他揭短。目前看来，这个少年皇帝也没有想象中那么坏心眼儿。

两人又闲聊了几句，凌盏就离开了。

戚悦在原地等了等，就看到黄莉莉过来了。

她说："顾千歌真是太过分了，明明是她使唤你去做事情的，现在反而说你乱跑。你……有没有遇到什么事呀？"

戚悦摇了摇头："没事啊。"

黄莉莉的眼神闪了闪，没有多说。

戚悦没想到，自己那么快就又见到了凌盏。

她的福满楼收购了很多落魄人家典当的宝物，放了满满一仓库。所以前阵子，她又让蒋掌柜把隔壁的铺子盘了下来当个古董店，再将中间打通，形成一个足有两大开间的店面。店铺装修完毕，准备开张营业，她自然要出去看看。

一回生，二回熟，介于她上回的表现良好，平日里又给王福子不少好处，这次王福子也同样轻松放行。不过，可能是搬起石头砸自己的脚，一大早黄莉莉就过来拉着戚悦，想和她一起去玉木姑姑那边学规矩。戚悦睁着惺忪的睡眼，将赖床进行到底。黄莉莉无奈之下，就自个儿去了。

去的时候，玉木姑姑被她从被窝里叫起来，瞪圆眼睛听着黄莉莉胡说八道，却又只能支吾着，不敢揭穿戚悦。她悔不当初，此是后话。

而偷溜出宫的戚悦，此刻在检查着古董店的摆设。古董店的门口摆放着一只敛财金蟾，店内还新添置了一尊貔貅，店铺正中央摆放了一张紫檀木案几，用于待客。

戚悦正坐在案几旁，和蒋掌柜商讨着如何运作古董店。

蒋掌柜突然呆滞地看着门口。

戚悦顺着他的视线看过去，就见一块质地上好、光泽流动的玉佩被人拎在手里晃荡着。

"好玉佩啊！"蒋掌柜情不自禁地叫出声。

先"玉"夺人后，玉佩的主人才慢悠悠地走了进来，冲着戚悦一笑。

呵，熟人！

不是说金蟾吸财入库，貔貅招财进宝吗？怎么就把这尊穷神给招进来了？戚悦当下就想抡起扫帚赶人了，不过她还是按捺住性子，转而拍了一下蒋掌柜的背，让他把黏在玉佩上的目光收回来。

本是支着下颚的戚悦，此刻正襟危坐，同蒋掌柜私语："看清楚了没？这就是上次那个江洋大盗，又来典当官中之物！"

蒋掌柜眼巴巴地看着她："那我们……还报官吗？"

"不报了。"戚悦盯着凌盏，咬牙切齿地说道。

"那……我能不能用私房钱买下这块玉佩啊？我自己看看也好啊！"蒋掌柜依然流连不舍。

"不行！"戚悦断然拒绝，然后抡起袖子亲自上阵，走到凌盏面前，眯着眼睛，一副生人勿扰的样子。

凌盏不管她，把玉佩往桌子上一放，掷地有声："我要典当这块玉佩，一千两。"

这人莫非还真有恃无恐了不成？她是被他抓住了小辫子，但不代表她会任人宰割啊。

戚悦把不断探头探脑、恨不得把这块玉佩收入囊中的蒋掌柜推到后面去，斩钉截铁地道："不收。"

"能否借一步说话？"凌盏的脸上挂着温良的笑。

戚悦往四周瞅了一下。当铺现在生意兴隆，卖古董的地方刚开张，好几个客人在那边逛着，确实人多口杂。而他们的身份特殊，有些话传出去了，对谁都不好，于是戚悦就同意了。

蒋掌柜这时候又展现出了誓死保护主子的高贵品质，紧张兮兮地说："小姐……"

戚悦拍了拍他的背，让他去准备一壶茶。

一到里间，凌盏就迫不及待地问："你为什么每次都能认出宫中之物？明明我拿出来典当之前，已经小心地把痕迹都抹去了，也特地选了宫中没有记录在档的宝贝。"

"痕迹抹掉了又怎样？你改变不了这些宝贝的形状工艺，稍微有点儿眼力的人，都能认出来。"戚悦一副大师的口吻，"而现在……就冲着你这个人，我就认定了这些肯定是宫中之物。"

戚悦也问出藏在心里很久的问题："你……至于这么穷吗？监守自盗啊——"

凌盏坚决不回答这个问题，反问道："你说你，明明在宫中花钱如流水，摸一把老虎，五百两都舍得。女人的胭脂水粉多贵啊，你眼睛眨都不眨地就买了。怎么我这些价值连城的宝贝，你看都不看一眼呢？"

"这不一样！"戚悦道，"把你的那些玩意儿收了，我没有任何好处，只能放在角落里长灰尘。但是在宫内花钱，我至少花个开心啊。她们瞧不起商户女又怎样，在收到我的礼物时还不照样喜笑颜开。宫人们也会因为收了我的好处，高看我一眼。暑气未消时，他们还会偷偷地在我的房间放一些冰块和蔬果。花点儿钱能办到的事情，我何乐而不为呢？"

"你真的觉得她们会高看你一眼吗？说不定到头来竹篮打水一场空。"凌盏泼冷水。

"那又怎样，反正我尽到自己的努力就好了。"

话音刚落，戚悦就看到凌盏盯着她看。

戚悦纳闷地说："你在看什么？"

"看你。"凌盏笑得不怀好意地说，"我看你，在宫外折腾成这样，压根就不想入宫吧？"

"哪有？我可是特别想留在宫里的，还能光宗耀祖！"戚悦被揭穿心思，小脸一红。

凌盏才不信她的这套说辞："你要是真想入宫，现在肯定是在讨好我了，何必舍近求远。"

戚悦看着凌盏一副求夸奖的样子就觉得碍眼："求你能有什么用，秀女能否留牌入宫，主要还是看太后那边的意思，根据秀女的考核来决定的。你能出什么力？不要弄巧成拙就好。"

"你……"凌盏的眼睛里流露出危险的光芒，"你再说一次？"

"你现在连私房钱都要偷偷摸摸地攒，难道看中了谁还能光明正大地挑？"戚悦鄙视道。

凌盏沉默了，好像被戳中了痛处。

戚悦看了凌盏一眼，用指尖轻轻地点了点他的肩膀。

凌盏蓦地朝她看了过来，缓缓地笑了："戚悦，你是叫这个名字吧？"

戚悦点头，有些莫名。

"你真想留在宫中？"凌盏像是要确定什么似的询问。

戚悦有些狐疑地看着他。她本想回答不想，可又怕凌盏说反话，话到嘴边就变成了："想，可想了！当个皇妃多好，出去也威风，还能让我老爹享享清福。我这人才不喜欢过抛头露面的生活呢。"

而她在心里却想，她才不要当皇妃，每天被困在宫中，除了笑还是笑，除了斗还是斗。这争斗起来还不能真刀实枪地明着干，还要拐弯抹角，多累啊！再加上她现在完全是因为自己表现得非常慷慨，大家才对她有几分尊重。这就代表了，以后她要是当上皇妃也要表里如一；而且还有一个穷到家的皇帝，她可舍不得把自己的钱白扔进去！

戚悦的话说得要多真诚有多真诚。

凌盏瞧笑了一下，道："哦……我明白了。"

趁着戚悦表忠心的时候，凌盏把玉佩强行塞到她的手里，然后转头朝外走，对蒋掌柜道："掌柜，取一千两银票过来，这玉佩你们家老板要了。"

喂，哪有这样先斩后奏的？

趁着蒋掌柜去拿银票期间，她扯了扯凌盏的袖子："你……当皇妃这件事情呢，我觉得还是顺其自然！通过自己的拼搏更好，你说对不对？"

"你等着看就好了。"

她怎么有种不祥的预感。

蒋掌柜一会儿就把一千两的银票准备好了。

戚悦的脸上写着满满的心疼。

送出手的银子，戚悦也不好意思让他还回来，只打算等下一定要嘱咐蒋掌柜手脚不要太快，一千两银子就这么爽快地拿了出来，让她都没有缓冲的时间。

一千两银子就这么拿出了手，她不做点儿什么总觉得意难平，于是就把主意打到了凌盏的身上："你陪我去逛逛街吧。"

"又要买东西送人？"

戚悦点头，小声道："我总觉得之前送的礼物，关渔——就是丞相的侄女，不怎么看得上，我的意思是当时选的样式不够好看、精致！你身为皇帝，眼光应该不会太差。你看上的，她应该也能看得上吧？"

"真是谢谢你的赏识！"凌盏咬牙道。

瞥了一下戚悦认真的眼神，凌盏说："你们最后都会成为敌人的，这时候讨好有什么用呢？"

戚悦却想：我又不想入宫，没有利益冲突，怎么会成为敌人呢？不过在皇帝面前，她还是要装个样子，于是说道："你这想法也真是挺奇怪的，身为你们这样的上位者，不是更应该希望后宫的妃嫔们都善解人意、和睦相处吗？哪有像你这样的，一开始就让人抱着成为仇敌的心思入宫？"

"明知道不能，就不要自欺欺人了。"凌盏耻笑道。

戚悦轻轻地哼了一声。

凌盏又戴上他们第一次见面时的那个兜帽，把自己的容貌全部遮住，才陪同戚悦出门。

对比凌盏的沉默，戚悦对于逛街这件事情熟门熟路，从前是："这件这件这件不要，其他都给我包上。"现在则是，每到一个店铺，她就转身对背后的凌盏豪气地道："你喜欢哪样东西？我买。"

旁边的店家奇怪地看了一眼这对男女：这……性别是不是错位了？

凌盏的心情此刻是无比复杂的。

他纡尊降贵，第一次陪人逛街，竟然被当成吃软饭的人！

不过看到戚悦兴致勃勃地挑选东西，然后大刀阔斧地同人砍价，硬是把那些首饰的价格往下砍了一半，凌盏自叹不如，默默地把话咽了回去，赞美道："你倒真有经商的天分。"

"那是，要不然我爹怎么会攒下那么多财富呢！"说起她爹，戚悦就与有荣焉。虽然有时候爹爹实在是太不着调了，同人谈生意时各种伎俩层出不穷，有时还泼皮无赖样，把人要得团团转，让人生不起恭敬之心。但不得不说，她老爹白手起家，打下近半壁江山的财富，实在是让她钦佩无比。

凌盏又问："你又是怎么知道那些商家的底线的呢？"

"经验啊！你要知道砍价这件事是非常有学问的，你心中要有一个尺度。"戚悦说得像是老手的模样，凌盏听得一愣一愣的。

直到跟着戚悦逛了十个摊位，发现戚悦不管什么价，对半砍就对了的套路后，凌盏神色莫名地说："怪不得人都说'无商不奸'。"

到后来，戚悦逛累了，他们正好到了渡口。坐在河岸边，看着澄澈的蓝天，悠悠的白云，戚悦的心里升腾起豪情万丈，觉得自己简直可以手揽山河，后来也确实这么做了。她伸出手，在空中比画，指点山河一般。

一旁的凌盏看不下去了，煞风景地说道："都快酉时了，你还不回宫去？身上还带着这么多的金银珠宝，就不怕被人抢走？"

说着，他就揪着戚悦的小辫子，往皇宫的方向走去。

"啊！糟糕，差点儿忘记了时辰，王福子这下要骂死我了。"

她每次出宫，王福子都对她耳提面命，让她一定要在宫门落钥之前和他们的大队伍会合。否则的话，后果不堪设想。

"王福子？"凌盏挑眉。

戚悦意识到自己说漏了嘴，急忙打了个哈哈，眨眼道："啊，我说什么了？"

从凌盏的魔爪下拽回辫子，戚悦拉着凌盏小跑起来："快快快，我们得赶紧跑！要是迟了，就要露宿街头了！"

凌盏依然慢悠悠地走着，把戚悦急红了眼。直到意识到凌盏不是和她一路的，她才手忙脚乱地把这次买的东西都塞到凌盏的手里，叮嘱道："帮我把这些东西送到福满楼去，就说是我买的！"

凌盏看着因为一路小跑而脸蛋红红的少女，笑道："你就不怕我独吞了这些财物？"

戚悦的表情有几分纠结，她挣扎过后说道："我相信你！"

说完，她比了一个拜托的手势后，就提起裙摆大步地跑了起来。

好在最后她还是追上了大队伍，肥肠满肚的王福子已经等得有些不耐烦了。戚悦收拾了一下乱发，走到王福子旁边，塞了一片金叶子到王福子手中。

王福子本来还阴云密布的脸，顿时云开雨霁，脸笑得和菊花一样："赶快归队吧，下次要是再这么迟回来，就不带你出来了。"

戚悦低眉顺眼地说："是，我记住了。"

她跟在人群后面，进了宫门，松了一口气。她暗暗告诫自己，以后可千万要早点

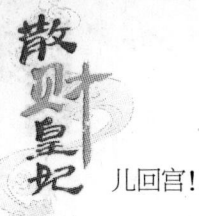

儿回宫！

戚悦这次买了一大堆东西，扬扬自得。虽然花费不多，但是所买之物个个精巧。要不是怕太过高调，她还想让人在东西上面题字：御选！顾名思义，就是皇帝亲自挑选的，意义非凡！

这一次，她特地交代，把那些东西装在雕刻精美的紫檀木做的小箱子里。

姑姑们把秀女叫到前殿，领取了家里送来的物品。轮到戚悦时，她只让婢女铜钱把小箱子收好，而后就归队，双手交叉放于身前，眼观鼻，鼻观心，十分贞静，半点儿没有要把箱子打开的意思。

黄莉莉大为惊讶："悦儿，你家里这次又送进来什么东西呀？"

戚悦神秘地笑道："秘密。"

晚上，戚悦看着那个小箱子，正想着要怎样用一种高雅的方式把礼物送出去时，就听到了黄莉莉的敲门声。

"进来。"

黄莉莉是来找她聊天的，手上还拿着几匹不同花色的绸缎，想让戚悦帮忙挑个好看的。她说："悦儿，过阵子关渔要弄一个赛画会，听说那天太后身边的采南姑姑也会被请来当评选。你说我穿什么样的衣服好看呀？"

"赛画会？"

"对。"

戚悦托腮沉思，手指在小箱子上面轻轻地叩着，她突然轻拍了一下自己的脑袋："我怎么就忘记这件事情了呢？"

秀女们私下打着联络感情的幌子，时常会举办一些小活动。关渔这次提议举办赛画会，意在让大家凑在一起画画，然后比一比谁的画作最佳。没想到这件事被藏秀宫的掌事奉贤嬷嬷听到了，她觉得是个巴结关渔的机会，干脆禀明太后，公开搞一场赛画会，交由关渔主持。如此殊荣，又是个难得在太后面前露脸的机会，秀女们自然希望赛画会搞得越出彩越好。

戚悦握着黄莉莉的手，兴奋地说道："你说，赛画会拔得头筹，肯定需要奖励下吧？"

黄莉莉点头。

"莉莉，你真是太好了！"戚悦激动得险些要抱起黄莉莉转圈。

冷静过后，她开心地给黄莉莉挑起衣服来："鹅黄色的不错！可以衬托你的皮肤白，人俏皮可爱！这个颜色也不错，姐姐国色天香，不管什么花色，姑姑肯定都会觉得，哎呀，这个小姑娘真不错！"

戚悦不遗余力地夸赞着黄莉莉，心想着她的这个提醒可真是"及时雨"啊！

到时候她把这些礼物当作奖品送出去，不就显得高雅还能结交到人了吗？

"贫嘴！"黄莉莉这样说着，嘴角却止不住地咧开了。

戚悦是个行动派，想到这个主意后，就坐不住了。关渔前脚刚回到住处，戚悦后脚就抱着自己的小箱子登门拜访了。

戚悦找关渔，是有她的用意的。关渔的地位高，眼界格局也与一般人不同。她没有必要私下耍一些小伎俩，更不会和别人嚼舌根，降低自己的格调。更何况，她第一次办赛画会，自然也希望办得隆重成功一些。若是能让上面的贵人，比如太后、皇帝看到她有主持中馈的能力就更好了。戚悦觉得自己在这时候送礼真是锦上添花，一举两得！

关渔住在藏秀宫的后殿歇凤馆，这还是戚悦第一次踏足这里。

这贵族出身的人果然不一样，歇凤馆比她的梧桐阁宽敞许多。装潢虽然简洁，但可以看出费了不少心思，摆设看上去样样都不是凡品。

不过现在还不是感叹这些的时候。戚悦脸上带着笑，礼貌地朝关渔点了点头，说："关渔姐姐好。"

关渔看了一眼戚悦手上的小箱子，不紧不慢地喝了一口茶，笑道："说吧，什么事？"

戚悦有些不好意思地挠挠头，说："这次家里又给我寄了好些东西，梧桐阁有些放不下。我就想着把这些东西拿出来给赛画会添一些彩头，到时候姐妹们比起赛来，也更开心些。"

"不必你破费啦，我这边已经寻好彩头了。"关渔笑着说。

"我……不瞒你说，其实我来找你，是有私心的。"戚悦见四周也就站着关渔的两个婢女望心和望月，就开始放心地吐露"心声"。她眨巴眨巴眼，道："我是真的想和大家交朋友的，我喜欢的东西，就想送给别人，和大家分享。但是又怕像上次那样，被人说是铜臭味……赛画会是个高雅的活动，我想着，借这个机会送些砚台、宣

纸，还有一些好玩的东西。我送着开心，大家也没有那些心理压力。"

"在后宫，哪里能有人真掏心交好？"关渔的目光有些飘忽，仿佛在想着什么。

"可我还是想尽自己所能。"戚悦看着关渔，目光要多真诚有多真诚，生怕关渔不答应。

关渔看了戚悦良久，像是在掂量她说的这番话。隔了一会儿，她收回视线，柔声说道："箱子你还是拿回去吧。"

戚悦的心凉了半截，一张脸垮了下去。

关渔见到她这样，觉得有些好笑。她忍住想伸手去抚摸戚悦脑袋的念头，笑道："我不是个贪功之人，怎么能白拿你的钱财？这些东西你还是先带回去，赛画会的时候再拿出来就好。"

"那你这是答应了？"

"你就备着吧，到时候便知道了。"关渔笑意盈盈地说。

"好！"戚悦用力地点头，眼里充满了笑意。

戚悦回到住处，满脸都是笑。关渔虽然没有明确答应她，但既然她这么说了，就一定能处理得妥当。赛画会的前一天晚上，戚悦又把小箱子里里外外地擦了一遍，仔细检查完里面的物品之后，就把小箱子放在一边，美美地睡着了。

第二天，戚悦神清气爽地去参加赛画会。

赛画会安排在藏秀宫附近的一块空地上举办。空地的旁边是一个湖，湖中有着接天莲叶，盛开着朵朵莲花；湖畔杨柳依依，绿意盎然。这次赛画会的主题就是"夏意"。

现场摆放了两排桌子，桌上放了砚台、墨汁、宣纸、毛笔。主桌上摆着一炷香，能够燃烧一个时辰，香点燃时，比赛开始。

戚悦自认为不是画画的料，舞文弄墨完全不擅长。虽然她以前也上过学堂，有女师父授课，但只为能识文断字。所以，画会一开始，她就咬着笔头，抓耳挠腮，盯着空白的宣纸，两眼发直。

关渔是这次活动的主办人，不参加比赛。虽然请了太后身边的采南姑姑来捧场，但这是私人活动，故而也没有那么多的繁文缛节。关渔在旁边走着看着，走到戚悦的身边时，想到了什么，扬声说道："承蒙大家捧场，我才能开这个赛画会。既然是一个'赛'字，自然是有点儿彩头才好玩。原本我是想拿一方前朝书法家裕安用过的砚台来做彩头的,但看到大家的画作都很优秀,我觉得应该再添些彩头……嗯,我就再添一对玉镯吧!"

戚悦干脆举白旗投降,把画笔搁到一边,道:"我认输,我也来添点儿彩头算了!"说着,她就让铜钱去把之前准备的那个小箱子拿来。

戚悦和关渔两个人都开口添彩头了,其他人也争先恐后地让自己的婢女去取东西。

有的拿出压箱底的字画,有的拿出金叶子,也有古籍珍本的誊抄版,还有九连环。

当连桦的婢女捧着一柄宝剑走过来的时候,大家的注意力都被吸引了过去。

"这……这是要做什么?"顾千歌皱了皱眉,"这里是皇宫,竟然还带着这样的凶器进来!她想干吗?真是粗鲁。"

这话说得虽轻,但戚悦距离顾千歌的位置较近,故而那些话全落入了她的耳中。

戚悦为顾千歌叹了口气,这人是想把所有人都得罪吗?连桦是大将军连乔的独生女,"大将军"听起来就很威风,上阵杀敌,保家卫国,是戏文里力挽狂澜的人物,大家巴结都还来不及呢。

连桦的父亲手握兵权,比起关丞相也不遑多让。只可惜他为人不够圆滑,说话直来直去,人也独来独往,很难接近。要不然,秀女肯定有一大半的人要围着她打转,还能和关渔形成分庭抗礼之势,不至于到现在,连顾千歌都敢对她冷嘲热讽。

不过,连桦自身的气势也不容人忽视,剑眉入鬓,眉目坚毅,虽然穿着点缀着碎花的齐腰褶裙,但她更像是一柄出鞘的利剑被温柔的锦缎包裹,硬生生地有了刚与柔结合的美。

那边连桦接过宝剑,眉峰不动,好似没有听到大家不赞同的声音。

她对关渔说道:"大家都添了彩头,我不添也不好意思,身无长物,唯有这柄宝剑。"然后话锋一转,嘴角微微一勾,"既然大家瞧不起这柄宝剑,那排名最后的就获得这柄宝剑好了。"说完,她就把宝剑放在主桌上,"砰"的一声,全场皆惊。

连桦不愧是大将军之女,作风行事真有种将女风范。

她若无其事地回到自己的位置上,提笔继续作画。

因为弃权而注定成为最后一名的戚悦顿时无语。

坐在戚悦左边的黄莉莉戳了一下戚悦的肩膀,说:"她故意拿这柄剑来当彩头,

不是来煞风景吗?"

事实上,现场很多人都和黄莉莉一个想法,只是没说出口而已,可是那一张张脸都写满了不赞同。

不过戚悦可不在意这些,蚊子腿再小也是肉。这宝剑对别人来说,是难登大雅之堂。但是她瞧这剑鞘、这剑的形状,拿到自家当铺里肯定也能当不少的银子。对她来说,只要是有价值的东西,不管是剑还是别的物品,并没有两样。

戚悦笑嘻嘻地上前,向关渔讨要宝剑,说:"我是最后一名应该没有悬念了吧?"

关渔点头。

戚悦开心地说道:"没想到最后一名还有奖品拿,我挺喜欢这柄宝剑的。"

那边的连桦微微一愣,黝黑的眸子盯着戚悦看了很久,然后冲她微微一笑。

戚悦已经提交了画作,闲来无事,就将铜钱取来的小箱子接了过来。结果她一掂量,心里"咯噔"了一下。

坏了,这箱子怎么变得这么轻了?

戚悦趁着大家都在聚精会神地作画,偷偷地把箱子打开看了一眼。

那小箱子里,竟然空无一物!

眼下可不能再将这个箱子交出去了!

戚悦悄声地对铜钱说:"你……你快去把我藏在床底下的那个大箱子打开,随便挑几件首饰过来。"

戚悦咬咬牙,继续说道:"要挑看起来贵重的拿,快去!"

床底下的那个大箱子里面装的都是比较贵的东西,是为不时之需准备的。戚悦那边打发铜钱赶快回去取东西,这边想着先把眼前的这一关化解。

结果等来的是神色慌张的铜钱。

铜钱凑近戚悦,在她耳边轻轻说道:"小姐,床下的箱子……也是空的。"

"空的?"

"怎么可能?"

戚悦刹那间觉得五雷轰顶,都站不稳了。

她隔三岔五就会把床底下的那个箱子扒拉出来看两眼,记忆力肯定不会出错。

她的丫鬟也明白她的习惯,不会轻易去动那个箱子的。

现在，随着小箱子里面的东西不翼而飞，连自己压箱底的东西都不见了吗？

难道是遭贼了？

戚悦感到自己的心在滴血。

这皇宫怎么还会有贼呢？

难道是凌盏知道她把钱放在宫里，于是就来了这么一出玩笑？

戚悦摇了摇头，凌盏就算再缺钱，应该也不会开这种玩笑的。

铜钱露出为难的神色道："奴婢里里外外翻了几遍，可……可就是空的。"

"你再回去找找，整个房间都多找几遍，也许是我梦游的时候把箱子挪走了呢！"戚悦拼命找着借口，催促铜钱再回去看看。

这一来二去间，一炷香即将燃尽。秀女们也陆陆续续地起身，把画卷微微晾干后，交给关渔。

戚悦在这边坐立难安。

黄莉莉那边也交了画作，她垂头丧气地说："我之前在闺中应当多学学如何作画的。"

戚悦随便支吾了一声。

"悦儿，你这次送的彩头是什么呀？"黄莉莉完全没有意识到戚悦正处于水深火热中。

黄莉莉问话的时候，不少人都看了过来。毕竟，戚悦的那个小箱子，外表十分华丽，能用这么贵重的箱子装着的东西，肯定是好东西吧。

戚悦视死如归地指了指那个箱子，然后一本正经地说道："此箱子乃紫檀木所制，闻之有沁人心脾的香味，可助眠安神。放在屋子里，既能放东西，又能当摆设，还可以让房间变香，一举三得。"

"好像很厉害的样子。"黄莉莉应道。

"拿箱子当彩头？嘁，也就你能想得出来。"顾千歌嗤笑道，"别是出了一次钱，就舍不得了，不肯再装大方了吧？"

戚悦懒得理会顾千歌的恶语，毕竟，丢脸面事小，丢了银钱才是大事啊！

她今天可能真的是衰神附身，坐在顾千歌的旁边也就罢了，竟然还丢了那么多的钱财。

"啊，采南姑姑来了。"

不知道是谁说了一声,秀女们赶紧收敛,垂着手,昂首挺胸,恭敬地站在旁边。

采南姑姑是太后身边的人,看起来四十多岁,保养得很好,脸上总挂着和煦的笑。她一到这里,就笑着说:"本来想早点儿过来的,没想到身边的事情太多被绊住了脚。这位是关丞相的侄女关渔吧?真是知书达理,如花似玉。"

采南姑姑说了一通场面话,就将她们交上去的画卷粗略地看了一遍,最后定出前三甲,剩余的排名就由关渔来定。

采南姑姑笑吟吟地看着顾千歌,对她说道:"你是礼部侍郎的女儿顾千歌吧?好好好,好孩子,久闻你的才名,今日一见,果然不同凡响。"

顾千歌被点名,露出开心的笑。不过她很快收敛,谦虚地说:"才名不敢当,姑姑过奖了。"

"画得很不错,第三名。"

"啊……"顾千歌的脸垮了下来。

"嗯?"采南姑姑含笑地看着她。

顾千歌摇了摇头,强颜欢笑地说:"谢谢姑姑。"

采南姑姑转头看向朱笑缘,调侃道:"朱翰林的女儿朱笑缘?我记得你小时候我还见过一面。那时候,你手里抓着一本书不肯放,果然长大后兰心蕙质,这画当得佳作,第二名。"

朱笑缘大方地接受了这个名次。

也不知道藏秀宫内藏了多少龙,卧了多少虎,这两个最有希望问鼎第一的,竟然只忝列了第二三名。

秀女们都翘首以盼姑姑宣布冠军。

采南姑姑微微一笑,把其中的一个画卷抽出来,道:"连桦?你是连大将军的女儿吧?不愧是将门虎女,这画作潇洒随性,笔锋粗犷,让人观之心神一荡,仿佛有千军万马从画中闯出,格局果然别致。我认为这幅画,可以定为第一。"

"连桦第一?"

"这不可能吧?"

"她不是个大老粗吗?"

"……"

采南姑姑的话音刚落,下面就窃窃私语起来。

可采南姑姑是谁?是太后的左膀右臂,没人敢质疑采南姑姑偏袒连桦,只是觉得不可思议。

坐在首座的采南姑姑眼神朝下面一看，大家都噤声了。

只有连桦依然沉得住气，在这么多人的议论下，不卑不亢地说："姑姑过奖了。"

采南姑姑将那幅画卷展开，戚悦朝那边望了一眼，连桦所作的画确实格局开阔，气势磅礴。同样是描绘一幅夏日之景，大家都是专注于亭亭莲叶，而她却着重描绘层层云海，推陈出新。云海翻腾，仿若有着疾风骤雨，唯有一池莲花傲然挺立。就算是她这种不懂得赏画的人，也觉得眼前这幅画从立意上拿第一实至名归。

秀女们这下没有了声音。

采南姑姑轻咳了一声，道："各位对这第一名，可有异议？"

众人摇头，齐声道："没有。"

采南姑姑道："不管是这次活动也好，还是下次活动。但凡别人有一点儿胜过你，各位就应当反省自己哪一处做得不好，而不是先质疑别人，这样的人才会进步。你们说是不是？"

"是，姑姑教训得是。"

现场陷入了沉寂，直到连桦的声音响起，她对关渔说："第一名是不是可以自己挑选奖励？"

"嗯，对。"关渔说。

"那我就不客气了。"连桦漫不经心地看了一眼那些东西，最后走到戚悦的面前，朝她伸手要那个小箱子。

戚悦讶异，不过还是依言把小箱子递了过去。

"你……你就要这个箱子吗？"顾千歌欲言又止。她可没想到，之前被她挖苦的小箱子，竟然成了第一名的奖品！也就是说，从某种角度来看，这个小箱子比别人的礼物都来得珍贵。

"有何不妥？"连桦冲着她问。

顾千歌语塞。

连桦道："其余的奖品，对我而言都是附庸风雅的东西，没什么用途。这个紫檀木箱子，既能放东西，又能闻香助眠，对我来说很实用。"

戚悦没想到连桦的耳力这么好。她们俩的位置离得并不近，还隔了好几个人呢，没想到她前面说的那番话都落入了连桦的耳里，也不知道其他人嚼舌根有没有被连桦

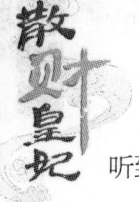

听到。

连桦拿了小箱子就回位置上去了。

这一关拜连桦所赐,算是渡过去了,现在倒也没有人觉得戚悦拿一个箱子当彩头寒酸了。反而都很好奇这个小箱子是不是有别的玄妙,竟让连桦放弃其他贵重物品而选择了它。

戚悦本想着赛画会赶快结束,好回去找她的那些宝贝。结果采南姑姑目光飘向了她这里,道:"这个小箱子确实不错。你是戚……大员外的独生女戚悦吧?"

戚悦惊叹了。

她原本以为自己的爹爹只会做做生意而已,没想到连宫中的贵人也知道他!

戚悦用标准的姿势行了一个礼,道:"是。"

采南姑姑轻轻一笑,当着戚悦的面从画卷中抽出一幅敷衍至极的画卷,道:"想成为宫里的贵人,不会作画可以,但是不能不会赏画。今日,不如你来评判一下,与第一名相比,这第二三名有何不足之处。"

采南姑姑……你真的不是在和我作对吗?

戚悦在心里"嘤咛"了一声。

她吞吞吐吐地说:"这……"

"嗯?"采南姑姑笑看着她,虽然表情温和,但眉目间自有一股威慑力。

"那我就斗胆了。"戚悦心里一紧,上前又看了一下顾千歌和朱笑缘的画卷,道,"笑缘姐姐的画功很好,可以说是毫无瑕疵,意境也很好,小桥流水,河间莲华。只是她的画中隐藏的是小意,而连桦姐姐的画中暗藏的是大局。笑缘姐姐输的是立意,不是技艺。"

朱笑缘虚心受教:"我确实有些肤浅了,不敢打破常规,受教了。"

戚悦松了一口气。

接下来,轮到顾千歌的画作了。

戚悦掂着顾千歌的作品,而后温和地朝她笑了一下。

平日里顾千歌没少给她使绊子,上回还故意引她去珍兽苑,好在有惊无险。眼下有个光明正大回击她的机会,戚悦可不会留情面了。

"千歌姐姐的作品也很好,只是立意上格局有点儿小了,不过画技不俗。然而这一个'技'字,太流于表面,让人第一眼看到的就是这个技法,反而忽略了画的内容。我……我看了好几眼,才看出千歌姐姐画的是莲叶的景色呢,也可能是我的境界太低,看不出千歌姐姐的意境来。"戚悦看着顾千歌,一副我很驽钝,敬请指教的模样。

顾千歌心高气傲,定然是觉得自己的作品万里挑一,此次又杀出连桦这匹黑马。现在她所骄傲的技法又被人痛批,心中肯定不服,有许多话想要反驳。

可是不服又能怎样?

不服也得憋着!

"确实。"采南姑姑接道,"若是画者被技法困住,反而落了下乘。画者应该随心而动,画技不过是辅助罢了。"

"是。千歌聆听姑姑的教训。"顾千歌低眉应道。

赛画会结束,大家有喜有悲。黄莉莉虽然只得了第八名,余下的奖品就只剩下了一支小簪子,但也不算难过。

黄莉莉和戚悦结伴回去的时候,道:"你没看到顾千歌的脸色啊,一下子青了起来。她还真当自己画工无敌了!不过姑姑说了,她就只能受着,要是多说几句,就显得多舌了!"

"你就少说几句!别人都在看着呢。"戚悦道。

黄莉莉急忙闭嘴。过了一会儿,她有些羡慕地说:"采南姑姑对你好像很不一般。"

戚悦苦着脸说:"我倒不想要这'不一般'。"

黄莉莉又说:"你说姑姑这个意思……是不是属意你留在宫中啊?"

戚悦急忙摇头:"可千万不要有这个意思。"

戚悦这边还没有同黄莉莉说几句话,就看到连桦从她们面前走过,很快超过了她们。

戚悦忙对黄莉莉说:"你先回去,我有事要处理一下。"

连桦连走起路来都虎虎生风,戚悦一路小跑才追上她。

连桦停下脚步,转身看她。

戚悦气喘吁吁,连桦气定神闲。

连桦从小习武,身形比一般女子高挑。戚悦跟在她的身边,被衬托得越发娇小了。

戚悦仰头看着连桦,就听到连桦道:"小丫头,你追来做什么?"

戚悦说:"谢谢你送我的剑!不过我……本来那箱子里面有很多好东西的,但不知为何遭了贼。不过你放心!你今天替我解围,来日我一定会把箱子里欠你的东西都

补上!"

"不用。我本来就看不上其他东西。不过,皇宫里怎么会有贼呢?"连桦竟有了几分兴趣。

戚悦苦着脸点头,说:"这是我猜的啦!但箱子里面的东西确实都不翼而飞了,我和你说完话,就要回去看看是什么情况了。"

"皇宫中竟然有贼?有趣。"连桦说,"你随我来,若真有贼,我送你点儿好东西。"

连桦的住处是在藏秀宫西配殿的清风弄,里面摆设简单,窗纱被换成了靛青色,连幔帐也是深色的,一点儿闺阁气息也没有。一般秀女的房中都有专门的梳妆台,连桦这边的铜镜前面就零星地摆放着几个束发的头饰,看起来倒是不拘小节。

连桦的房间里摆放着几个箱子。她打开其中一个,将上半身扎进箱子中一阵翻腾。而后,她把一个玉质的瓶子交到戚悦手中,道:"既然遭贼了,这皇宫里的贼肯定比一般的要狡猾,这个借你一用!"

戚悦惊奇地问:"你怎么会带这些东西入宫?"

"每个人心中都有一个侠女梦嘛。我从小就喜欢捣鼓这些东西。"提起这个,连桦又想到自己如今的处境,有些黯然神伤。自己压根就不是当妃子的料,自家老爹却为了表示对皇室的忠心,硬是把自己送进了宫。

"罢了,不说这些了。"连桦道,"这瓶子里装的东西,我给它取了个名字叫'蒙眼瞎'。你把瓶塞拔掉,放到空箱子里,记住这个过程一定要快。如果贼再来,打开箱子就会被黑色的粉末糊住眼。到时候,你就可以来个瓮中捉鳖了。"

戚悦接过玉瓶,视若珍宝。

和连桦说完话,戚悦就迫不及待地回到梧桐阁,又里里外外地找了好几遍。最后她才死心,确定那些东西真的不翼而飞了。这盗贼的手段应该很高明,锁还完好无损,里面的东西却都不见了。

知道钥匙放在哪里的只有她从家乡带来的丫鬟元宝和铜钱,她还是相信这两个人的忠心的,不至于监守自盗。

可看着那个大空箱子,戚悦又是好一阵心疼。

好在入宫的时候携带了万贯家财,这丢失的不过是她财产的一角。她把大半钱财放在了宫外，一个除了她和戚老爹没有人知道的地方；还有一些她放在自家当铺的小暗间里，剩下的带进宫后就藏在了这个大空箱子的夹层里，还好这箱子盗贼搬不动。

偷她的东西，就是和她作对，那小贼就等着瞧吧！不过，看来以后藏东西要更严密一些了！

戚悦把元宝和铜钱叫到面前，嘱咐道："元宝，你这几天一定要寸步不离地守着我的房间，就算有事要离开，也要让其他人帮忙看着。还有这个箱子，没有我的吩咐，你们都不许乱动，也不许别人来动。"

"铜钱，你过两天就出去散布谣言，说我得到一柄贵重的宝剑，很是喜欢，于是就在宝剑的剑鞘上面镶嵌了……十一颗宝石，个个都有猫眼大小。你把宝石形容得越贵重越好，就这么办！在小范围内传播下就好，不要搞得尽人皆知。"戚悦想了想，又自谦了一句，"毕竟，我是个低调的人。"

这盗贼偷东西，肯定要在月黑风高的夜晚，毕竟之前箱子里面的宝物都是在一夜之间失窃的。

戚悦在宝剑周围布置了一堆铃铛，只要有人碰到，就会发出声响。

入夜了，戚悦躺在床上，睁着一双大眼睛，瞅着屋顶。

后来困意来袭，想到外面还有元宝和铜钱轮流守着，戚悦撑不住，也就放心地睡了过去。

结果第二天一大早，就看到铜钱哭丧着脸，过来道："小姐，那柄宝剑……不见了。"

"什么？"

宝剑被盗的第一天，戚悦急了。

她问："你们昨天晚上都没听到铃铛响吗？"

铜钱和元宝都摇了摇头。

"你们时刻都清醒着，没有人走远？"戚悦又问道。

"奴婢……奴婢中途打了个盹儿。"铜钱低声说。

戚悦也不责怪她们。

这盗贼想必时时刻刻盯着梧桐阁，甚至可能用了迷香。要不然，就算自己睡得叫不醒，自己的两个丫鬟也不致全无察觉。

戚悦不服气，不过也不丧气。

这盗贼再次光顾，就证明自己之前放出去的风声已传到了他的耳里。她最怕的就是这个盗贼捞了一笔后就再也不来了。

戚悦故技重施，对铜钱道："你再去散布谣言说我手中还有一颗珍藏已久的夜明珠，晚上夜明珠的光芒能够照亮整个房间，说得越传神越好。"

铜钱应道："好！"

结果第二天，放置夜明珠的盒子，空了。

东西第三次失窃，戚悦现在已经不心疼她的钱财了，她拍桌道："这盗贼是和我作对吗？明明剑上没有镶嵌宝石，夜明珠也不过是一颗手指头粗的珍珠而已，夜间根本不会发光，他还要来偷！"

她就不信了，她们主仆三人竟然抓不住一个贼！

戚悦叉着腰，说："去，说我有一块玉佩贴身藏着，乃是前朝著名雕刻师甄非凡的极品之作！"

"是。"

然后，毫无悬念，东西第四次被盗了。

人都说事不过三呢，这都第四次了！

戚悦绝望了。

那贼仿佛存心炫技一样，展示他的偷盗技巧有多高超，每次都能正好挑到好时机。哪怕元宝和铜钱两个人轮流守着，也时时刻刻地提高警惕，四处观察有没有迷香之类的东西，但总能被那盗贼在她们走神、更衣、倒茶的空隙中，乘虚而入盗走物品。这梧桐阁和戚悦的房间对他来说，如无人之境，铃铛和钥匙于他而言完全形同虚设。

"他已经连续来了四天了，今天是第五天，他肯定还会来。"戚悦这几天被那个盗贼闹得有些精神不济，眼眶都发黑了。她对铜钱和元宝说："今天我们最后来一次，一定要成功，把这个贼给抓到，要是还抓不到……"

"我就不陪他玩了！"戚悦闷闷地道。

这次，换她自己亲自来守！她就算一整宿不睡觉，也一定要把这个贼给抓出来！

她之前一直舍不得用连桦给的"蒙眼瞎"，怕浪费了药物。现在，她把瓶子按照连桦所说的方式投入空箱子中，然后又多加了一把锁，把箱子锁得严严实实的。

她和铜钱互换了衣服，让铜钱睡到她的床上，她则躲在临时摆出来的衣柜里。衣柜外面用一层特殊材质的纱布蒙住，在里面可以看清楚外面的情况，而在外面却看不到衣柜里面。她时时刻刻留意着那边箱子的状况，以免错过时机。

铜钱上床躺着假装睡了。不多时，床上就传出轻鼾声。

戚悦上下眼皮也开始打架。半夜了，元宝听从她的吩咐，去更衣、倒茶了好几次，那个盗贼还是没来。难道是因为他知道今晚她有意来一个瓮中捉鳖，所以才不来了吗？

等到元宝开始打起盹儿，外面总算有动静了！戚悦看到窗纸被捅破一个小洞，就急忙用一开始准备好的湿布把自己的口鼻捂住。没过一会儿，她就看到一个黑衣男子身姿飘逸地从窗外飘了进来了。

没错，是飘进来的！

说他的轻功已达出神入化也不为过。只见他足尖一点，就轻轻地越过了铃铛陷阱，跃到了大箱子的旁边。

也看不清楚他的手是怎么动的，那锁就应声而开。不过黑衣男子好像有所顾忌似的，环顾了四下，见到大衣柜时，嘴角还扯开了一点儿弧度。

戚悦的困意全消，她觉得自己的心跳得都快要蹦出胸腔了。

快快快……开箱子！开箱子！

戚悦屏息凝神，眼睛一眨不眨地盯着那边。

箱子打开的一瞬间，戚悦看到里面果然有黑色的粉末喷了出来。那黑衣男子被喷了个正着。

耶！戚悦心里得意，把柜门推开，朝盗贼叫道："我终于抓住你了！"

随着她用力推柜门的动作，铜钱也一个鲤鱼打挺从床上爬起来。元宝也拿着一根棍子冲了进来。

面对这种四面楚歌的情形，盗贼很绝望，说："你一个宫中秀女，怎么会有这种旁门左道的东西？我倒是小瞧了你们！"

盗贼依然在眨眼睛，声音比想象中要年轻，从背影上看像是一个青年。

她原先还以为这贼会是满面络腮胡子的中年猥琐男。

戚悦道："我也高估了你这贼子！皇宫这么大，你大可以去国库偷些奇珍异宝，为什么要来我这边顺东西？"

盗贼抹了几下眼睛，终于能够视物，看到那个穿着粉衫的少女不远不近地站着，明明有些害怕，却还要假装胆大。盗贼的眼睛里露出几分笑意，道："说真的，你不

"认得我是谁了?"

盗贼原先下半张脸用黑布蒙着,现在被"蒙眼瞎"喷到之后,一整张脸都黑了。在月光的映照下,勉强能看清他的眼白。

戚悦摇了摇头:"鬼知道你是谁。"

心里又补充一句,就算我知道你是谁,偷我东西照打不误!

"我乃玉树临风,风流倜傥……"这句话还没说完,他的目光无意间看到了铜镜里面的自己,惊叫一声,立马背过身去,在脸上擦拭了一番,才转过身来补充自己的话,"人称最文雅的侠盗——顾衫。"

"我管你什么文盗还是侠盗,赶快把之前偷去的东西给我都还回来……等下,顾衫?"联想到他出神入化的盗窃功夫,戚悦惊道,"你你你……难道就是江湖中人说的最自恋的江洋大盗——顾衫?"

说起顾衫,这名字她可是如雷贯耳啊。顾衫乃是江湖中赫赫有名的神偷,虽是小偷这种三教九流的职业,但顾衫却把"偷"做到了极致,是江湖中的传说。

传说中他相貌俊美无俦,明明是活在黑夜里的小偷,却喜欢穿得白衣胜雪,风里来雨里去,不沾尘,也不知道多少女子为他芳心暗许。

还说他的轻功出神入化,江湖中流传着一句话:这世上没有顾衫偷不到的宝物,只有顾衫瞧不上的俗物。

而戚家就属于顾衫瞧不上的"俗物"。戚家虽然富可敌国,但多是黄白之物——金银钱财。戚老爹虽然喜欢收藏宫廷古物,但江湖中那些拍出天价的宝物,他还是不会去凑热闹收藏的。故而,戚悦从前只听过顾衫的名,并没有和他正面交锋过。

"什么叫作最自恋?你把舌头撸直了再说话。"顾衫不满了。

戚悦叹气道:"名不副实啊!这年头,盗贼都混不下去了吗?连女子的首饰也偷,你简直是堕了在江湖中的赫赫威名。"

顾衫冷哼一声,道:"我乐意。"

戚悦简直想一棍子打过去!这皇宫到底是多穷啊?让这年头混江湖的人该多绝望啊?连小小秀女的财产,他们竟然也不放过了。

不过……戚悦深深吸了一口气。

她要冷静。

她不能和这个顾衫为敌。

要是个名不见经传的小盗贼也就算了,偏偏是顾衫!虽然顾衫存心和她闹了这么一出，还是挺让人匪夷所思的。但是她守株待兔这么多天才抓住他，就说明了他的本事。他现在能心平气和地站在这里和她说话，肯定有着脱身之策。

她要是身无分文，那大可以放任他离去！但是，她可是把戚家半数财产都带来了。匹夫无罪，怀璧其罪。要是把这个大盗得罪了，迟早有一天，会被他偷个精光！

再说了，顾衫年纪轻轻就能在江湖中闯出一方天地。这样的人，自带光芒，必须要结交！

戚悦脸上堆出了笑，道："这位少侠，相逢即是缘，要不坐下来喝杯茶，洗把脸？"

"喝茶就不用了，洗脸是要的。"顾衫道。

"去，把我们这里最好的皂角拿出来给顾大侠使用。"戚悦对铜钱吩咐道。

顾衫有些戒备地看着突然变殷勤的戚悦。

戚悦又亲自给顾衫端茶送水，就差捶肩了。

"你说，行走江湖，当个大盗多危险啊，倒不如来给我当保镖，保护我的人身安全。"戚悦劝说道。

"你人身会有什么不安全的？"

戚悦摇摇头，道："你不知道，我现在虽身处皇宫之中，看起来是很安全，但是后宫中不是一直都有很多钩心斗角的事情吗？什么下毒啊，推人入湖中啊，一言不合就遭人暗算啊，肯定会有不安全的时候。"

"就你们这群黄毛丫头还宫斗？"顾衫嗤之以鼻。

戚悦顿了顿，道："话不能这么说，总要以防万一，有钱人比一般人更怕死嘛。再说，我不只有人身安全要保护，财产安全也需要保护啊。今天冒出一个顾衫，那明天就有可能冒出一个黄衫来，你说是吧？"

"你请得起我吗？"

"一个月给你一百两银子怎样？"

顾衫挑眉笑。

"两百两？"

顾衫依然是挑眉笑。

"三百两，成交？"

顾衫把蒙住下半张脸的面巾揭下来，露出白皙好看的下巴。他高冷地用皂角在脸上抹了几下，又用毛巾擦了下，面容差不多就全显了出来。

顾衫确实有自恋的资本,剑眉星目,一双眼如子夜星辰。

前提是忽略上半张脸和下半张脸的色差。

那"蒙眼瞎"果然威力无穷,顾衫洗了这么久,还是没有把黑色都给洗掉。若是被算命先生看到了,肯定要说一句"兄台,你印堂发黑啊"。

顾衫含笑看着戚悦,道:"你真的不记得我了?"

戚悦又仔细看了几眼顾衫,实在不知道什么时候自己认识了个这么赫赫有名的人物。她摇了摇头。

顾衫叹道:"也罢,相逢便是缘分。谈钱,是俗气!我就勉强收你个一千两吧。"

一千两!你这个狮子大张口的贼,真当钱是这么好赚的啊?我要是有功夫一定把你揍得满地找牙!

戚悦鼓着腮帮子,眼睛瞪得如铜铃大。

"嗯?有意见?"顾衫道,"哎,我记得你们戚家在京城开了一家当铺,好像在锦绣街?收罗了不少宝贝吧?"

戚悦深吸了一口气,面上挂着和蔼的笑,道:"没意见,就这么定了。"

戚悦本来还想从顾衫那把之前失窃的宝贝追回来,就听到隔壁传来黄莉莉的声音:"悦儿妹妹,你怎么了?我好像听到有声响。"

戚悦脸色一变,下意识地就想把顾衫往柜子里推。

顾衫微微一笑,还不待戚悦反应,就足尖轻点,身形消失不见了。

黄莉莉也正好走到共用的前厅:"我……我好像看到了一个黑影?"

戚悦笃定地说道:"你看错啦,我这边无事,只是刚刚不小心从床上滚了下来。你别过来,有点儿丢脸……"

"哦……好的。"刚醒来的黄莉莉也是迷迷糊糊,就这么又晃回了房里。

皇位不好坐

捉贼一事算是告一段落，戚悦终于不用再和那个大盗周旋。

不过，她虽然被这件事情骚扰得好几天没睡个囫囵觉，本该脑袋一沾枕头就沉沉睡去的人却失眠了，抓盗贼的激动之情还在脑海里久久未散。等到鸡都打鸣了，她方才合上眼，小睡了一会儿，就被铜钱和元宝吵醒了。

"嗯……让我再睡一会儿。"戚悦和被子做着抗争，把被子蒙头一盖，铜钱和元宝在旁边干着急。

直到一把戒尺轻轻地在戚悦的被子上拍了拍。戚悦烦不胜烦地又翻了一个身，结果看到玉木姑姑板着脸站在床头，道："我的戚秀女，你就不能争点儿气？别的秀女都已经洗漱完毕，在前厅候着了。就你还在这里赖床，这样下去如何能成就大事？"

"啊？"

玉木姑姑冷冷地道："你忘记今天要去亲桑了吗？"

戚悦想了半天，才想起今天要做的事情。

大周朝历来有妃嫔亲桑的习惯，只是后宫一直空虚，皇帝未选妃嫔，这由皇后带领后妃行进行的亲桑礼也就不了了之了。故而明年开春时，由太后领着众妃行亲桑礼就显得格外重要。秀女现在入宫时间尚短，但也需要学学这方面的礼仪。

"玉木姑姑，让我再睡一刻钟！我下次让小膳房偷偷给您多做一道糖醋里脊可好？"戚悦说完，又一头扎进了被子中。不是她想怠慢玉木姑姑，只是昨晚被顾衫闹得，恨不得此刻只想在被窝里窝着，睡到三更才罢休。

结果这下，被子被整个掀开了。

玉木姑姑道："睡没睡姿！"

她又道："这次亲桑礼的表现会算在评议分中，包括几时到也会有记录。戚秀女，你也不想倒数第一吧？"

戚悦心里嘟囔着，她还真宁愿这样哩。

在玉木姑姑的三番催促下，戚悦还是老老实实地起床，穿衣洗漱走人。

戚悦怀疑玉木姑姑今天转了性子，她平常对秀女考评一事基本上是有什么答什么，不会主动提醒，什么时候也会徇私了？

秀女两个人乘坐一辆马车，由皇家的御林军护送到皇城郊外一处皇家农庄。

戚悦一路精神萎靡，哈欠连连。黄莉莉掀开帘子和外面的人打招呼，而她却一直两眼发直，愣愣地看着前方。

黄莉莉叽叽喳喳地与戚悦议论着一路的风土人情。戚悦干脆双眼一闭，直接抱着黄莉莉，靠在她的膝头上睡着了。

　　等到马车停下后，戚悦才被惊醒。她稍微整理了一下歪斜的发髻，跟着黄莉莉一起下了马车。

　　皇家农庄果然气派非凡，此处虽然只种了桑树，但绿树成荫，视野开阔，一走进来，便让人感到一阵荫凉。

　　戚悦的发髻到底是用手胡乱梳理的，不够齐整，一下来就被玉木姑姑看穿了，她看向戚悦的眼神里透着一股杀气。

　　皇家农庄专辟了一处地方供秀女们学亲蚕礼。空地被划分成十二块，中间用乌木屏风隔开，另造成了一方天地。每个隔开的地方还设了个小房间，里面还放了小榻，供秀女们小憩。

　　玉木姑姑在人前没有训导戚悦，可把她带到小房间后，就铆足了劲儿地挑刺。

　　"拈起桑叶的动作要文雅一点儿，你要想象：自己这时候是个妃嫔，是个主子，自己的行为是他人的表率，万不可像现在这般随意将就。

　　"把桑叶喂给蚕宝宝的时候，应该嘴角含笑，体现出女性的柔美……

　　"戚秀女，嘴角的弧度小一点儿，不要显得没见过世面一样……

　　"还有，这日头还不算大，请不要总用袖子去遮挡。你要记住，你代表的不只是你自己。"

　　剪剪桑叶喂喂蚕，对戚悦而言本是手到擒来的事情。结果她硬是把嘴角笑到僵硬了，玉木姑姑才肯放过她，玉木姑姑哼了一声，道："勉强可以入目。"

　　戚悦松懈下来，偷懒地用袖子给自己扇风，见玉木姑姑没反对，胆子也大了起来，捂着胸口，道："玉木姑姑，你变得好冷漠，好无情啊！"

　　"嚼，你以为我愿意。"见四下无人，玉木姑姑压低声音道，"我给你透个底。本来呢，就你这懒散的性子，我也不对你抱什么希望了，打算睁只眼闭只眼就让你过了。但现在不同了，你是太后内定的妃子人选，要是表现太差了，不就显得皇家失仪，我管教不严吗？"

　　"什……什么，你再说一次？"戚悦怀疑自己没睡醒。

　　什么叫作内定？

　　玉木却斩钉截铁道："你没听错，内定。"

　　戚悦大惊失色，觉得两眼简直发黑了。

她试探地问:"你偷偷……偷偷地和我说,太后怎么会知道我呢?"

戚悦和太后的交集,也就赛画会上采南姑姑把她推出来,让她评判了一番顾千歌和朱笑缘的画作吧?等下,采南姑姑本不会注意到她才是,可那时候采南姑姑对她的态度是有点儿不同,才导致后面的事情发生吧?

戚悦百思不得其解。

这该不会又是她老爹在背后干的好事吧?

戚老爹耳根子挺软的,指不定被谁怂恿了,觉得当皇帝的岳父比当皇商威风,所以又背地里偷偷使银子了吧?

要是她爹真的有这个能力,这得要花多少银子啊?

两万两?二十万两?

这把她卖了都赚不回来啊!

"据说是皇上说你德才兼备,当入后宫。"玉木姑姑白了她一眼,特地加重了"德才兼备"四个字的语气,显然对此很怀疑,"具体是怎么回事,有什么渊源,你应该最清楚才是。"

"皇上?"戚悦重复了下这两个字。

这到底唱的是哪一出啊?如果真是凌盏提议的,不,肯定是凌盏提议的,怪不得当时她表忠心,说当皇妃好的时候,凌盏说等着看就知道了!

真是……快得不可思议啊。

戚悦在心里默默地给凌盏记上了一笔账,准备择日逮到机会跑去和他算账!

哪有这样的,明明他拿了自己一千两银子,还这样同她作对。他难道就看不出来,她是口是心非,对皇妃的位置嫌弃得很吗?

他一定是故意在整她!

戚悦正琢磨着要找凌盏算账的事情,就看到屏风底下露出了一截嫩黄色的衣角,好似……之前黄莉莉找她挑的衣料中的一款。

看到屏风背后的人要走,戚悦暗道糟糕。她不确定对方有没有听到刚刚这番对话,急忙绕过屏风,果然看到了黄莉莉。

黄莉莉说:"我只是想来求玉木姑姑指点下的,我……我先走了。"

戚悦才想起这一茬。

玉木姑姑负责梧桐阁的秀女,亲蚕礼这种事应该两个人一起指点。现在她却单独指点了戚悦，把黄莉莉丢给小宫女……怪不得黄莉莉会觉得奇怪，过来找她。

戚悦急忙解释："莉莉，这些事我都不知情……我不知道。"

"我知道我知道。我不是故意偷听的。"黄莉莉神色略显慌张地说道，"我先走了。"

戚悦心里发急，担心黄莉莉心存芥蒂。可是隔墙有耳，也不能在玉木姑姑能听到的地方说自己根本没有进宫的意思，要不然就该说她藐视皇家了。她拉住黄莉莉的袖子："我都搞不清楚这是什么情况，莉莉，你听我解释啊。"

"悦儿，你当时被顾千歌诓去送东西的时候，是不是遇到了皇上？"黄莉莉问道。

戚悦咬牙，不忍心撒谎，没有点头也没有摇头。

黄莉莉朝后退了一步，苦笑道："这是悦儿的福气，能被内定为皇妃是好事，以后我还指望着悦儿能多多提携。"

戚悦看得出她虽然说着恭维的话，却一看就是在强颜欢笑。

戚悦知道现在说再多的话也无用，只得放开黄莉莉的袖子，让她离开。

发生了这件不愉快的事后，戚悦后来就一直蔫乎乎的，亲桑的时候，动作错了好几个。

玉木姑姑实在看不下去，一副了然地在旁边说："我劝戚秀女一句话，在后宫中不要待人太诚心，也不要妄想后宫中有能长存的友谊，这才是长久之道。"

"可是她不一样……"戚悦有些茫然，如果从前她没有和黄莉莉说自己无意留在宫中的话还好。现在，黄莉莉会不会觉得自己背叛了她啊？平常装作无欲无求，其实私下却和皇帝"暗通款曲"？

她真是跳进黄河也洗不清了。

尤其是戚悦并没有被内定为皇妃的喜悦冲昏头脑，她的目标还是要当天下第一皇商啊！

戚悦苦恼着这件事，连后来的亲桑礼都没有什么心思。大家集合在一起，分别演示动作的时候，戚悦也只是勉勉强强达标，脸上写着满满的心事。

回到藏秀宫的时候，戚悦试图和黄莉莉解释这件事。结果刚刚想踏入黄莉莉的房门，就被她的丫鬟晶晶拒绝了："我们家小姐已经睡了，您明天再来吧！"

戚悦无奈之下，只能回去。

眨眼就要中秋节了，太后下令，让所有的秀女一起盛装参加中秋晚宴。消息传到藏秀宫的时候，秀女们无不欢欣雀跃。

藏秀宫的掌事奉贤嬷嬷说道："太后老人家的意思是中秋节就应该大家聚在一起热闹热闹，每天凑在一起，总是学规矩，怕憋坏了你们。"

"那我们是不是可以见到太后，向太后请安了？"朱笑缘轻快地问道。

"晚宴，那皇上……皇上会出现吧？"另一个粉嫩娇小的女孩周舟问道。说完，她就用手捂住嘴，微微低下了头。

周舟是户部尚书的小女儿，从小在江南长大，直到这次选秀才回京城。她的性子就像是江南的烟雨，软绵纤细，说话也是吴侬软语。

奉贤嬷嬷笑着点了点头。

到底是少女心事，秀女们对未来可能成为她们夫君的人总是充满好奇，尤其是对外表好看的男子，更多一层好感。据闻，太后年轻的时候也是天姿国色，先帝那会儿也是有名的美男子，少年皇帝也应当长得极为出色。

得到嬷嬷的确认后，连向来都老成持重的关渔眼里也闪耀着期待的神色。

只有戚悦，在众人之中显得格外淡定，好似这事和她毫无关系一般。

"悦儿悦儿，你怎么半点儿也不激动呀？我……我都激动得快疯了。"周舟对戚悦说道。

戚悦在黄莉莉那边吃了几次闭门羹。黄莉莉甚至连平日里跟姑姑们学规矩的时候，也总是尽量避开她。这阵子，周舟见她总是一个人，就喜欢黏上来，隐隐约约取代了黄莉莉。

不过，戚悦总不能告诉她，自己对少年皇帝还真没什么兴趣。在她的心中，凌盏可没有那层神秘面纱。也许是因为第一次见面实在是太出人意料，她对他半点儿尊重之情也提不起。

"呃……"戚悦捧心，真诚地说道，"我的激动放在心里。"

周舟的脸上明晃晃地写着"太假了"。

黄莉莉轻轻地哼笑了一声。

虽然声音很小，但还是落入了戚悦的耳里。

黄莉莉现在肯定又在笑她虚伪吧？她虽然有些怅惘，但这一次，她不会再向那些想留在宫中的人袒露自己的心思了。让大家用眼睛看吧，她就不说了。

这么一想，戚悦又想找凌盏算账了！他的一番作为，简直破坏了两个少女纯洁的友谊！可惜，她身份不够，只是个小小的秀女，在宫内遇到皇帝的机会几乎为零。她也想过出宫给蒋掌柜留个信息，结果出宫的事情又被玉木姑姑拦下。

她刚刚传消息给王福子，后脚玉木姑姑就跟上来，道："我的小姑奶奶，你就饶了我吧。你现在的身份不一般，出宫若是有个什么闪失，我担待不起。你要是想要什么，和我说，我这边替你去办。"

玉木姑姑的架子都放得那么低了，戚悦也不好意思再说什么。玉木姑姑虽然爱好美食，但是在宫里被人称一声姑姑了，自然是有一定能力和自制力的。

时间倏地就晃到了中秋这日，这日碧空如洗，藏秀宫各殿都充满着躁动的气息。

秀女们整装待发，只等着奉贤嬷嬷一声令下，就浩浩荡荡地往藏秀宫里开去。

秀女们和太后、皇帝的第一次见面是非常重要的，尤其是那些平日里觉得自己的考核成绩不如意的人，更想借这个机会在太后和皇帝面前好好表现。今日的藏秀宫，可以说是真正的花红柳绿，争奇斗艳，内藏姝秀。

秀女们几乎都把压箱底的衣服穿出来了，关渔穿着一件茜红色的百蝶穿花齐腰襦裙，交领绣着梨花。她梳了个垂鬟分肖髻，发髻间点缀着几朵粉玉做的花，花上还沾染着玉石所刻的晨露。关渔不算是秀女中长得最好看的，但今日淡抹胭脂，如同一树桃花，静静绽放风华，艳光夺人。

连桦从前喜欢穿宽肩束腰的服饰，今日也改穿了一袭白玉兰散花宽袖曳地留仙裙。她眉目收敛锋芒，冲人盈盈一笑时，让人很容易被她的外表欺骗，还以为是个贞静娴雅的深闺千金，而不是舞刀弄枪的侠女。

至于一心想要压人一筹的顾千歌，依然是走才女路线，不过她从前喜欢穿竹青色的襦裙，恨不得把高雅的竹子缀满衣服才配得上她才女的名头。今日她却难得地穿了一袭乳白色云纹齐胸襦裙，还梳了个飞仙髻，行走间，身上像是有流云在流淌。她面带轻愁，一眼看过去，像是什么纹饰也没有，亭亭玉立地站在那里，更显得她弱不禁风，孤傲高洁。

只是，大好的日子穿得这么"素净"真的好吗？尤其是在晚上；要是一不小心碰到了人，那不是艳遇，是惊吓好吗？

戚悦的目光又下意识地往黄莉莉那边瞥了一眼。黄莉莉今天的打扮也花了不少心思。她的姿色尚可，穿着一条用香草浸染的半褶郁金裙，行走间带出淡淡的花香。她嘴角含笑地站在那里，别有一番小家碧玉的风采。

戚悦瞅了瞅自己和平日里没两样的打扮，中规中矩的衣服，一眼望过去，她是最平淡无奇的一个。怎么瞅，她都像是在怠慢皇家……

周舟在旁边说："悦儿，你应该穿得更鲜艳点儿。"

"啊？为什么，因为过节吗？"戚悦装作不懂的样子，"可是千歌不是穿得比平常更素净吗？"

对于这样的榆木疙瘩，周舟也不好直说。她没忍住，摸了摸戚悦的头。

等到华灯初上，奉贤嬷嬷领着秀女们离开藏秀宫，一路来到设宴的北辰殿。

北辰殿说是宫殿，其实是露天宫室。旁边有万顷碧波、亭亭莲叶杂生的碧波池，池上点着花灯，五光十色。

彼时，宫中的贵人们早已入座，旁边还余了十几个座位，不知道是留给哪些人的。

凌盏坐在最上方，穿着皇帝常服，明黄色的龙袍上绣着五爪金龙。他神情肃穆，服饰庄重，倒真有几分帝王模样。

戚悦第一眼看上去，险些没有认出他来。

不过在这种场合直视圣颜终究不好，戚悦看到其他人偷偷往上觑了一眼，又立马含羞带怯地低头，瞧着自己的绣鞋走路。她也学着她们低头，跟随奉贤嬷嬷朝着太后和皇上见礼。

凌盏十分矜持，秀女们上前见礼的时候，除了单音节外，几乎不怎么出声。反而是太后问个不停，见谁都是一声"好孩子"。戚悦上前的时候，也得了一声"好孩子"的夸奖。不过，也不知道为什么，太后好像留她问话的时间，比别人稍微长了一点儿。

戚悦原本以为太后是天底下最尊贵的女人，应该雍容华贵，板着脸，像个金贵的木雕。但实际上，太后看起来非常年轻，身上带着那种世家贵女的底蕴，还有着岁月沉淀的源远流长的风华。她笑起来的时候，让人感觉十分亲切，像是极为喜欢这批秀女似的。

末了，等到秀女们入座后，太后对一旁的凌盏说道："你啊，都不正眼瞧她们一下，多水灵的姑娘们啊。"

"母后看着就好了。"凌盏道。

"这孩子。"太后笑着对旁边的采南姑姑说，十分无奈。

戚悦坐在事先安排好的位置上，心情有几分微妙。

大周朝的先祖有外族血统，故而民风开放，也不太重视男女大防。只是戚悦没想到，之前空着的十几个座位，竟然是留给秀女们的。这是为了方便皇帝近距离地挑选自己的妃嫔吗？

不过更让她纳闷的是，十几个位置分散在帝后两侧，靠近太后那端的第一个位置给了关渔，但是靠近皇帝这边的第一个位置，竟然给了她。这代表什么？代表着戚悦在贵人们的眼里分量极重！

眼下秀女们看向她的目光充满了羡慕嫉妒恨，简直是有违她今天故意打扮简朴的初衷。那一道道的视线，在偷偷瞧凌盏的时候，总是先在她的身上打几个转，才慢悠悠地移开。

戚悦觉得自己没地儿申冤，也无从解释。

她如坐针毡，只想着宴会快点儿结束，连放在自己面前的珍馐也变得索然无味。可是没办法，她只能挂着招牌式的憨笑，"欢欢喜喜"地坐着。

得了机会，戚悦暗暗地朝着上头的凌盏狠狠地瞪了一眼。凌盏一点儿也没有意识到自己是个罪魁祸首，仍然四平八稳地坐着。戚悦就觉得更愤恨了。

宴会冗长又无聊，戚悦看着舞姬们抛起又落下的水袖，实在不明白，这到底有什么好欣赏的。

她百无聊赖，只能抬头望天，放飞思绪。

戚悦决定了，哪怕就是损失那两万两银子，现在就被剥夺秀女的资格，京城里的当铺充公，也不要留在宫中当皇妃。等找到机会，她一定要把自己坚决不当皇妃的心思表达清楚。

当皇妃多累啊，那可是要一步步斗上去的。斗不好，落败，那下场肯定凄惨无比；就算熬成太后，见到谁都要带着笑，还要拉着十几个青春靓丽的小姑娘的手，一个个地夸着"好孩子"，说不定还会被困深宫，年华早逝。而当商人，就算混不成皇商，地位低一点儿，别人瞧不起一点儿，但至少可以一边赚进家财，一边游山玩水，还能鉴赏天下宝物。要是不开心了，撒点儿银子，自然会有无数的人出现在身边，想要讨她欢心。

戚悦正这么想着，结果就发现原来还在宫外上空飘着的孔明灯，不知道什么时候就到了北辰殿的上方，离她越来越近，似乎……也越来越低？

糟糕！这孔明灯像是要掉下来了！

　　戚悦的目光飞快地朝旁边掠了一眼，侍卫们时刻留意的是附近有没有刺客突然闯入。宫人们的注意力也不在天上，要么在自家主子旁边嘘寒问暖，要么是正看着场内舞姬的表演。至于其余的秀女……就别提了，她们的目光连转都不敢多转几下，生怕被人觉得不庄重。哪里像她，闲着没事，竟往天上看。

　　总之，眼下竟没有任何人察觉到这从天而降的危险！

　　而孔明灯在凌盏的上方摇摇晃晃，眼看着就要把他砸个正着了。孔明灯上面的火焰仍然烧得炽热，要是凌盏被砸到，正好把头发给点燃，那后果不堪设想！

　　戚悦无意强出风头。此刻若是救驾成功，绝对会被人高看一眼，但也会惹来无尽的麻烦；若是救驾不成功……也会成为秀女们的公敌。只是，先不说凌盏是万金之躯，紧握着整个朝廷的命脉，光想起他和自己私下的交情，她也没有办法坐视不理啊！

　　就在她犹豫的时候，背后突然传来一股推力，狠狠地向她推了一把！

　　她的小身板就好像是离弦的弓箭，径直朝前扑了过去！

　　原本正在出神看歌舞的凌盏，被人撞个正着，不设防之下，也被推倒在地，顺带连桌上的酒杯都被袖子一拂倒了个满地。他正想着，戚悦这素来明哲保身的人，怎么会突然朝他砸过来，就看到他原先坐着的位置上，掉落了一盏孔明灯！

　　他刚刚应急，用手挡了一下。那盏孔明灯险险地擦过戚悦的脸，掉落在戚悦的裙摆下，落地的刹那，烧到了戚悦的衣裙！

　　凌盏的眉头瞬间皱了起来。他眼疾手快，先把厚重的外袍脱了下来，朝戚悦的裙摆盖了上去，这火势才堪堪止了下来。等了一会儿，宫人们才反应过来，从碧波池中打了一盆又一盆的水朝着这边浇，才把这里的火彻底浇灭。

　　戚悦看着自己焦黑又湿淋淋的裙子，惊魂未定。

　　孔明灯从她眼前掠过的那一瞬间，她脑海里什么念头都没有了，生怕自己就这么被毁容了！她虽然算不上倾国倾城，但好歹也是戚县的一枝花啊，她才不愿意顶着一张烧焦的脸！

　　此刻，惊魂落定，戚悦的第一反应竟然是还好自己低调，没有把压箱底的裙子拿出来穿，要不然的话，一条好裙子被烧坏了她该多心疼。这么一想，她还真是贪财得很。之后，她才反应过来，在秀女中，她好歹也算是个大方之人，跟人也不曾结仇，到底是谁突然下这么大的狠手？而且那个方向对得还很准，就是想让她毁容！

　　从天而降的孔明灯已经被浇灭，侍卫们全神贯注地盯着殿内，严防刺客。好在只有这么一盏孔明灯作祟，没有突然从暗中跳出来的刺客行刺。

元宝和铜钱护主心切，等到戚悦裙子的火被浇灭，旁边的人散开以后，二人上前把戚悦扶到了一边。

凌盏环视周围，殿内的人表情各异。他目光沉冷，道："今日之事，务必彻查。这孔明灯到底是从何而来，又为何会落在这里？朕要你们给出个合理的解释。至于这位秀女……救驾有功，朕另有重赏。朕先送她回宫，命太医速速前去诊治。"

他对太后行了一个礼，道："还请母后恕儿臣败兴，先行离去。"

话音刚落，凌盏就拂袖而去，戚悦的丫鬟们也搀扶着她回藏秀宫。

太后脸上的笑也收了起来。过了一会儿，太后道："皇儿就是心地善良，见不得人替他受伤。"

皇帝亲自送秀女回宫，虽然不合规矩，可是太后都出来解释了，其他人就更不好说什么了。而秀女们只恨为什么发现孔明灯掉下来的人不是自己，如果是她们，她们也愿意救驾的，只是没有这个机会。

中秋晚宴出了这么大一个变故，大家都没有了兴致。何况皇帝都走了，她们打扮得这么好看，也没有什么用处。歌舞声虽然又起，但是看的人再没有了欣赏之意。

太后虽然是一脸心事地在上首坐着，但是她不喊散席，也没有人敢提前走。

戚悦回到梧桐阁，第一件事就是把湿淋淋的衣服换掉。虽然眼下只是初秋，天气还不太凉，但到底更深露重，要是因为这事染上风寒就不好了。

这换衣服却换得她龇牙咧嘴。她刚刚替凌盏挡了那么一下，大腿的地方还是被烫到了。当时她以为没有什么大碍，不觉得疼，结果没想到被烫到的地方却起了一大片水疱。换衣服的时候，她的力气稍微大了一点儿，就把水疱给戳破了，那滋味可真要命！

"哎……"戚悦轻声叫了出来。

"你没事吧？"

凌盏就在梧桐阁的前厅，听到叫声，想要闯进来看有什么事。

戚悦急忙大叫："你……你别进来！"

好不容易才换好了衣服，戚悦一瘸一拐地走到外面，就看到凌盏一脸愧疚地站在那里。他道："这次……是我连累你了。"

戚悦是个遇硬则硬、遇软则软的人。凌盏正想说，之前是他小肚鸡肠，觉得戚悦表里不一，想搞个恶作剧，所以才同太后提议，钦点她为皇妃，看看戚悦会是什么样的反应。没想到戚悦却有着一颗善良正直、不计前嫌的心，故而想和她道歉。

就听到戚悦在那边老实交代："其实我当时是被人从背后推了一把，就……阴差阳错地成了现在这个样子。"

"所以……其实你并不是很乐意救我的？"凌盏咬牙切齿道。

"话是这么说没错……但当时我犹豫过，确实还是想……喂，你去哪儿？."戚悦这边扭扭捏捏地，话还没说完，那边就看到凌盏抬脚要走。

戚悦搞不明白凌盏为什么生气，这还刚刚有过救命之恩呢！

古话说得对，伴君如伴虎！这还是因为以前有一点儿小情谊在呢，眼下穿上龙袍，就翻脸不认人了！

不过，在皇宫中，见皇帝一面容易吗？

此刻天时地利人和，外面有凌盏的人守着，也没听到什么动静，秀女们应该不会这么快回来。虽然他命人去叫太医了，但是太医署在宫殿的另一头，距离藏秀宫还有一段距离，正是说话的好时机。

此时不抓住机会，还待何时？

戚悦二话不说就把凌盏的衣摆抓住，往后一拉，说："等下！我有话要和你说！"

凌盏停下脚步，仍然没有转身，高冷地说道："有什么话快说吧！"

这看起来不像是谈判的好阵仗。戚悦原本坐在床上，此刻一骨碌爬起来，然后单脚跳到凌盏的面前。

凌盏的侍卫都没在她的房里，她把两个丫鬟也支开后，说道："我被内定为皇妃到底是怎么回事啊？我压根就不想留在宫中当皇妃。"

凌盏冷着脸，道："之前某人不是还说当皇妃好，出去多威风，既能让你老爹享清福，又能不过抛头露面的生活。朕素来有成人之美。而且，某人还说，在秀女定留一事上，朕没有办法出力。朕自然要展现下自己身为君王的能力了。"

这"某人某人"的，叫得戚悦一阵牙酸！早知道他会把她的话当真，她当时就应该和凌盏说，自己想做的是皇商，然后要一堆一堆的黄金白银，每天枕着银子睡觉那是再好不过了！这皇帝虽然穷，但要是朝着这个方向努力，也是很不错的嘛！

"我……"戚悦苦着脸，"我现在反悔还来得及吗？"

"君无戏言。"凌盏道。

"我错了！之前的话，你不要当真啊！"戚悦苦哈哈地说道，"我不想留在宫中当皇妃啊！求您了！快收回成命好吗？"

凌盏看着一直单脚跳着的戚悦，之前的怒意也慢慢消散。毕竟，不管她的动机怎样，结果摆在眼前。如果没有戚悦出手相救，此刻，他也不知道自己会是怎样的一个情形。

不过……

他依然冷着脸，道："你说……你不想当皇妃？"

"对。"戚悦头点个不停，垮着脸，"皇妃有什么好的？每天被困在宫里，想出宫一趟都不容易！"她心里还默默地补充，凌盏还是个缺钱的皇帝。她可不想把戚家的家业，都拿来填补他这个无底洞啊！

只是，为什么凌盏听到她这么真实的心声，脸上反而露出了不高兴的表情啊？

凌盏沉声说道："你想被治一个欺君之罪吗？"

这声音沉郁顿挫，戚悦就想到戏文里面的那些皇帝，"皇帝一怒，伏尸百里"什么的！一旦出现了这句台词，臣子就"扑通"跪满一地。虽然戚悦心里明白，眼前的人不会这么较真，可是她条件反射地腿一软，差点儿就要跪下去了。

"不用行此大礼。"凌盏扶住她，声音里有几分笑意，"你也知道怕？"

戚悦觉得丢脸无比，可又不好说她是条件反射，悻悻地不说话。

隔了一会儿，凌盏道："朕知道，你的心思都在外面。你说想当皇妃，只是敷衍朕罢了。"

"那为什么还……这么做？"戚悦有点儿暴躁。

凌盏瞪她一眼，道："当皇帝多寂寞，难得逮到一个好玩的人，自然是想留在身边陪着。"

"好玩的人……"戚悦无语。

凌盏道："当然，朕还有一个心思。"

此刻，他们只是咫尺之遥，彼此的脸在对方的眼里都放得特别大，脸上表情的细微变化都纤毫可见。

凌盏轻描淡写地说道："商人不是重利吗？你可愿同朕做一笔生意？"

与他波澜不惊的语气相比，他的目光却很耀眼。他的眼底似有着星辰万千，深沉不见底，惊心动魄。

戚悦觉得自己的心怦怦跳着。

出于本能，遇到好商机的时候，她会格外激动。

"让……让我好好想一想。"戚悦没有被热血冲昏了头。

她竭力地让自己保持冷静。细细想来，她也略微猜到了一些。

凌盏现在的处境，不说举步维艰，但也是危机四伏。

她虽然不喜欢掺和宫廷争斗，但好歹做生意的时候，商家之间的明争暗斗她也见过不少。她当然不会真单纯得如同白纸，认为宫中的这出孔明灯事件只是偶然发生的，这肯定是有人要对凌盏不利。

还有，大周国泰民安，百业昌隆。她在民间也没有听说朝廷有什么大贪官，总体而言，官员们都很清廉。故而每一年，应该能有不少的赋税真正收入国库，近来也没有太多的战事，不至于国库亏空。

再说，若真的是国库无钱，她能提供的那点儿银子也是杯水车薪。宫人们不至于穿得如此光鲜亮丽。

种种迹象说明，这穷也只是皇帝的私库穷。皇帝要那么多的私库银子干什么？

这笔生意，肯定是刀口舔血的生意。

凌盏继续说："事成之后，你想要什么朕都能给你。想成为皇商吗？想让官府给你大开优惠之门吗？想让戚家的名头传遍天南地北吗？这些对朕来说，不过是举手之劳。"

戚悦隐隐约约地猜到凌盏想让她做的事。

她觉得好心动啊！高投资肯定伴随着高收益！

要什么秀女的大腿？要什么达官显贵的大腿？只要抱上凌盏这个金大腿，还愁戚家跃不上第一皇商的地位吗？

在危急时刻，雪中送炭才是最有价值的投机！

再说了，这次救驾后，估计有一堆人以后不会再同她来往了。

她从前塑造的好形象啊！

只不过，真要是上了凌盏这艘船，就没有中途下船的退路了。

这个决定，真的好难下哦。

戚悦的眉头皱着又松开，整张脸都写满了纠结。

凌盏道："你好好想想，如果答应的话，放在眼前的好处就有一桩——你不是还想着时不时地出宫去看你的福满楼吗？以后你也不用再偷偷摸摸的，担心来不及回宫了。这件事，朕可以帮你。哦，朕听说最近福满楼好像发生了一些事，蒋掌柜一直想找你，你就不好奇吗？"

这件事真是在戚悦的心头挠痒痒了，偏偏凌盏又不把事情说出来，弄得她心里更加好奇。

可是不行！不能就这样答应！她不是一个因为一时冲动而做错决定的人！

"你……你还是让我想想！"

戚悦始终不松口，哪怕眼睛已经晶晶亮了，还是不肯妥协。

正好此刻，凌盏贴身的内监陆已从外面进来，福身道："皇上，太医已经到达藏秀宫门口。成王也递了腰牌要入宫，有事同您商议。"

凌盏无奈，见今日也问不出什么结果，就摆了摆手，有些不耐烦地道："知道了，朕这就去。"

他走时又看了戚悦一眼，对陆已说道："你命人去库房拿黄金百两、绫罗十匹、珍珠一箱，趁人多的时候，送到梧桐阁来。"

听到这话，戚悦猛然抬头。这……这是有意要先给她点儿甜头吗？

"这……赏赐会不会太丰厚了？"陆已提醒。

戚悦又垂头丧气了，觉得这个内监真的好没眼色。

就听到凌盏道："朕乐意。"

说完，凌盏就朝外走去，走了两步，他又返回交代玉木姑姑："戚秀女受伤了，这几日就好好休养，顺便压压惊。秀女的一应课程就暂时免了。"

等凌盏一走，戚悦拍了拍脑袋。她竟然被凌盏把话题带歪了！她明明想说的是自己不想当皇妃的，这凌盏到底是答应还是不答应啊？

太医很快就来了。检查了戚悦的伤势后，太医给她抹了一些治疗烧伤的药膏，说了一些禁忌，留了一些膏药，又开了一剂安神的药方后，就背着大药箱离开了。

戚悦本来是支着一条腿，四仰八叉地躺在床上。她还没享受多久的清净，就听到外面喧闹起来，应当是秀女们都回到藏秀宫了。戚悦连忙把自己露在外面的腿收进被子里，乖乖地躺好。

藏秀宫的秀女们本来拼的都是实力和家世，戚悦却因为救驾独占鳌头。这藏秀宫里的格局肯定是要变一变了。

眼下时辰还不算晚，来梧桐阁扰她清净的人肯定格外多，戚悦提起精神准备应付她们。

也不知道这次背后下黑手的人是谁。总之，她现在处于风口浪尖，人人交好肯定是不可能的，但是谁也不理肯定不行。现如今，就顺其自然吧，能交就交，不能交也别强求了。

秀女们刚刚回到藏秀宫，果然都扎堆往梧桐阁挤。她们一进来就闻到了一股浓重的药。

关渔鼻子一皱，紧张兮兮地坐在戚悦床头，道："悦儿，你可有大碍？"

戚悦被扶起来，坐在床上，想到凌盏免了自己一周的课程，把自己的伤势说得太轻也不好。她道："其实没有什么大碍啦，没有伤到筋骨。太医说了要多静养休息，按时敷药，小心饮食，免得留疤。"

"你啊！那时候就没想到自己上前也会有危险吗？"关渔忧心道，"我在下面看着都替你捏了一把汗，还好没有伤到脸。"

"关心则乱嘛，要是孔明灯在关姐姐的头上落下，我也会跑上前去救关姐姐的。"戚悦眨了眨眼，道，"爹爹说，要救人为先。"

这话听起来当不了真，可就是让人觉得熨帖无比。

关渔替戚悦掖了掖被子，轻轻地拍了拍她的手，道："你好好休息，夜也深了，我就不打扰你了。"

关渔一走，其余的人就跟着三三两两地离开了。

等出了梧桐阁，一直跟在关渔身边的顾千歌说："姐姐，你何必对她这么和颜悦色？她看起来就是在装模作样。你没瞧到，今天她多威风，皇上还亲自送她回梧桐阁。"

"千歌。"关渔的语气有点儿严肃，"别人装模作样又怎样，伸手不打笑脸人，你这样的性子，迟早有一天会吃亏。"

"我……"顾千歌道，"关姐姐，你真的要一忍再忍吗？迟早有一天她会骑到你的头上去的。"

关渔比了一个噤声的手势："以后这种话，还是少说为妙。要记住，祸从口出；也要记住，今时今日，她的地位已经不同往昔了。"

"是。"顾千歌道。

那头顾千歌被关渔训诫得口服心不服，这头秀女们都走了，只剩下黄莉莉一个人还站在原地，迟迟不肯离开。

"莉莉？"

被戚悦点名，黄莉莉才朝前走了上来，嘘寒问暖道："悦儿，你真的没事吗？晚上真是吓死我了！你可千万不要逞强！"

"没事啦！她们都说得太严重了。现在抹了药膏，已经好很多了。"

这算是之前亲桑礼之后，黄莉莉第一次主动搭话。戚悦看到黄莉莉眼睛里水汪汪的，急得快哭出来的样子，道："真的没事啦！太医说了，只要养得好，连伤疤都不会留下的，顶多就是这几天不能乱动而已。"

黄莉莉低着头，用袖子抹了抹泪，隔了一会儿才抬头说道："之前是我想偏了。还以为你故意瞒着我，明明想当皇妃，却骗我不想当。我后来想想，就算悦儿有这样的心，我难道还不成全吗？没事，我理解的，只是希望悦儿以后坦诚待我就好。"

她从袖子里面掏出来一盒药膏，道："这个是我从家里带过来的，祛疤效果特别好，是个老神医配制的。妹妹要是不嫌弃，可以试试这个药膏。我小时候没少摔着，靠着这个，一个疤痕也没留。"

戚悦从她的手中接过药膏，盒子还带着人体的温度。应该是刚刚黄莉莉站在众人背后，踌躇不定的时候，双手握着药膏，犹豫要不要原谅她而捧得太久的原因吧。

戚悦觉得心里暖暖的，想到自己刚刚脑海里晃过的幕后黑手名单，还想到了黄莉莉……现在，她觉得自己心胸太狭隘了。黄莉莉都愿意原谅她对友谊的"背叛"，她竟然还怀疑黄莉莉使坏？

"嗯。"

黄莉莉也变得话多了起来，胸腔里燃烧起了熊熊的八卦之心："来，悦儿，你告诉我，近距离看皇上是什么样的感受？被皇帝亲自送回宫，又是什么感受？皇上看起来好像很难接近的样子。"

"我……没什么感受啊。"戚悦实话实说。如果真有一点儿感受的话，就是……有一堆话想说吧。

"怎么会没有什么感受呢？我在远处看着，就觉得皇上俊逸非凡呢。"黄莉莉道，"我之前在闺中的时候也见过一些少年英才，觉得都不及皇上一分。"

戚悦犹豫了下，觉得还是把事情说清楚一点儿比较好，她道："在这之前我确实碰到过皇上。之前顾千歌不是让我帮她送东西吗？就是送到了珍兽苑的附近，正好遇到了一只从里面跑出来的小白虎。再后来，我以为皇上是驯兽师，就和他有了口舌之争，也有了一些小嫌隙。皇上不知道从什么地方打听到我不想留在宫中，就故意出这个损招，想要来戏弄我。这次我救了他，也算是功过相抵了。"

"原来还有这么一出啊……"黄莉莉道，"那顾千歌估计就是打着让你得罪皇上的主意，不过好在皇上'治罪'的方式不一般。"

"所以啊，你问我见到皇上有什么感受，我确实是没什么感受的。就想着，我终于可以'挟恩以报'，让他给我取消这个内定名额了，也不知道皇上听进去了没有。"戚悦苦恼地说道。

"皇上肯定没听进去！悦儿你这么可爱，救驾有功，皇上肯定不会再计较你从前的冲撞了！悦儿你真的不想留在宫中吗？其实我们一起留下来也挺好的，彼此还能帮衬照应。"黄莉莉道。

戚悦摇头，又说了一堆不想待在宫中的理由。

不过这次，黄莉莉改成劝说她留下了。

这一晚，她们秉烛夜谈，把这段时间发生的事情又扒拉出来谈论了一番。

直到彼此的婢女都催促了好几次，她们方才分开。

一夜好眠。

第四章

治安不太好

孔明灯的事情，很快就查出了一个不算结果的结果。中秋节又正逢花灯会，有人在宫外放了几盏孔明灯。没想到孔明灯顺着风飘进宫来，闹出了这样一桩事情。

管着京城兵马、负责京畿安危的成王，进宫再三叩首，愧疚地说道："臣有罪！臣掌管京畿安危，却没有意识到这个隐患，实在是有愧皇上所托！"

成王凌轻昕乃是凌盏的皇叔，先帝幼弟，在朝野上下享有贤名。人人称赞他温厚敦良，如同清风拂月。

凌盏扶起成王，道："这件事是宫内的侍卫不够谨慎，以后换一拨就是了，不关皇叔的事，皇叔不必自责。中秋之夜本应该是团圆日，皇叔却守着京城安危，辛苦了。"

"皇上，臣不辛苦！皇上遇险，臣无能为力，极为惶恐！"成王道。

"本来就是意外，放灯的和制作孔明灯的人都已经被处置，这件事情就告一段落吧！"最后，凌盏长长地叹了一口气道。

明眼人都知道这件事情不是意外，而是有人故意为之，孔明灯定然是在宫里放起来的。但如今，只能顺着台阶下了，再查下去，就会牵扯到不能动的人，打草惊蛇。

成王上前一步，表忠心道："皇上，迟早有一天，臣会替皇上讨回这个公道。"

皇帝虽盛怒，但还是无济于事，是何等的悲凉无力。

事情不了了之，生活还是要继续。

凌盏免了戚悦一周的课程，她闲来无事，头两天还能老老实实地躺在床上养伤。后来就闲不住了，她琢磨起了出宫的事情。

等到秀女们都差不多离开藏秀宫了，戚悦就把铜钱和元宝叫来，道："铜钱，要是有人来，你就装成我躺在床上。元宝你就在门外守着，说我需要安心静养，刚刚睡下，不能让人打扰。"

戚悦一边说着，一边换起了宫女的衣服。

铜钱担忧道："小姐，你不会又想着出宫吧？"

元宝也劝道："玉木姑姑上次不是拦着小姐，不让小姐出去了吗？难道小姐要和姑姑对着干吗？"

"这不是趁着玉木姑姑不在吗？放心，就算被她发现我偷偷出宫，也不会告状的，而且只会想方设法帮忙掩盖！剩下的事情就交给你们了！"戚悦将外衫一罩就朝外走，"再迟王福子那边就要出宫门了！"

戚悦偷偷摸摸地出了藏秀宫，抄了一条近路，直接到宫门附近王福子他们必经的一条小路上等着。她刚跑到，王福子一行人就到了。

王福子一眼就看到了气喘吁吁的戚悦，叹了一口气，道："过来吧！"

戚悦讪讪地笑着，然后跟着王福子朝外走。

出了宫门，戚悦就告别王福子，朝锦绣街跑去。

福满楼还在井然有序地开着，只是客流量少了点儿，比起其他店铺更显得门庭冷落。不过这比她想象中要好上许多，她还真怕走到福满楼时，看到的是门上贴着封条。或者蒋掌柜愁眉苦脸地坐在柜台中告诉她，福满楼所有的古董宝贝都被人洗劫一空。

戚悦进去的时候，蒋掌柜正拿着个鸡毛掸子在清扫物品上面的灰尘。看到戚悦来了，他的眼里现出喜色："哎哟，我的小姐，您终于来了。"

"蒋叔，我听说福满楼遇到了一些麻烦事，而且你在找我，现在情况怎么样了？"戚悦问道。

"其实没有发生什么大事。您在宫中不方便出来，我就没拿这件事情来打扰您。"蒋掌柜说。

戚悦心里暗道，凌盏这个浑蛋，竟然诓她。

"不过既然小姐出来了，那这件事情小的就要和小姐讨教下怎么处理。"蒋掌柜说，"前段时间，我们福满楼的生意很好，就成了同行人的眼中钉、肉中刺。这段时间，不少人过来找我们的麻烦，时不时地就有地痞流氓上来挑衅，要收保护费。还好之前我们和捕快打点了关系，我又招了两个护院，来一个就送他们见官一个。但是这件事情刚结束，就又有人前来散布谣言，说我们当铺故意压价。我派人去调查，发现京城的其余当铺这段时间都联合起来，别人来当东西，他们都要开出比我们高上一倍的价格抢客源。"

"京城里开的这些店铺都是百年老店了，自然不会容许我们突然出现打乱他们的格局。但是他们总不至于和我们杠上一辈子，毕竟他们开店也是为了赚钱，而我们是以打入京城这个圈子为重的。"戚悦道。

这些人想打这个主意，还真打错了。比钱多？那还真没几个人能比得过她。

戚家低调，开在大江南北的几家旺铺看起来生意一般，但都赚了个盆满钵满。戚家的闲钱也多，可供周转的资金怕是天底下没有第二家能比得上戚家了。这也是避免

产业链断掉，导致崩盘的局面发生。

"还有一件事情……"蒋掌柜说，"现在外面还说我们古董店的货，卖得价格偏高，还有一堆赝品。简直岂有此理。前阵子还来了一个所谓的京城鉴宝专家，小的一开始不知道这人是什么角色，没忍住就把他赶了出去。结果第二天，京城到处传言说我们是恼羞成怒。后来不得已，他再来的时候，我就任由他信口雌黄，把一样样宝贝拿过去让他点评。现在，整个京城都在说我们福满楼应该改成赝满楼。我原想着，也许拖一拖，这风声就能过去了……"

看到戚悦脸上没有什么表情，蒋掌柜一脸愧疚："是小的没有把店铺管好，给小姐添麻烦了。"

戚家家大业大，金字招牌在，之前不管在哪儿开店，都是地头蛇。以前戚家的生意没有拓展到京城，蒋掌柜管着一家古董店，也顺风顺水，没什么人来找麻烦。这一到京城，鱼龙混杂，孤立无援，蒋掌柜是有甄别古董真假的能力，但毕竟是一个老实巴交的人，自然有很多应付不来的事情。

戚悦并没有责怪蒋掌柜，道："拖一拖确实是个主意，但这是下策。我们应该主动出击，免得他们以为我们真的好欺负。"

戚悦一边踱步，一边想着主意，寻思了一会儿，道："这样吧，你去找一些托儿，最好嗓门大一点儿的，拿一些以假乱真的赝品，先假装来我们当铺估个价，再去京城有名气的那几家当铺。他们要是开低价，你就让人和他们说，福满楼估算的又是多少银子，把价格给炒上去，同时也去坑一点儿银子，让他们吃吃亏。他们要是不肯给，那更好了，直接扯开嗓子，在他们店铺门口号几下。"

"是！"蒋掌柜道。

"你能保证我们古董店这边卖的都是真货吧？"戚悦又问。

"能！"蒋掌柜这点儿眼力还是有的，说，"我们的货大部分都是从其他分号拿过来的。在京城买的，我也仔细地查验过几次，不说百分之百正品，也有百分之九十以上了。"

"那这个鉴宝专家，肯定是受到别人雇用了。"戚悦道，"你改天去和这人好好谈一谈，别人给他出多少银子，我们给他出双倍，让他推翻之前的言论。"

"他不愿意砸了自己的招牌吧？"蒋掌柜还是有顾虑。

"你让人告诉他，如果他不收这钱，我会亲自去砸掉他这个招牌。你问他是愿意赔了夫人又折兵呢，还是愿意拿钱走人，息事宁人。"戚悦道。

这个鉴宝专家，既然会为了钱帮忙做抹黑福满楼名声的事情，从前应该也没少干过这事，要是想揪，还怕不能揪出一堆问题来？戚悦也不怕对付这些小人，对付小人就要用一些特别的手段。

"这些后续的事你都盯着点儿，再发生什么，就往宫里给我传话。你去找那个王福子，就是经常从宫里出来给皇宫采买物品的人。你告诉他，让他帮忙带话给玉木姑姑就好。"戚悦嘱咐蒋掌柜。

"还是小姐有办法。"蒋掌柜真心实意地夸赞道。

"哦，对了。"戚悦从袖子里拿出药膏，正是之前黄莉莉送给她的，道，"这个药膏你让人去看看配方，应该是祛除疤痕用的。你找人去试试，要是有效的话，以后我们戚家的铺子，也生产这种药膏限量卖。"

"好。"蒋掌柜二话不说，将药膏接了过去。

戚悦拿出账本，看这些日子的盈亏。这算盘拨来拨去，可把她心疼坏了。之前还能有个收支平衡，这个月连铺子的租金都快要承担不起了。

"小姐，之前那个……那个江洋大盗又来了，这次，还赶他走吗？"蒋掌柜问道。

闻言，戚悦抬起头，就看到凌盏从门口慢悠悠地走了进来。他的旁边照例跟着大块头如风。不过，今天他倒是没有像以前那样戴着黑色兜帽，穿着打扮就像一个富贵公子，手上还拿着一把折扇。

戚悦回道："不赶了。"

"小姐，我很好奇。第二次他来典当的明明还是宫中之物，您却没要我往外赶，还把他的东西买了下来。"

戚悦自然不能将其中的缘由解释给蒋掌柜听，略一思索，她说道："这个自然是有我的原因。而且玉佩的质地确实好，以后带回戚县，也可以给老爹玩玩。"

这话说得蒋掌柜也很认同。这宝贝虽然没有办法拿出去卖，但是饱一饱眼福还是不错的。再说了，有一些价值高的宝贝，生来就不是用来流通贩卖而是用来收藏的。戚家自然不缺那一千两银子。

两人正说着，凌盏已经走到了近前。

蒋掌柜迎了上去，道："你今天来当什么呢？"

若不是梧桐阁里面的丫鬟都是她从戚县带来的，她简直都要怀疑凌盏是不是在她的身边安插了眼线。要不然的话,怎么每次她一出宫,都会撞上凌盏呢?

戚悦对凌盏,目前来说还是没有什么好脸色的,她就任由蒋掌柜招呼,自己一动也不动。

凌盏道:"我今天不是来当物品的,而是来同你家老板谈一桩生意的。"

"生意啊?"蒋掌柜看了凌盏一眼,又看了下戚悦。他见戚悦没同意也没拒绝,就自作主张地张罗了一个小房间,让他们去谈事情。

蒋掌柜寻思着,眼前的少年锦衣玉袍,身上穿戴都不是凡品,再加上举手投足之间风姿不俗,想必出身富贵侯爵之家。可能是之前不懂事,把家中的御赐之物拿出来典当,想碰碰运气,这阵子资金周转灵便了,就想谈生意了。

戚悦不情不愿地被蒋掌柜请到雅间,还给凌盏沏了一壶茶。

凌盏今天来肯定还是为了游说她。

毕竟外面说话比宫里方便些。

戚悦一开始就表明态度:"我要是同意,肯定会和你说的,所以你不要这样穷追猛打了。"

"你不要警戒心这么重。"凌盏笑着说,"今日来,朕不过是有些困惑,想要让你帮忙解惑的。"

"说。"戚悦的态度依然没有软下来。

"现在有这么一个情况。假如你的福满楼,掌柜、伙计都是你爹派过来帮助你的,但是你爹在遥远的戚县,鞭长莫及,掌柜又欺负你年纪小,对外说你不懂事,对内弄假账欺瞒于你,你要怎么办?"凌盏抛出了一个问题。

"掌柜确实是我爹爹的人,现在还在外面呢,你是想挑拨离间?"戚悦哼道。

"朕至于这么无耻吗?只是个比喻而已。倘若他真想侵吞戚家的家业呢?"凌盏横了她一眼,硬是要逼她说出个答案。

戚悦仔细想了一下,道:"不会发生这种事的,蒋掌柜忠心耿耿。再说了,当铺只是戚家产业的冰山一角,我开着玩罢了。蒋掌柜是我们戚家的老人了,这样子图什么?"

凌盏的眼角带着笑意:"只是戚家产业的冰山一角?朕倒想知道,戚家到底坐拥多少财富?"

戚悦意识到自己好像说漏嘴了。她不应该露富的,现在也不知道凌盏到底是在打什么鬼主意,警惕地看着他,警告道:"不许打戚家的主意。"

凌盏逗她:"普天之下,莫非王土。"

"抢夺钱财的话,君子犯法,与小人同罪。"戚悦气鼓鼓的。

凌盏笑着看她。

戚悦也知道,普天之下身份最尊贵的人就在眼前,讲王法是没有什么用的。她转移话题,轻咳了一声,轻快地道:"嗯,如果真的发生了这种事,也很简单啊。学会看账的本领,在大家面前揭穿他。还有,别人觉得我不懂事,我让他们看到我的努力和认真就好了啊!如果伙计也是我老爹留下来的,自然也更愿意信任我而不是别人。总而言之,就是让人看到你的能力。"

"听起来是很简单。"凌盏言简意赅,停顿了一下。

戚悦又提起一颗戒备之心,总觉得他这话之后要开始长篇大论,或者直入正题。

果然,凌盏同她商量:"治大国如同烹小鲜,稳江山如同开当铺,所以你和我搭伙做事,也不难嘛。"

戚悦不为所动。

凌盏靠近她,咄咄逼人:"你不相信我的能力吗?"

他又近一步,道:"按照你所说的,让别人看到能力就可以。朕是天选之人,是皇室正统,执掌江山不过是时间问题。你要是同我结盟,不是助纣为虐,而是清君侧,能名满天下。你不是喜欢钱,喜欢金银珠宝吗?朕可以光明正大地赏赐于你。"

喜欢吗?喜欢!自然是很喜欢的!

她多想躺在家里,什么事也不用做,便能得到无数的金银财宝。但世上哪有那么便宜的事情呢?

戚悦咽了咽口水,但仍然不为所动。执掌江山,皇权斗争,这种事往往都伴随着战争和鲜血。胜者为王,败者为寇,她是明白的。

戚悦用一种自嘲的口气道:"皇上,我呢,虽然愚钝,不聪明,但也知道,天底下没有这么好的事。想要高回报,就要有高投入。若只是给皇上钱财上的帮助,我自然二话不说立马答应。可是,这刀口舔血的事……"

戚悦顿了一顿,道:"万一被那些反贼盯上了呢?轻则倾家荡产、血本无归,重则丢失性命。我爹爹送我来京城,是为了让戚家更上一层楼的,而不是悬一把刀子在头顶。戚家现在的财富已经足够我一生无虞,我没有必要趟这浑水。"

凌盏看着戚悦,眼底深处全是这个看起来稚幼无害的少女。他的话语掷地有声:

"没必要还是怯弱？这些财富是你父亲打拼下来的。你所做的，不过是借着你父亲的余荫才达到今天这种成就。你就不想青出于蓝而胜于蓝，把戚家推向巅峰吗？再者，你不想让商人的地位更上一层楼吗？这些，朕都可以帮你做到。"

戚悦觉得自己实在太有抵制力了，凌盏的每一句话，都戳中了她的心窝子，痒得很。

只是她还是假装诚恳、违背良心地道："不想，皇上。小的只想当一个含着金钥匙出生，坐享其成的人。您说的这些，还是另寻他人吧！我保证，这些话我一定守口如瓶，绝对不向第二个人透露！"

凌盏笑了，道："戚悦，你上次说这话的时候，忘记后果是什么了？"

戚悦默然，后果她是再清楚不过了。之前自己表里不一，说想当皇妃，结果眼前之人就闷声不吭地给她内定了个名额。现如今，这个名额还推脱不掉呢。

凌盏似是叹了一口气，道："保护自己人的能力朕还是有的，这点你放心。"

就在这时，雅间外突然传来"砰"的一声，仿佛还有桌子被推倒，随后传来东西砸落一地的"噼里啪啦"声。

"发生什么事了？"戚悦竖起耳朵，警惕道，"光天化日，天子脚下，不会有人公然抢劫吧？"

凌盏刚刚说的话，不会这么快就被打脸吧？

戚悦正要推门出去看个究竟，凌盏就把她挡在后面，让如风先出去看看。

戚悦这才发现原来大块头也跟进来了。不过比起第一次见面的暴躁易怒，大块头现在要沉默寡言，待在角落里都让人感觉不到他的存在。她刚刚和凌盏聊着正事，竟然没有发现大块头就在旁边。

没想到，如风刚推开门，就被外面的人临门一踹。如风整个身子就像一块巨石一样，砸在戚悦和凌盏中间的那张桌子上，狠狠地咳出了一口血。

"好……好险！"

"有刺客！"

戚悦和如风异口同声地叫道。

"他……是大内侍卫吗？"戚悦疑问道。

"嗯。"凌盏轻轻地点了一下头，神色凝重，"应该是冲着我来的。"

不是应该，是肯定好吗？竟然连大内侍卫都能够被一脚踢翻，这刺客显然武艺非凡。

戚悦现在的心跳得很快。这是她第一次遇到刺客啊！

传说中杀人不眨眼，根本不管你钱多不多、地位尊不尊贵的刺客啊！

要是她这只池鱼被殃及了，怎么办？

"现在怎么办，你出门怎么不多带点儿人啊？好歹你身份这么尊贵。"戚悦有点儿慌神。

凌盏却很镇静，问如风道："外面现在是什么情况？"

如风擦拭了嘴角的血，回道："皇上，此刻千万不要出去，外面突然闯进来个黑衣人，拿着刀剑在外面打砸乱砍，场面很乱，正和护卫们缠斗着。还有一个武功高强的白衣人，属下刚刚就是被那个白衣人给踹飞的。"

"白衣人和黑衣人？"凌盏转头问戚悦，"这个地方你比较熟悉，有没有其他出口？"

戚悦摇了摇头，道："这地方小，不过里间是个小净室，我们可以先进去躲一躲。"

片刻后，凌盏和戚悦两个人在小净室里面相顾无言。哦，还有如风，也被扶了进来，还被喂了一颗护心丸。

好在这个地方的用途听起来让人不是很愉悦，却因为是贵客专用，里面也放置了很多香豆，没有臭味，反而有一点点香气。

戚悦讪讪地说道："我这还没和你搭伙呢，就遇到了刺客。要是以后真的和你勾搭在一起，岂不是每天醒来都要遇到刺杀？"

"戚秀女，请不要乱用词语。"凌盏道。

戚悦继续嘟囔着："不行不行，这事我一定不能参与。现在蒋掌柜在外面还不知道是死是活，我戚家那么大一家子，不能轻易地就被我坑进去了！"

"已经迟了。"凌盏告诉她一个不想面对的真相，"你别忘了，刺客出现的地方，是在福满楼。如果刺客真的是冲着我来的，说明他们已经认定我和你有关系了。所以啊，你想和我撇清关系，难了。"

"你……"戚悦想了半天，发现竟然不知道要怎么称呼凌盏，叫皇上吧，一方面宫外不方便，另一方面失了气势。皇上叫什么来着？哦！凌盏，但是直呼皇上的名字，又犯了忌讳。

纠结之中，戚悦鼓起腮帮子，你了半天也没说出个下文，后来她干脆放弃了。

戚悦觉得很愤怒，明明她还在考虑，他竟然就让她强行入伙了！眼下，她是跳进黄河也洗不清了。

凌盏像是看透了她的心思，道："你在中秋晚宴上替我挡了那一下孔明灯后，他们就注意到你了。虽然你只是他们眼中的一颗小钉子，不过，看不顺眼的时候，还是要拔掉的。"

"那怎么会找到福满楼这边来？"戚悦道。

"有权势的人想打听一件事，还是很容易的。"凌盏道。

事到如今，也没有其他办法了。既然已经被坏人盯上，就不能心存侥幸。只是自己到底势单力薄，同他们孤军奋战，肯定无法抵抗。毕竟这些人随随便便派出几个刺客，都能够把凌盏身边的侍卫一脚踹出血来。她想要保全自己，只能背靠着凌盏这棵小树，希望他能够茁壮成长为大树，替她遮挡风雨。

而且，当下她已心慌意乱，但凌盏看起来除了表情严肃点儿，可比她气定神闲多了！这一看就是个能干大事的人，跟着他混，肯定有好果子吃！

于是，戚悦就在这极其不雅之处，做下了她有生之年最重要的一个决定。

戚悦道："我答应了！要是能渡过此劫，我……我就和你结盟！不过前提是，把我从内定的皇妃名单中除掉。"

"哪怕是许你四妃之位，你也不待见？"凌盏道。

戚悦故作深沉："俗话说得好，一入宫门深似海，从此自由是路人！"

"行，朕答应你。另外，你放心，朕说过，朕还是能保住身边的人……"凌盏正想说这句话，戚悦却捂住了他的嘴。

"嘘嘘嘘……你刚刚说这句话的时候，就被刺客破门而入了！乌鸦嘴。"戚悦急忙道。

不过这次，还真的没有刺客破门而入。外面的打斗声好像小了，也不知道是不是渡过了危机。只能怪这雅间的隔音效果太好，外面有大动静，里面只能听个五六分；若是只有交谈，他们根本听不到。

凌盏道："不过……既然你选择了加入，朕还是要同你说一下形势的。"

"你等等……"

戚悦打开净室的门，朝外看了几眼，确定雅间没有人闯进来后，道："皇上，您继续说。"

凌盏说起这件事情的时候，脸上还带着惆怅的神情，他道："朕虽然贵为皇帝，但不过是个傀儡罢了。没有调兵遣将的能力，也没有让人一呼百应的威望。朕想做什么事情，别人总是推三阻四。这个位置代表着无穷的危险和不安，一群人惦记着，想把朕拉下马。朕身边各方的耳目也多，就像这次出宫，就不知是谁走漏了风声。不瞒你说，朕现在的脑海里，竟有无数个人选，也不知道是可喜还是可悲。"

他有些自嘲："朕幼年继位，顾命大臣关海把持朝政，始终不肯还政于朕。他认为朕顽劣难驯，若将江山交到朕的手里，迟早有一天要将江山败坏干净。而且，他总是编造各种冠冕堂皇的理由，仿佛还政给我这样的人，他就会无颜面对先帝，堵得朕无话可说。现在想必也只有皇叔和几个老臣才支持朕，只不过他们心有余而力不足，不敢同关海公开较量，以免被他有意打压。"

"你说的关海……是关丞相，关渔的叔叔？"戚悦道，"这个，为什么他的侄女看起来不像是他那样的人？"

提到关渔，凌盏也是一脸不屑，说："关海的侄女能好到哪儿去？肯定同他一样，假仁假义，一肚子坏水。"

凌盏顿了顿，目光又落在了戚悦的身上，道："朕的前路荆棘遍布，你听闻这些后，还愿意加入朕这一边吗？"

"我有退出的可能吗？"戚悦无奈地摊手。

"你若是想退出，朕还是能勉力一试的。若是不甘不愿，朕也不敢留你，朕想要的人，必须和朕一条心，没有叛变的可能。毕竟掌权这件事情，确实伴随着无数的凶险。"凌盏说道。

"所以其实现在戚家能提供给皇上的，就是金钱上的帮助，用来招兵买马？"戚悦一下子就嗅到了关键之处。

"对。"凌盏点头，"朝廷虽然不缺银子，但是朕每动用一笔银子，都要经过户部，瞒不过关海的耳目。但是要做成这件事情，靠的不仅仅是众人的忠心，更重要的是银子。"

"皇上这么谨慎是对的。"戚悦拍了拍凌盏的肩，恍然大悟。怪不得凌盏之前那么缺银子，但是靠典当东西获得的银子，不过是杯水车薪罢了。

戚悦豁达地说道："你放心吧！我虽然贪生怕死，但既然答应了你，就会把最糟糕的后果考虑到。开弓没有回头箭，畏首畏尾的能做成什么事？当然要大胆地向前走！往好处想，以后还有从龙之功呢！皇上要多少银子，尽管开口吧！"

"哟……你们这叫什么？闻香商计大事？不过啊，你们真以为成王是支持你的

吗？太天真了。"

门口突然传来一声高扬的男声，还带着几分揶揄之意。

一个白衣侠客推开净室的门，出现在他们的眼前。

这人的脚步声极轻，也不知道在门口站了多久。如风本来还在好好地打坐，看到这个人，立刻从地上弹跳起来，握着宝剑，如临大敌地看着突然而至的白衣人。他重重地咳嗽了一声，挡在戚悦和凌盏的面前，道："反贼，不许上前。"

白衣侠客的目光轻慢，半点儿也不把这个大块头放在眼里。

他的目光落在戚悦的身上，嘴角勾起笑，道："喏，解决了来你们当铺挑衅的人，给我佣金吧。"

"佣金？"如风瞠目结舌。

"顾衫？"戚悦这下算是把这个白衣侠客认了出来。虽然身处的地方有点儿昏暗，但还是比那个只有月色的晚上亮堂多了。眼前的人，现在上半张脸和下半张脸没有色差了，又穿得如此出尘，白衣胜雪，看起来还真像个浊世佳公子。

戚悦问如风："这就是你刚刚说的那个武艺高强的白衣刺客？"

意外之后，戚悦还有一丝庆幸，又觉得有几分滑稽可笑。

敢情她刚刚迫于无奈，最后踏上凌盏这条船，只是源于一场误会啊！这顾衫乃闻名遐迩的大盗，武艺自然弱不到哪里去。

不过，她原以为之前给顾衫允诺的佣金，不过是为了防止自家的东西被顾衫继续光顾。没想到，在关键时刻，顾衫竟然出手解救他们于危难之中，简直让人觉得人间有真情了！

"给给给，我出去就给你！"戚悦喜难自抑，觉得这简直是自己和秀女挂上钩后，花得最畅快、最值得的一笔银子。

"你竟然是……戚老板请来的保镖，不是刺客？"如风仍处于惊滞状态。他才不会告诉大家，因为刚刚的临门一踹，他对自己的人生都产生了怀疑。他决定若能安全渡过这一关，一定要好好学武，保护好主子！

"对。"戚悦说。

"这位是江湖中的哪位侠士？"如风的脸上写满了钦佩之情，险些想拜师了。

戚悦自然不敢说顾衫是江湖中有名的大盗，这种人私下肯定有一堆案底，说不定官府发的通缉令都可以放满一箱子了。而且他们两个认识的契机，也很微妙啊！万一凌盏气不过，让官府的人把他抓起来，那就糟糕了。

戚悦趁着顾衫还没说话，就道："这是顾大侠，是我重金聘请来看家护院的……侠士。他这人比较低调，就别报名号了。"

顾衫脸上带笑，不揭穿她的谎言。

凌盏也似笑非笑，若真如她所说只看家护院，有如此武艺高强的人，她之前怎么会紧张到妥协呢？

只有如风傻憨憨地点头，抱拳："原来如此！大侠果然侠肝义胆！"

有顾衫在，外面的刺客肯定都被解决了！既然让她虚惊一场，她就要把这些刺客通通抓起送官！

戚悦正要出去，就听到自从顾衫出现一直不怎么吭声的凌盏开口："朕想问一下，你是怎么知道，成王不会支持我们的？"

"我闲来没事呢，就喜欢在各家各户的房顶待着。因此，这京城的事情我也知道了不少。成王和关海私下见面不止一两次了，相谈甚欢。成王既然能对这样的乱臣贼子笑脸相迎，可见也没有那么忠肝义胆，指不定也有着觊觎皇位的心。毕竟他也有着皇族血脉，这人啊，哪有那么无私呢？"

戚悦听到顾衫的这个癖好，倒想知道这人到底掌握了多少门本领，只当一个大盗是不是屈才了啊？还不如去江湖上开一座情报楼，通过买卖情报赚钱，不是来得更方便些？

"那你觉得这朝廷上下，可还有谁对朕是忠心的？"凌盏又问。

"今天我还挺开心的，既舒展了筋骨，又将得到一笔佣金，就和你们多说一些事。"顾衫说起这些，倒有着洞察秋毫的大局观。他轻咳一声，道："我们能换个地方吗？这个地方呢，我总觉得……嗯，味道有点儿古怪。"

戚悦这才注意到，顾衫的一只手一直是捏着鼻子的。

"这明明没什么味道啊？"戚悦觉得这家伙也太小题大做了吧。

"这会影响到我英俊潇洒的美男子形象！"顾衫振振有词，"在净室里谈论天下大事，这像话吗？"

"好好好，都依你。"戚悦道。

众人走出净室，坐在雅间继续刚刚的话题。

顾衫道："皇上也不用这么悲观，这天底下对您忠心的臣子还是很多的。只是

呢,能帮助你的,就寥寥无几了。毕竟,说句不好听的,文臣不顶用。这忠君爱国的臣子之中,有点儿能耐的怕是只有大将军连桥了。"

"大将军?"凌盏嗤笑一声,道,"关海每次说不能还政于朕时,大将军就是帮衬得最大声的,你真没有记错人?"

"你先等等,让我把话说完。大将军这人呢,什么都好,忠肝义胆,骁勇善战。但是呢……"顾衫指了指自己的脑袋,道,"就是这里有点儿问题,一根筋,对朝廷的事情也不敏感。他一心一意就想着如何打仗,保卫疆土了。朝廷上的事,他特别相信关海,所以就一直被关海牵着鼻子走。如果你真想拿回手中的权力,还是从连将军这里下手比较容易些。"

凌盏听完,谦逊地作揖,道:"受教了。"

"好说好说。"顾衫满不在乎道。

戚悦见他们的谈话差不多了,就要出去看看情况。不过看到凌盏待在原地不走,脸上的神情好像还有些凄凉,像是还陷在成王和关海勾结在一起的震惊中。

戚悦忍不住出言安慰道:"皇上,你要把事情往乐观一点儿想。你看,这不是走了一个皇叔,来了一个连将军吗?一个亲王,肯定没有手握兵权的将军来得重。再说,就算成王和奸臣现在勾结在一起,但你的政权尚且稳定,天下人认的还是你这个皇帝,而不是那个奸臣。所以,事情还没有那么糟糕。以后咱们努力点儿,把他们两个人分化了,那事情肯定就好办多了。"

"嗯。"凌盏脸上的表情依然没有什么变化,也不知道听进去了没有。他的声音有点儿低沉,道:"你先出去吧,我在这边还有点儿事情和如风说。"

"好。"

戚悦和顾衫并肩走出去。

顾衫调侃道:"你还不错,这么快就和皇帝私下有了交情,看来以后就要飞上枝头变凤凰咯。"

"我和他才不是你想的那种关系。"戚悦道,"你怎么见到皇帝一副满不在乎的模样啊?"

"我怕他做什么?我都把官府贴的通缉画像当作自画像来欣赏了,还怕一个皇帝?放心,这天底下还没几个人的轻功能比得上我的。"顾衫说这话的时候,无比自负。

"对了,刚刚在里间说的那些话,你可不许说出去。"戚悦说。

"放心，我人懒，才懒得说。再说了，我们江湖人也有江湖规矩，朝廷的事朝廷自己解决，彼此不掺和。"顾衫道。

戚悦出去的时候，外面已一片狼藉，客人们都被吓跑了，只剩下蒋掌柜和几个护院还在。所幸那些名贵的古董虽然被撞得歪歪斜斜，但有些还算完好。只有中间放着的一张桌子，上头的茶杯、茶壶、算盘等一些小物件被扫落了一地，需要花费些时间清扫。

正中的地方，四个黑衣人被麻绳捆着丢在一起，嘴里塞着一块破布，支支吾吾地也不知道在嘟囔着什么。蒋掌柜拿着一个扫帚，做出要抽打他们的动作："你们到底是谁派来的？"

戚悦没想到蒋掌柜也有这么凶狠的一面，原来忠厚老实的人被逼急了，比一般人更可怕。

戚悦叫了一声："蒋叔。"

"小姐。"蒋掌柜把扫帚放下，苦着一张脸，道，"小姐，我要被吓死了！突然冲出来这么一堆人，还好你躲了起来，你没事吧？这些杀千刀的！那个茶杯可是我的私藏品，前阵子刚从旧货市场淘来的，心疼死我了！"

"没事，改明儿我给你买个更好的。"戚悦道。

她把那四人嘴里面的破布取出来，就看到他们屁滚尿流地朝着顾衫磕头："少侠饶命、少侠饶命。"

"说！你们到底是什么人？"戚悦女侠似的用脚踩在那些人身上，气势十足，可由着这么一个女娃娃扮起来却像是在过家家。

"我们是隔了一条街的财源楼的老板派来的，是想……是想恐吓一下你们！"其中一个人吓得急忙把自己的目的说了出来。他怕的不是眼前这个女娃娃，而是她背后站着的那个笑眯眯但武功高强的白衣侠客。不过让这个人不解的是，这女娃娃之前脸上还是怒气冲冲的，听了他说的话之后，竟然露出了如释重负的笑。这世界是怎么了？

"这样啊！蒋叔，"戚悦道，"把他们给我送去报官！多给捕快塞点儿银子，一定要把这些人狠狠地惩治一下！"

"好咧！"蒋掌柜道，一会儿就哼哧哼哧地把这些人又捆了几道绳子，招呼着伙计抬起送到官府去了。

"哦对了，蒋叔，你把之前放在我房里的上好的金创药拿出来给受伤的人用，另外每个人再发五两银子。"戚悦又吩咐道。她对所有人道："你们记住了，跟着戚家好好干活，是不会少了你们好处的。"

"是，小姐！"护院们感激地说道。

闹了这么一场乌龙，竟然不是反贼那边派来的刺客。戚悦松了一口气，至少自己现阶段还没有被人盯上。

不过，她也没替自己刚刚因为误会而做出的决定后悔。毕竟，接连闹了两次大乌龙，这是上天注定要她和凌盏凑在一起啊！

等这边收拾停当了，戚悦跑到库房里面拿出了两千两银票交给顾衫。

顾衫讶异地挑了挑眉，说："难不成这是给我的提成？看来以后要多救你几次于危难之中。"

"不。这是我额外给你的聘金。你不是熟知天下信息吗？反正你出入宫中也自由，以后就给我当传话筒吧？"戚悦道。

"你以为我会答应吗？这简直是有辱我身为神偷的节操！"顾衫不为所动地说。

"事成之后，必有重赏。"戚悦的眼睛朝着雅间里面比了比，"你想给自己正名吗？你想昂首挺胸地闯荡江湖？你想在京城有一个安身立命的地方吗？少年，福满楼欢迎你，错过了这个店，就没有这个机会了。"

"啊！万恶的金钱啊，我还是向你屈服了啊！"顾衫将钱收起来，背过身，负手而立，看起来孤寂无比。

戚悦自然知道他是故作姿态。

等顾衫唉声叹气得差不多了，也到了戚悦回宫的时间。她又从当铺的库房内取了大约五万两的银票，走到雅间，把银票交到了凌盏的手上。她交代："这些银票一定要到戚家钱庄的分号去取。"

凌盏的表情闪过讶异，而后目光深沉地看着戚悦。

戚悦被看得有些不好意思，挠了挠头，道："你不是正缺银子吗？是不够吗？确实少了，以后你有需要尽管开口，我这边尽量满足你。"

"戚悦，"凌盏第一次这么郑重地叫她的名字，"朕突然有点儿看不透你了。"

"皇上，你也说了，这是我们合起伙来做的一桩生意。既然我同意和你结盟，自然是要拿出诚意的，再抠门做什么？皇上这边要是因为短了银子导致大业未成，那我会后悔不迭的。"戚悦知道凌盏看不透她什么，不就是觉得她以前很抠门嘛！

她拿出五万两银票的时候，心里是真的在滴血，恨不得五万两银子在她的手里再多待一会儿。可是，要是凌盏夺权失败，自己的命都没了，还要这么多银子做什么呢？她虽然好财，可还有很多事情是要摆在财前头的。

"朕会记住的！"凌盏说。

"记住把我从皇妃名单中剔除就好了！"戚悦再次强调。

"你放心，举手之劳。"凌盏说。

"哦，对了。"戚悦又说，"外面那些人只是福满楼的竞争对手派过来找碴的，不是刺客。嗯，还有……你之前答应过我，若是我和你结盟，我出入宫门就能自由些，这要怎么办啊？"

凌盏朝如风使了一个眼色，如风递了一个腰牌给戚悦。

凌盏说道："这个腰牌可以让你自由出入皇宫，别人无权过问。你到时候稍作乔装就可以了。如果你在宫中有事的话，就同藏秀宫的青公公说，朕会想办法和你见面的。"

"那……你之前说不用偷偷摸摸的呢？"戚悦又得寸进尺道。

"你出宫之前，想一些理由遮掩过去。若是实在遮掩不成，就说太后特别喜欢你，所以遣你去慈安宫伺候，讨朕欢心。"凌盏教人说起谎来，那表情还真正直无比。

"这不合规矩吧……"戚悦面露为难之色。这么多的秀女，就她一个人成天往太后的慈安宫跑。这简直要让她被别人嫉妒的目光杀死啊。

"不怕。"凌盏慢悠悠地说，"过阵子，太后的赏赐也会下来了，你就不用担心自己高调不成了。"

戚悦："你还好意思说！"

戚悦想到之前凌盏给她的那些黄金、珍珠、绫罗绸缎的赏赐，当时她眼睛都看直了。

但是在发现别人的眼睛也看直了的时候，她就后悔不迭啊！她是爱财，可不想爱得那么高调啊！

凌盏悠然一笑。

戚悦发现，她简直要被凌盏这一笑晃瞎了眼。

將軍一根筋

宫外的时光虽然美好，终究是要回宫的。戚悦万万没想到，顾衫的办事效率极高，不愧是名不虚传的包打听。不过隔天，顾衫就光明正大地出现在梧桐阁，跷着二郎腿，不问自取，喝着她从家中带来的上好君山银针，险些没把出去晒太阳回来的戚悦吓出魂来。

戚悦看到他的时候，瞪大了眼睛，急忙把自己住处的房门紧紧关上，又把窗户打开，方便顾衫随时跳窗。

"这么紧张做什么？"顾衫轻飘飘地说。

戚悦的眼睛都瞪圆了："你你你，以后能在月黑风高的晚上再来吗？要是被人撞破了，以为我和宫外的人勾结，图谋不轨怎么办？"

"这不是上头有皇帝护着吗？"顾衫说这话的时候，有恃无恐，眼角含笑地看着戚悦。

戚悦险些没克制住砸他的冲动。

顾衫慢悠悠地说："放心吧！我很警惕的。"

戚悦本来还以为顾衫是过来喝茶的，眼见着顾衫一盏又一盏地添茶，好似无限享受她胆战心惊的模样。她只好开门见山地问："你今天来找我，是有什么事情吗？"

"确实有一件事。我打听到了一个关于关丞相的传言。来，附耳过来。"顾衫招手。

戚悦还真把耳朵凑了过去。

顾衫在戚悦的耳边轻吹一口气。

本来聚精会神的戚悦突然一个激灵，恼怒地说："你……你戏弄我。"

顾衫这才不闹了，把外面打听到的事情同戚悦细细地说了一遍。说完，他道："这消息如何？可值这点儿茶钱？"

戚悦狡黠一笑，道："确实有点儿用处，不过这事还需要好好计划一下。"

把顾衫"赶走"以后，戚悦就联系了藏秀宫的青公公。

青公公是藏秀宫总管的小徒弟，十分机灵，和藏秀宫的这些秀女关系也不错。宫里赏下来的物品，一般都是青公公负责分发到各位秀女手中的。

青公公办事也十分牢靠。不多时，就借着一个机会传话过来，皇上让戚悦午后到之前他们初次遇见的珍兽苑附近相见。

到了他们秘密见面的老地方后，戚悦等了一小会儿，就看到远处有一个白色的毛团子朝这边像个球一样滚了过来。那小白虎还记得她，见到她的时候，就像猫儿一样用脑袋蹭着她的腿。

戚悦蹲下，摸了摸它的脑袋，被小东西扑了个满怀。

小白虎在宫内的伙食可真好，毛发锃亮，个头也比以前大了不少，身量比从前宽了一圈，毛也长长了不少，抱起来更像个毛团子了。

凌盏紧随其后，一直面带微笑地看着戚悦和小白虎玩耍。

等玩够了，戚悦把从顾衫那边了解的消息说了出来："顾衫今天早晨和我说了一个消息，说关海惧内是朝廷上下都闻名的。关夫人是个醋坛子，虽然膝下没有一儿半女，但就是不让关海纳妾，堪比河东狮。不过听说关海年轻的时候也是一个风流公子，见一个爱一个。只是因为夫人太过凶残，这些年才把性子压了下来，不过他时常也和同僚出去偷喝花酒。"

戚悦眨了眨眼，继续道："关丞相位高权重，关夫人又这样彪悍，这是不是说明，关夫人在关丞相的心里有着举足轻重的地位，要不然他怎么会这么容忍关夫人呢？你说，我们从关夫人的身上下手怎么样？"

"你要如何下手？"凌盏问道。

戚悦道："我思来想去，只想到了一个办法。等关海下一次再喝花酒的时候，我们就偷偷地把这件事情捅到关夫人那里去，就说是成王唆使的！必要的时候，也可以让成王背一个送美人的黑锅，先让他后院……后院怎么来着？"

"后院起火。"凌盏道。

"对对对。"

凌盏一笑，道："没想到你还能想出这种主意来。不过这是争权之事，到底是男人的事，关夫人的分量又能有多重？"

"至少让关夫人疑神疑鬼一下嘛。"戚悦道，"再说了，所谓'千里之堤，溃于蚁穴'。你们皇室的人不是经常在人身边安插密探眼线吗？关府那样至关重要的地方，你们应该有人吧？让关夫人在关海面前多说几句成王的坏话，久而久之，成王也就不会那么信任他了。"

"这倒是一个办法，虽然聊胜于无，但也能转移一下他们的视线。"凌盏道，"放心，这件事的后续就交给朕来办好了。"

"好好好。"戚悦点头不止，又乱揉了一通掌下的小白虎。她想了想，道："皇上，不过我觉得，我们这边肯定要争取大将军连桥的支持。有了兵权，腰杆子才能挺得起来。否则，要是大将军被他们那边掣掣，以为你私下招买的兵马是揭竿而起的反

贼,被大将军一锅端了,那可就完蛋了。"

"这阵子朕也在考虑这件事。"凌盏苦恼道,"只是连将军现在遇到朕掉头就走,朕也无计可施。"

这话虽然听起来夸张,但事实也差不多。大将军人比较耿直,说话做事喜欢直率干脆。他听到皇帝做事不力,看到皇帝也能劈头盖脸一顿臭骂,恨铁不成钢。到后来,他自觉在皇帝面前失礼,又怕自己脾气上来骂皇帝,就干脆对皇帝视而不见,每次下朝溜得比谁都快。

"皇上从前是无心,现在只要皇上多用点儿心,总有机会的。"戚悦正说着,就看到远处守着的青公公朝这边招手,像是有事找她。她这才依依不舍地把小白虎放下。

小白虎嗷嗷地叫了两声,水汪汪的眼睛瞅着戚悦看个不停。

"青山不改,绿水长流!小家伙,下次见!"戚悦提着裙子,小跑了两步,回头又冲着凌盏道,"有什么后续消息,一定要告诉我!"

青公公带着戚悦回到藏秀宫,说铜钱有急事找她。她回去的时候,才发现连桦在藏秀宫后头的花园里和人正闹得不可开交。

大周朝秀女备选入宫,要修习的课程很多,最基础的是宫廷礼仪,其后就是诗词歌赋、女红、琴棋书画。开始一个月的课程排得满满当当,隔五天才有一天休沐。不过中秋节之后,该学的差不多都学了,余下的就靠秀女们自觉去领会。姑姑们也只是布置作业,每日早晚检查一次,就放任秀女们在宫中自由活动了。

不过,这人闲起来,是非也就多了。同连桦吵架的人是礼部尚书的女儿赵梧。

赵梧从前就和连桦不对付。赵梧本来还想借着彼此父亲都在朝廷为官的交情,连桦又是大将军的女儿,她想同连桦交好。结果却热脸贴人冷屁股,几次下来,赵梧就心生不满了。她父亲好歹也是六部尚书之一,自己又是父亲的掌上明珠,本身就不必看别人脸色。连桦这般不识抬举,赵梧便觉得对方没有把她放在眼里。这心生不满以后,她看连桦的一举一动就觉得各种碍眼,终于在今日爆发了。

吵架的缘由很简单,赵梧在树荫下摆了一张桌子,正闲闲地作画。连桦却拿着一杆红缨枪,在附近操练起来,美其名曰强身健体。

赵梧这就浑身不舒坦了,碍眼,碍眼,太碍眼了!她在这边诗情画意呢,连桦却在旁边粗豪地舞枪?这不是故意来砸场子的吗?再说了,姑姑那边一直强调,秀女要贞静娴雅，连桦竟然做出这般粗鲁的举动。

她忍不住就和别人议论了一句："成何体统，站没站姿，坐没坐像。哪家的官家小姐像她这样整天舞刀弄枪的？果然是有娘生，没娘养。"

话音刚落，那红缨枪就直指赵梧，直接架在了她的脖颈上。枪头锃亮，连桦手下要是没个轻重，就要闹出人命来了。

赵梧瞬间收声。

"啊，原来是礼部那个老古板的女儿赵梧啊。失敬失敬，怪不得这话这么迂腐呢！"连桦嘴上说着，却没有放开手。这辱及家人，是可忍，孰不可忍？连桦虽然一直独来独往，不招惹是非，但不代表她会一直忍气吞声。"练枪练得有点儿累了，赵小姐，你的脖子借我架一下红缨枪，休息下可好？"

语气虽是征求，但连桦的眼神可是冷得很，如罩冰霜。

"你快放开我，哪有你这样的？"赵梧的声音有些急了。她还真不知道，连桦盛怒之下，到底会做出什么事来。

连桦却不管她，依然懒洋洋地把红缨枪架在赵梧的脖子上："你别说话，你要是再说话，让我一不小心激动了，手底下也不知道会做出什么事来。"

赵梧吓得哆嗦着想哭了："嘤……"

这边闹出了这么大的动静，附近的秀女也都围了过来。

连桦的目光慢悠悠地扫过在场的秀女们。这些人平常可没少奚落她，别以为她没和她们计较，就当她不知道。她冷厉地说道："你们谁敢去姑姑那边告状，我这边一个也不会轻饶！"

秀女们也怕惹是生非，平日里没一个人和连桦交好，场面一直僵持着，也就没人敢劝架。

赵梧的宫女早就慌了神，但也被连桦的人堵住了去路。

直到戚悦来的时候，那把红缨枪还维持着原样，据说已经持续了小半个时辰了。戚悦也不得不佩服连桦的臂力，换作是她，能举起这红缨枪来一刻钟，都要累得哭爹喊娘了。

赵梧已经吓得腿软，连桦虽然控制着力道，只想吓吓她，但是赵梧的脖颈上，还是被划出了一道浅浅的红痕，赵梧连吭都不敢吭声了。

戚悦过来的这一路上，已经听铜钱把事情说得差不多了。

她了解情况后，还是站在了连桦这边。将心比心，她从小也是被老爹带大的。据说小的时候，戚老爹还不是富商，家境清贫，她老娘嫌贫爱富，抛弃了她和戚老爹，跟着别人跑了。故而从懂事开始，她就听到很多人在背后议论，说她是个没娘的孩子。她气不过，就与那些人打架。不过她身体娇弱，每次都讨不到好处。每次回去的时候，身上都挂彩，青一块紫一块的。开始她爹爹还嫌她惹事，听说了她和人打架的缘由以后，他叹了一口气，什么也没说，只是默默地给她请了一个武术老师。再后来，就没人敢同她那么说话了，所以她特别能够理解连桦的做法。

不过理解是一回事，支不支持又是另外一回事。宫中的规矩森严，朝廷的派系也复杂，这秀女们的打斗也不是这两个人的事，是会牵扯到朝堂上的。再加上赵梧的父亲是礼部尚书，虽然这位置不上不下，就是耍嘴皮子功夫，但好歹是唯一敢和关海呛声，让关海早日还政于皇帝的臣子。从这个角度来说，太后和皇帝还是要给礼部尚书一个面子的。

戚悦着急了，一来到现场，就上前憨笑着对连桦说："连姐姐的手举得累不累，要不要休息休息？我帮你提枪吧。"

说着，戚悦就开始动手拿住红缨枪。连桦也顺台阶下了，让戚悦轻易地把红缨枪移开。其他秀女见状，一拥而上，把连桦和赵梧隔了开来。

赵梧依然愤愤不平地看着连桦。她用手摸了下脖子，看到一手的鲜血，咬牙切齿道："走着瞧！"

"也罢，你帮我提枪吧，她不配。"连桦也不屑地笑道。

连桦说完这句话，也觉得今天赵梧败坏了她舞枪的意兴，就轻轻地把红缨枪朝戚悦手上一抛，朝外走去。

戚悦感受到手上沉甸甸的重量，费力地抱着红缨枪，还一边冲那些秀女比了一个手势，让她们先帮赵梧处理伤口，一边小跑着追上连桦的步伐。

连桦也料到戚悦是有什么话要和她说，到了外面，步伐就放慢下来。她倒是没有把对赵梧的怒气发泄到戚悦的身上。她看着唯一没有和她撇清关系，反而吃力地抱着红缨枪追上来的戚悦，淡淡地道："你阻止我做什么？"

"这事情要是闹大了，连姐姐这边也不好收场。干吗要让仇人笑，亲者哭？"那红缨枪还是有点儿重量的，戚悦虽然不是弱不禁风的女子，但抱了这么久，她也有些气喘吁吁了。

连桦叹了一口气，道："我本来就不想留在宫中。"

"话虽这么说，但人言可畏，要是因为赵梧，你被赶出宫，这传出去名声得多难听。"戚悦劝道。

"那也无事，就算是要被赶出去，他们也会找一个冠冕堂皇的理由的。"连桦毫不在意。忽而，连桦转头，长发飘扬，仿若漫不经心地问："你会不会嫌弃我粗鲁、鲁莽，没有一点儿大家闺秀的模样？"

戚悦摇摇头，道："我才不会呢。你从前不是和我说，每个人心中都有一个侠女梦吗？我觉得你的一举一动都充满侠气，快意恩仇的样子可帅了！可惜皇宫不是个好地方，他们也不懂欣赏。"

连桦静静地看着一脸崇拜的戚悦，觉得宫外还真是一个好地方，还能养出这样的小姑娘。明明是商人出身，这身上却没有半点儿铜臭味，举手投足之间，自有一番清贵之气，不逢迎，不卑亢。在她看来，这小姑娘比别人看起来顺眼多了。

看到连桦不吭声，戚悦继续道："我自己几斤几两还是清楚的，虽然渴望当一个女侠，但是有心无力，只能朝着商人的方向发展。你也知道，现在商人的地位还是低了一点儿，故而朝廷征选秀女，我也只能入宫，没有拒绝的份儿。倘若我能出宫，我一定要在有生之年，让商人的地位提高。"戚悦顿了一顿，又歪着头，问连桦，"你呢，身为将军之女，明明有拒绝入宫的权利，为什么还要入宫？"

这小姑娘果真不同，连桦送宝剑给她，她欢喜。连桦与别人格格不入，她赞同。连桦想当侠女，她崇拜。连桦没想到，自己在宫中还能遇到知己，觉得来了一趟皇宫也没有什么不好的。

连桦敞开心扉，道："我是不愿意入宫的，可是我父亲认为把我送进宫中是对表达皇家忠心的一种方式。他把军营里说一不二的那套也带回家中。我母亲很早就走了，也没有人能劝得住他。我抗议，他就把我关在祠堂里三天三夜。再后来，我就妥协了。"

戚悦听到连桦这样说，就开始想念起自己的老爹了。老爹虽然不靠谱，有那么一点儿卖女求荣。不过至少她抗议的时候，他就会服软，还会列举一堆的好处——虽然带了哄骗性质，但她的心情每次都不错。

但是现在……既然提到了这里，戚悦觉得自己可以来个曲线救国，虽然凌盏现在在大将军那边还没有办法获得好感，不过自己这边也可以吹吹耳边风。指不定什么时候，大将军同女儿谈论朝政的时候，连桦也能够给凌盏说点儿好话呢。

于是，戚悦就说："其实也许连将军只是不善于表达呢？或许他让你入宫不是因为对朝廷表忠心，而是觉得这对你来说是一个好选择。你想想，皇上又不是糟老头，是风华正茂。上回中秋节，你也见到皇上了，万里挑一的容貌和气质呢！"

"呵。"连桦冷笑了一声，"我还不知道皇帝在我爹心里的印象？不学无术，顽劣不堪。他也生怕皇上把这个大周江山给糟蹋了，以后他无颜见先帝。你说这样的人，我爹会认为是个好选择？普通人都没有这样嫁女儿的，何况送进宫，不过是尽他的愚忠罢了。"

连桦的这句话其实还是有些忤逆，对朝廷不满。不过，这话是对戚悦说的，倒也无所谓。戚悦更加致力于扭转凌盏在连桦心里的印象，道："耳听未必为实，你说现在关丞相一手遮天，他说什么，朝廷上下谁敢说一个'不'字？说不定就是关丞相在故意抹黑皇上的名声呢？我上次见到皇上，皇上很是稳重……"

"可眼见也未必为实，那些被皇帝气走的太傅，难道还有假？"见戚悦又要给凌盏说好话，连桦有些纳闷，"你今天怎么老是给皇帝说好话？难道……"

连桦突然想到了一个可能，露出难得一见的揶揄的笑："你喜欢皇上？"

戚悦瞪圆了眼睛，脑海里仿佛有一个轰天雷炸开："啊？"

"从外表上看皇上确实是一个风度翩翩的美男子，成为心上人选的话，也是理所应当的。"连桦认同地点了点头。

她虽然不关心皇上的长相，可是中秋节后，秀女们对皇帝的溢美之词，听得连桦的耳朵都起了茧子。还有些秀女提起皇帝就脸蛋红红的，真当她看不出来？在她看来，这都是很寻常的事。

"啥啥啥？"戚悦依然处于呆若木鸡的状态。

连桦拍胸脯保证，道："现在你改变主意，想留在宫中的话，我会尽我所能帮你的。江湖中人，喜欢就是喜欢，不喜欢就是不喜欢，你要大胆地面对自己的内心。"

"哎哎哎，不不不，不是这样的！"戚悦有种百口莫辩的感觉。可是她又偏偏不能说出自己私下和凌盏的"勾当"，这下子真是搬起石头砸了自己的脚。

连桦一脸我懂，你不用再说的表情。不管戚悦再说什么，怕是她心里都认定了这事。

戚悦欲哭无泪。

连桦在宫中和赵梧发生争执，还用红缨枪伤人，让赵梧的脖颈间多了一道伤痕。虽然连桦前有威胁，但是秀女们也不敢把这么大的事情瞒下来，转眼就告诉了姑姑们。

对于这样的事情，涉事的双方家里又是权宦之家，姑姑们也不敢擅自做主，就把这件事情禀告了太后。

太后身边的采南姑姑亲自来了一趟，同连桦在她的住处单独谈了一刻钟的话才出来。

戚悦有些担心连桦。连桦刚出来，戚悦就上前给了一个询问的眼神。

连桦扯了一抹笑，安慰道："求仁得仁了。"

其余的话，连桦倒是没有多说。

连桦伤人不对，罚闭门思过七天，考评本记上一笔，并且没收所有的武器、尖利物品。但毕竟是赵梧口出恶语在先，于是采南姑姑命奉贤嬷嬷在赵梧的考评本上也记上一笔，又代表太后赏了赵梧一些东西，当作安抚。

赵梧听到自己的考评本上要被记上一笔，险些哭晕过去。

戚悦却松了一口气。这惩罚对于连桦而言，其实有点儿无关痛痒，反而让人感受到了皇家的偏袒。这有点儿不符合上面的作风啊，不至于为了拉拢连家，这般偏颇连桦吧！而且，那句求"仁得仁和"这个结果半点儿对不上。

戚悦心里还是有点儿不放心。

眼下赵梧的心情肯定很不好，也不知道这脖颈上会不会留疤，若是留下了疤痕，恐怕又会去连桦那边闹了。

于是，戚悦同黄莉莉闲聊的时候，说："莉莉，你那边还有那药膏吗？"

黄莉莉愣了一下，摇了摇头，道："没有呢，我就那一支，已给妹妹你了。你用完了吗？"

戚悦自然不敢和她说，自己把那支药膏送到宫外去了。反正现在她腿上的疤痕已经结痂并脱落了，颜色也淡了很多。

她就说："用了，姐姐的东西果然好，现在只剩下一点点淡淡的疤痕啦。"

"哦。"黄莉莉低头，让人看不清神色。

事实证明，戚悦的担心是正确的。过了两天，戚悦就看到连桦那边在收拾行李，准备出宫的样子，连禁足令也免了。这一问才知道，宫外传来连桥病重的消息。皇帝和太后体恤将军，准许连桦先行离宫，回家侍疾。

这说的是侍疾，但明眼人都知道，这是直接剥夺了连桦秀女的资格。

"连姐姐……"戚悦有些担心地看着连桦，"将军大人没事吧？"

"没事。"连桦道。她眼底倒是不见悲痛，而是释然。她让戚悦进了里屋，才把事情说清楚。

连桦说："这件事情也不知道怎么的被我爹知道了，他气得入宫找太后，扬言要把我这个不孝女给抓回家。后来他被太后劝住了，这才换了一个由头，为了保全我的名声罢了。不过也不知道回去后，他要怎么收拾我。"

"那我以后还能见到你吗？"戚悦松了一口气。连将军没有性命之忧就好，要不然，这大周的朝堂格局又要变了，以后皇帝的位置，就更加岌岌可危了。只是现在连桦求仁得仁，得了一个出宫的机会，戚悦为她感到开心。但是连桦是她在宫中最真心的一个朋友，虽然认识的时日尚短，可以后就要见不到了，想想也觉得有些心酸。

"若是有缘，总能再见。"连桦这样回答她，又换了一句比较白话的说法，"以后你若是能出宫，便来将军府找我吧。"

"对哦！我还可以出宫去找你！"戚悦茅塞顿开地说道。

反正现在她出入皇宫算挺自由的，以后也许还能带着凌盏去将军府遛遛呢！在朝堂上，凌盏单独留将军下来说话，将军很容易一言不合就拂袖而去。凌盏肯定要顾及皇帝的威严不敢上前追。但若是到了将军府，就有很多时间相处了，到时候什么手段都可以使得上了！

"我下次……要是出宫找你，能带人吗？"

"能。"连桦回答。她想了想，从脖子上解下一块玉佩。玉佩光泽温润，其中隐约还带着一团雾气，像是流云。玉佩上雕刻着一只凤凰，只不过雕工有点儿粗糙，戚悦辨认了许久，才把那宽嘴短尾的动物和凤凰挂上钩。

连桦将玉佩郑重地交到戚悦手中，道："这是我及笄之时，父亲赠予我的礼物，我今日将此玉佩给你，以后若有事到连府寻我，就带着它来。"

戚悦推却道："这太贵重了。"

"现在我也身无他物，只有这个信物连府众人都认得。"连桦笑得无奈，"总不至于让你背着一柄宝剑去连府找我吧？"

觉得连桦说得在理，戚悦这才把玉佩收入怀中。

投我以木桃，报之以琼瑶。戚悦亦从袖中掏出一个小印章，印章上刻着一个悦字。戚悦将小印章放到连桦手里，笑道："这个小印章是我自己闲来无事刻着玩的，戚家大部分的伙计都认得我的字。你要是有钱财方面的需求，可以带着小印章去戚家铺子里面取钱用。"

"行！"连桦也把印章收了起来。

戚悦可不担心连桦回家会被连将军骂得很惨。连将军就连桦这么一个女儿，肯定也是疼得如珠似玉的。不过出入军营习惯了，这和女儿相处的方式，他就不知道要怎么掌握了。要不然，连桦的性格也不会这般特立独行，一定程度上说有点儿任性了。只不过，连将军脑袋一根筋，在忠君和爱女这两点上，忠君排在第一。不过，现在发生了这件事，肯定就不会再牺牲女儿的幸福了。

这一桩事情算是画下了句号。

戚悦这边，望穿秋水地等着凌盏那边让成王背黑锅的那件事情的最新情况。最近宫里烦心的事情多，连桦又走了，戚悦也没有像从前那样迫切地想同各位姐妹交好，就闲了下来。

这一天，青公公又来送物资，看到戚悦那亮晶晶的眼睛时，他有点儿哭笑不得。

戚悦把左右屏退，急切地询问外面的情况。

戚悦怀疑青公公上辈子是说书的，说起这些八卦来，语气抑扬顿挫，仿佛亲临现场："外面都闹翻天了！关夫人听到关大人去喝花酒，柳眉倒竖，怒气腾腾地杀入了牡丹楼。结果这一去不得了，发现关大人一边喝着酒，一边拥着美人，好不惬意。关夫人一看，急了，当即发作了一通。那成王也在现场，关夫人痛心疾首，当时就指着成王张口大骂，说成王表面正人君子，没想到这样假仁假义！当时啊，关夫人是带着一群人杀进去的，鱼龙混杂。关大人本来想说，这真的只是逢场作戏，那些美人不过是掩人耳目的，要不怎么个个都是哑巴呢，连字都不认识，就是为了防止把事情说出去。可是，这密谋造反的事，他又怎敢在光天化日之下说出来呢？于是只能吃了这个哑巴亏，心里把这个'告密'的人恨得要死。"

"接着呢？"

"接着啊！关夫人就警告关大人不要再和那些花丛浪子来往。看到关大人面露犹豫，关夫人就抹眼泪，让关大人直接送她一纸休书得了！关大人急了，服软的话都说尽了，还是不能平息关夫人的怒火。"青公公说到这里的时候，一只手拎起自己的耳朵，绘声绘色地继续说道，"于是关夫人就这样拎着关大人的耳朵回了丞相府，他'哎哟哎哟'地叫了一路。那情形……围观的人看着都替他疼，娶了这么一只河东狮。关夫人这样还嫌没闹够，她是带了很多丫鬟仆妇一起去的花楼，因此，但凡当时在场的人的家属那里，她都派人去特殊关照了一下。隔天又爆出了关大人有一套外宅，里头养着好几个美人，还都是成王送的。这事情闹得有些大了，本来成王在民间的名声一直不差，有着'贤王'之名，这下人送外号'送美王爷'。"

　　成王突然得了这么一个称号，也算是意外之喜。不过戚悦想象着之前青公公所形容的画面，就觉得好玩。众位大人本来还在温柔乡呢，结果冲进来个母夜叉，提着他们的衣领，就把他们往外拉的画面，应该十分有喜感，她笑得东倒西歪。也不知道这美人是怎么被凌盏嫁祸到成王的身上，又是怎么样让关夫人误认为是成王送的呢？下次见面一定要问问。

　　不过，戚悦心里还是唏嘘不已。也不知道关夫人是怎样一个奇女子，竟然能把关大人治得服服帖帖的，还这般伉俪情深。

　　问及皇上现在的情况，青公公道："皇上现在也是头痛不已。我朝律法规定，官员不得狎妓。这次一干官员公开犯事，眼下都到皇上那边去请罪了。判得重了，动摇国体；判得轻了，那些人又嚷嚷着要请皇上从重处置。皇上也很为难。"

　　这种场面功夫，确实够凌盏折腾一阵子了。

　　戚悦道："我也不去打扰皇上了，你这边就和皇上说，我过三日要出宫一趟。不知道皇上能不能腾出时间，到时和我一同出宫。"

　　"好。"

　　等到了约定时间，戚悦拿着腰牌就往宫外跑。这皇帝的腰牌果然不同凡响，一路上畅通无阻，别人连问都不敢问一声。

　　她在宫外的落脚点自然还是自家的福满楼。对比上次的生意惨淡，这次福满楼的客流量多了几倍不止。

　　蒋掌柜见她来了，顿时春风满面，说："小姐啊，多亏了你的主意，我之前按照你说的办法做了以后，其他几家现在已经不敢再和我们闹了。我们店的口碑上去以后，客流量多了起来，已经开始有盈余啦！"

　　"继续保持！"戚悦夸奖了两句，就去换了一身衣服，是事先备好的男装。她照照镜子，嫌弃自己的容貌不够硬气，又用螺子黛在眉毛上描绘了几下。粗眉将原来精致过分的容貌衬托出几分英气。戚悦在镜前转了转身，遗憾地表示，身量不够，和玉树临风挂不上钩，如此装扮，更像是富贵人家的小书童。

才换好衣服，凌盏就进来了。

戚悦看了凌盏一眼，他这一身打扮委实太华贵了！一看就是出自那些钟鸣鼎食的富贵人家，陌上锦衣少年郎，哪里能够凸显出诚意呢？

于是她跑到后头，拿了两件粗布衣服，递到凌盏面前，微微扬起下巴，道："换上这身衣服。"

凌盏的目光先是落在第一次女扮男装的戚悦身上，不知道她在打什么主意，又看着那些破旧的衣服，有点瞠目结舌。虽然他这辈子一直当着傀儡皇帝，每天承受着很大的精神压力，但是锦衣玉食还是不缺的。

他狐疑地说："这衣服也太寒碜了吧？"

"我今天要带你去见一个人，这样才能显示出你的诚意。"戚悦卖着关子，"有句话不是叫'吃得苦中苦，方为人上人'吗？去换吧！"

戚悦不停地催促着凌盏去换衣服。

凌盏也知道，戚悦难得出宫一次，应该不会存心戏耍他。只是，这不知道是要扮演成什么角色呢？凌盏皱着眉头，跑到里间更衣，换上了一身粗布衣裳。

等到凌盏出来的时候，戚悦只觉眼前一亮。这粗布衣裳是从护院那里借来的新衣服，凌盏的身材比同龄人要更高大一点儿，这护院的衣服穿起来倒也十分合身。护院穿着这衣服，看起来只不过是个平庸的路人罢了。凌盏不愧是个衣架子，就算穿着粗布衣裳，也比一般人多了几分气势，看起来就不同凡响。

"这下可以了吧？"凌盏问道。

戚悦满意地点了点头。

一刻钟后，戚悦带着凌盏出现在连府的大门口。戚悦敲了敲连府的大门。

等到家丁把门打开，戚悦笑道："我和你们家小姐有旧，你们能不能帮忙把这个信物交给连小姐？"

家丁狐疑地接过信物，瞅了一眼，原本还冷着的脸刹那间堆出了花，态度也亲和了很多。他道："你们先在这儿等等，我去找小姐。"说着，家丁就跑去通报了。

连桦回到家中就被罚去跪祠堂。不过连府就是她的大本营，她进宫两个月，连府的人都把她想疯了。听说连大人要罚她跪祠堂，连桦的乳娘以及之前侍奉连桦母亲的大丫鬟轮番上阵，在连将军的耳边哭诉"连桦这个苦命的孩子"，硬是让连将军把这个惩罚改成了在房中思过。不过连将军虽然生气，但他日理万机，又要操持兵马，哪里还看顾得过来。这边，丫鬟仆妇对连桦又纵容无比，于是这思过也就形同虚设，她想去什么地方，根本就没人阻拦。

连桦这会儿正穿着窄袖、绯绿短衣在舒展筋骨，就看到家丁拿着玉佩进来找她。她大吃一惊，暗道不会这么快吧？难道出了什么事了？

她健步如飞，眨眼就到了将军府的门口。只看到门口站着的那个俏生生的小书童，她觉得万分不可思议，第一次说话结巴起来："悦……悦儿？"

连桦才说完，又担心她的身份暴露，于是又捂住了嘴巴，急忙把戚悦从外面拉了进来。这会儿，她才发现戚悦的身边还跟着一个人。

他虽然穿着粗布衣裳，但是气质不俗，看起来可不像个护院那么简单。

"等……等下，这个人好像长得有点儿眼熟？"连桦看向凌盏，皱着眉头。

她之前参加中秋晚宴时，虽然也因为好奇看过皇帝一眼。可当时皇帝是坐在上首，同她隔得有点儿远，她也不好意思多打量，只看了一下就把目光移开了。是以，现在根本就没有认出皇帝来，只是觉得眼熟。

将军府门口毕竟不是说话的地方，连桦把这两人拉到了自己的房间里，才开始询问："戚悦，你……你怎么突然跑出宫来了？要是被宫里的人发现怎么办？你不是想留在宫中吗？你还是快点儿回去吧！我知道你想见我，但这可不是开玩笑的。秀女私自出宫被发现，会受到严惩的！而且你出了宫，可就再也见不到皇上了。那你那颗爱慕的心，要往哪儿放呀？"

戚悦万分想要堵住连桦的嘴，她出皇宫后怎么就没有从前的高冷了呢？怎么变得这么话痨，这么八卦了呢？

戚悦不用转头，也能猜得到，现在凌盏在她的身后肯定是一脸揶揄的笑。不过现在和连桦解释这件事情只会越描越黑，迟些时候，连桦知道她和凌盏的关系，也就不会再胡乱猜想了。

只是回头还是要和凌盏解释一下。她对凌盏的感情，十分清白，可昭日月！

"现在不是说这些的时候，以后我再和你解释。"戚悦急道。她指了指自己身后的凌盏，道："这位是我在宫外的朋友，他一直非常崇拜连将军，想要见连将军一面，投奔到连将军的麾下。不知道连姐姐能不能帮忙引荐一下？"

她今天来之前，找人确定了连将军在府中，才敢大胆地把凌盏拉来这里。

"投奔我爹麾下？"连桦听到这话，觉得十分有趣，也不知道这人和戚悦是什么关系。哎呀，三角关系，简直是乱糟糟的。

连桦把的目光放在凌盏身上，开始肆无忌惮地打量。

长得倒是不错，只是这身板看起来虽然高大，但还是有点儿单薄啊！这手指上也没有长茧，细皮嫩肉的，看起来就是没干过粗活、没拿过刀剑的。

她也去过军营一两次。爹爹治军向来很严，是要真枪实弹干的。这人……真的能撑得过去吗？也许是修习了什么高深的内功心法？

连桦这么一想，就忍不住往凌盏的胸口招呼了一下，想试探一下这个人的深浅。

凌盏被连桦这么打量着，还是有点儿紧张。毕竟军国大事，要等到连将军来了，他试探一下口风，才敢大胆地和连将军陈情。结果冷不丁地就挨了连桦这么一下，他当即闷哼一声，露出了破绽。

"我是来做军师的。"他急忙道。

"他是个文臣！"戚悦也紧张了，没想到两个人倒是异口同声起来。

"哦……抱歉！"连桦古怪地看了戚悦一眼，怎么戚悦看起来反倒更紧张这个人。

不过打消了心中的疑虑后，连桦道："你的朋友看起来弱不禁风，就算是做军师，身体素质也一定要过硬。不过他今天确实来对了，我父亲正好没去军营，我一会儿就带你们去见他。"

虽然她还要闭门思过，不过既然戚悦都冒着风险出宫了，她又怎么能让戚悦快快而归呢？

结果他们三个刚打算出门去找连将军，连将军就已经不请自来了。

连将军声若洪钟，走路虎虎生风。他在家中虽然卸下了厚重的盔甲，穿了一身家常的直裾深衣，外罩大袖衫，但周身还是有着长期浸淫战场才有的戾气。

他才走到门口，连桦就道："哦，不用去找了。"

"连桦，你又在搞什么鬼，你这是闭的哪门子的门，思的哪门子的过？你什么时候在外面又有了三教九流的朋友？你说说，你的贴身玉佩怎么能轻易赠人呢？"连将军的声音亮如洪钟，充满着恨铁不成钢的意味。

结果一只脚刚刚跨过门槛，踏入门内，一眼看到那个粗布衣裳的人时，双眼刹那间就瞪得如同铜铃一般大："这这这……"

连将军怀疑自己是不是看错了。

要不然，怎么会看到大周朝的皇帝出现在自家女儿的闺房里？

而且，这皇帝……还穿着粗布衣裳？这和他顽劣不堪的小儿形象严重不符啊！

难道，世界上竟然有这么相像的人？

连将军和凌盏大眼瞪小眼，看了数十秒，确定眼前的人从身形到容貌到气度，都和小皇帝一般无二。刹那间，他从惊愕脸又变成了愤怒脸，他这次吼得更大声了。反正是在将军府中，他也不怕什么人泄密。他这人就是不喜欢别人在他的府中、军队里耍花腔，三天两头就要跑去抓内务。

连将军急了，胡子一抖一抖的，叫道："皇上？"

看凌盏没有否认，那话一句句地就从连将军的口中蹦出来。他痛心疾首地道："皇上，这成何体统！你偷偷溜出宫，竟然还到小女的房间！我朝……要完了啊！先帝啊，臣无颜见你啊！"

"皇……皇上？"这下换成连桦呆若木鸡了。连桦的目光在戚悦和凌盏之间流连，最后，她选择了沉默。

"不行，我……我要即刻送皇上回宫！皇上要是在我府中有个三长两短的话，我大周朝就要完了啊！先帝啊，臣无颜见你啊！"

戚悦算是明白了，为什么之前这连将军明明也是一个铁骨铮铮的忠臣，却那么不招凌盏待见。这压根就不给人说话的机会啊！

眼见着连将军要二话不说就把凌盏扭送出去，戚悦急忙招呼连桦道："快！快把门关上！用钥匙锁上，千万不要让你爹出去！"

连桦虽然闹不明白眼前是什么情况，不过她还是相信戚悦和凌盏两个人在一起是没有战斗力的，肯定不能对她爹怎样。于是就听从戚悦的话，把门关上，还上了锁，让自家爹爹也体会一下面壁的滋味。

"你……你们！"连桥看着紧紧关闭的大门，拍了下大腿，道，"反了你们啊！皇上，你想要小女怎么办啊？臣之女在宫内惹是生非，好，臣领回来。现在你那边又有小女的玉佩，这还是臣亲手给小女雕刻的。臣特地交代小女千万不能离身，现在竟然……你们真是气煞我也！"

连桥摇头，痛心疾首。

戚悦恍然大悟，怪不得这玉佩的雕工如此粗糙，原来出自连将军之手。一个武将难得做件精细活，还被女儿转手送人了，难怪他会如此暴跳如雷。

"将军误会了！"凌盏也被连桥的大嗓门嚎得脑仁疼。不过这幸好是在将军府，要是在皇宫中，肯定又是二话不说，被连将军跑了。

就在这时，凌盏郑重地朝连将军鞠躬行了一个大礼。连桥阻止不及，跪了下来。

两个身份贵重的人都下了这么重的礼，连桦和戚悦两个人也糊里糊涂地跪下。

连桥觉得自己今天好像又受到了一次惊吓，说："皇上，您这是做什么？老臣受不起啊！"

凌盏仍然长拘礼不起，郑重地道："盏，恳求将军救大周！"

凌盏此刻没有用"朕"而是谦称自己的名字，更显得有诚意和尊重。

连桥此刻仍处在状况外，赶紧扶起凌盏。

他急忙说："皇上，有话好好说，老臣受不起啊！"

忠君爱国刻入了连桥的骨髓里，突然被凌盏叩拜，他觉得自己都要折寿了。

凌盏仍然表情郑重，道："将军，眼下反王作乱，奸臣当政，欺盏年幼，对内糊弄盏，对外却说盏顽劣，不堪重任，众臣都被他们蒙蔽。盏孤立无援，是以才兵行险招，前来向将军求助，请将军明鉴！"

这忠臣向来是更相信君王的说辞。更何况，现在凌盏言辞恳切，又郑重行礼，是何等庄重！而且，本来应该锦衣玉食的君王，现在却为了私下见他一面，穿着粗布衣裳朝他求助，这得受到多大的委屈啊！

连桥开始泪眼模糊，嘴上却仍然在说："可是皇上，你也曾气跑过无数太傅。臣要如何相信，皇上真的有治国之能，而不是存心来糊弄臣呢？"

"气走太傅那是盏不得已而为之。盏从前被关海蒙蔽，觉得既然父皇让关海做顾命大臣，自有他的考量，便以关海的话唯命是从。只是那些太傅却是在关海的授意下，故意刁难盏。盏一有做得不好的地方，太傅就唉声叹气，仿佛盏真的孺子不可教，是以盏也产生了抵触情绪。后来，关海视盏为眼中钉、肉中刺，担心盏不受控制，就三番五次地想要除掉盏。就连中秋晚宴这样本该是和和乐乐、大团圆的日子，关丞相竟也想下杀手！盏后来也是对关海虚与委蛇，是以才会气走那么多的太傅。"

话说到这里，凌盏又加了一句，言辞恳切，"盏明白，将军对盏根深蒂固的印象难以改变。但求将军能给盏一个机会，好好看看，盏这些年私下的努力以及盏的能力。"

凌盏盯着险些要老泪纵横的连桥，仿佛连桥说一声不，就十恶不赦一样。

戚悦听到凌盏说这些话的时候，还是心生佩服的。她这回是临时把凌盏拉出来见连桥的。没想到他这一番长篇大论，似乎在脑海中酝酿了很久，在今日才终于尽数倾吐而出，句句都砸在连桥的心坎上。

这一趟拉凌盏出宫,应当是没白跑了。

"是臣无能,皇上还是请起吧。"连桥转身默默地擦了一下眼角的泪水。

这泪水抹光了,凌盏站好等着。

连桥端正了神色,道:"既然如此,那么我不妨考验考验你。皇上虽然言辞恳切,但是臣没有亲眼见证,也怕到时候把江山交到只知玩乐的君王手上,情况更糟。"

凌盏揖手:"请将军考验。"

"就……"连桥的目光在连桦的闺房里面扫了几眼,最后落在生灰的书架上。他坐在椅子上,道,"把四书五经,都背来给我听听。"

这突如其来的背书实在是让凌盏措手不及。

戚悦一看凌盏略有些呆愣的神色,就知道他背不出来。凌盏小时候,关丞相怕他读书明了事理,就一直让他身边的太监宫女教唆他玩乐。等到年纪大些了,他懂事了,明白关丞相的企图之后,表面还得假装是个顽劣小儿,暗下还得招兵买马,哪有工夫彻夜苦读,背诵四书五经?能明白书籍中阐述的道理,就不错了。

戚悦暗暗扯了一下凌盏的袖子,小声道:"皇上要是实在背不出来,就选知道的一段念一下,反正将军肯定也不太会。"

凌盏又恢复了之前镇定的表情:"那便从《孟子》开始吧。"

连将军走到书架前,把《孟子》抽了出来。

"天时不如地利,地利不如人和。三里之城,七里之郭,环而攻之而不胜。夫环而攻之,必有得天时者矣,然而不胜者,是天时不如地利也。城非不高也,池非不深也,兵革非不坚利也,米粟非不多也,委而去之,是地利不如人和也。故曰,域民不以封疆之界,固国不以山溪之险,威天下不以兵革之利。得道者多助,失道者寡助。寡助之至,亲戚畔之。多助之至,天下顺之。以天下之所顺,攻亲戚之所畔,故君子有不战,战必胜矣。

"……一箪食,一豆羹,得之则生,弗得则死。呼尔而与之,行道之人弗受;蹴尔而与之,乞人不屑也。万钟则不辨礼义而受之,万钟于我何加焉!……"

凌盏的语调很慢、很沉、很稳重,吐字清晰,抑扬顿挫,慷慨激昂……

不过,戚悦背过身,忍着不让自己笑出声。她不是那些寒窗苦读的学子,也发现了凌盏是在把自己会的句子翻来覆去地背着。

这连将军果然不是很会,拿着书都没发现凌盏搞了这些小动作,还不断地点头,显然对凌盏很满意。

直到连桦一脸"这丢脸的文盲不是我的老爹"的表情，小声提醒："爹爹，你的书……拿反了。"

连将军这才如梦初醒一般，把书翻转过来。不过估计他也听不下去这长篇累牍的背诵了，转头偷偷问连桦："女儿啊，我听到这些就头大。你来告诉爹爹，他背得对不对？"

虽是在偷偷地问，但连将军的嗓门那么大，这句话在座的各位都听到了。

凌盏背诵的节奏磕绊了下，又恢复如常。

而戚悦则是板着脸，忍住笑，冲连桦挤眉弄眼。

连桦虽然不明所以，不过这时候落井下石可不好，何况又是戚悦相求。

连桦轻咳了一声，道："一字不落。"

"那我……怎么都找不到他背到哪儿啦？"连将军道。

连桦一本正经地瞎扯："因为《孟子》有不同的版本，每个版本的段落排序可能不同。"

"哦。不错不错，进宫待了两个月，你的学识倒是见长了。"连将军夸奖道。

连桦低头，脸红得可疑。

连将军对女儿的话深信不疑。他虽然识字不多，不过身为大将军，有勇无谋是不行的。在不会识文断字上面吃了亏以后，他就很注重女儿的教育，不要求她贞静娴雅，但肚子里一定要有墨水。很多的兵书他看不太懂，就让连桦看，然后讲解给他听。于是，在原则性问题之外的，都是女儿说什么就是什么。

"如此，确实是用功了，不必背了，我相信你在这方面下了苦功。"连将军将《孟子》放下，朝凌盏叩拜，"皇上，臣可以帮你。不过，目前臣只能按兵不动。关丞相和成王谋逆之时，臣必定第一个挺身而出，为皇上上刀山下火海！"

"盏，感激不尽。"

凌盏暗暗地舒了一口气，还好今天求助的是武将，不是文臣。若真换一个饱读诗书的人，这一关怕是没这么容易过。

不过，这武将也有武将的不好。

君臣二人四目相对，许下承诺之后，连将军从椅子上站了起来，一巴掌按在凌盏的肩膀上，语重心长地说道："不过，臣还有一个考验。皇上您这小身板实在是太单薄了，一阵风就能把您吹走！您先要把连家十三拳学会了，臣才会真正相信皇上有恒

心！"

连将军这样说着，一手就拖着凌盏大步朝外走。

连桦非常自觉地上前，把刚刚锁上的门打开。

戚悦给凌盏投了个自求多福的同情目光。听说连将军治军很严，也不知道凌盏能在他的手上撑多少天。

戚悦有点儿幸灾乐祸。

连将军把凌盏逮去单独训练，这边戚悦还要应付虎视眈眈的连桦。

他们前脚刚走，连桦就逮住要出门的戚悦，请她喝茶。连桦道："说说，为什么扮作小书童，还和皇帝混到一块儿去了？"

"这件事……说来话长。"

"那就长话短说！"连桦一点儿也没有放过戚悦的意思。

"嗯……是这样的。"戚悦就从第一次在福满楼见到凌盏说起，连同自己和他之间的合作也一语带过地说了一下。她现在身上藏着的最大秘密就是凌盏的事，反正这事也被连桦知道了，说起来也就无所顾忌了。

"没想到你还是个这样大胆的人。"饶是连桦这样离经叛道，听了戚悦的经历后，也是瞠目结舌，"我还以为你是内心拥有海阔天空，实际上却是二门不敢迈的人呢！真是令人刮目相看。"

"嘿嘿嘿嘿。"戚悦干笑道。

"也就是说，你和皇帝并没有私情？"

戚悦立马举手起誓："绝无私情，只有合作关系。我是为了银子才妥协的！"

"那就好。你这样的性格，恐怕待在宫中也是三天就能揭瓦的人。"连桦点了点头，又抓住了刚刚戚悦和她说的那些话中的重点，"所以，你之前在皇宫中要抓的那个贼，是大盗顾衫？你还用我赠予你的宝剑当诱饵，被人偷了不肯还？"

戚悦有些心虚地点头："当时没想其他的，就想着先把贼抓到再说嘛！"

"好啊，那改日我一定要会会这个顾衫。"连桦微微眯了眼，看起来不像是生气，反而有点儿激动。

戚悦这边和连桦把事情说清楚，也费了好一番功夫。连桦也知道她出宫门一趟不容易，再加上晚上还有姑姑会到梧桐阁查夜，要是回去迟了，被姑姑逮个正着，事情可就说不清了。

戚悦回去之前，连桦还带她去凌盏那边看了看。她本想和凌盏一起走的，不过彼时凌盏正蹲着马步，连桥在旁边盯着。凌盏一刻也不敢放松，汗水淋漓，那粗布衣裳背后都湿了一大片，但是姿势却很标准，眉目坚毅，一点儿也没不耐烦。

连桥之前检查凌盏背诵的时候，时不时地点头，是装模作样的。现在他是不由自主地点头，眼睛里已经有了赞许之意。

练拳这种动作肯定是不能逃过去的，若是在这上面糊弄，连桥一定会觉得凌盏没救了。戚悦也就不用帮忙想歪门邪道的办法了。

不过，看到凌盏这么辛苦、有毅力，她觉得之前花费的那些银子都值得了。她有种自己以前一直为着小我奋斗，这一瞬间终于有了为天下苍生贡献自己一份力量的责任感和使命感了！

连桦在旁边对戚悦说："没事，我爹爹自有分寸，越是能坚持下去的人，在他心中的分量就越重。"

戚悦点了点头，对连桦道："那你等他们练完后，和皇上说一下，我先回宫了。"

"好，保重。"

戚悦回宫之前，又去了一趟福满楼，把身上的男装换掉，以免进了宫门麻烦。她才换完衣服出来，就听到蒋掌柜上前，对戚悦道："小姐……您上次给我的那个药膏，是从何而来？之前您说的那个配方，说是祛除疤痕用的，您没有记错？"

"怎么了？"戚悦问。

"我找人看了。那人说，那不是祛除疤痕的，而是有人想要让刺青留得久一点儿就得抹上这膏药，保证疤痕好不了，能长久留着。"

戚悦今天本来还愉悦的心情，霎时沉到了谷底。

"我知道了。"戚悦的语调一下子低沉起来。

蒋掌柜不解，追着问："那这配方，我们还制作吗？"

"不必了，天色也晚了，我准备回宫了。"戚悦说。

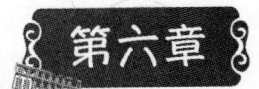

人多很口杂

戚悦走在回宫的路上,心乱如麻。会不会是黄莉莉把这个药膏和其他药膏放在一起,搞混了?黄莉莉应该不至于做这么明目张胆的事情吧?再说了,她的疤痕是在大腿处,这个地方留疤了,别人也看不出来啊。这还是为救驾而留的疤痕,就算以后真留在宫中被凌盏看到,也肯定不会觉得可怖,反而会感念她当时的救人之心。

戚悦为黄莉莉想了无数个开脱的理由,却始终不相信她的心肠会歹毒至此。难道她从前的示好都是假的吗?这样做,对她又有什么好处呢?

被这么一打岔,戚悦有些分心,在宫内行走的时候,也就没有那么注意。结果没想到,在回藏秀宫的必经之路上,正好同那些秀女撞个正着。

戚悦想避开时已来不及,有眼尖的秀女已经低声叫了出来:"戚悦,你怎么在这里?"

戚悦也想问问她们怎么会出现在这里,这条路也算偏僻了,一般人不会从这条路走的。

她暗道一声糟糕。虽然自己回宫之前已经换了一身衣裳,但还是宫外的款式,看起来十分简朴,发髻也不过是用了一根簪子别起来,比宫女们穿的衣服低调许多。

这些其实都没什么,有的秀女有时候也会这么打扮。可她不同。她在宫里一直光鲜亮丽,全身上下都是金光灿灿的。今天穿得这么朴素,一看就有什么猫腻。

周舟不知道是在状况外,还是故意找碴:"悦儿,你跑哪儿去了?今天关姐姐组织大家一起赏菊呢,莉莉去屋内找你,听说你和丫鬟出去了。怎么,你身边的铜钱和元宝呢?"

"对啊,戚悦你去哪儿了,是不是藏着什么好地方不让我们去,绣鞋上都是灰尘呢,怕是跑了不远的路吧?"顾千歌不怀好意地说道。

戚悦一人抵不住众口,任凭她们说了一通,只低头看地。反正她出宫这件事,她们也没有真凭实据,不能拿她怎样,到时候随便找个理由,糊弄过去就好了。她们要是不相信,也无所谓。

只是没想到,这时候关渔竟然发声。她含笑看着这些人,目光在黄莉莉的身上停了一瞬,道:"好啦,其实这是我和悦儿之间的约定。你们啊,就不要刨根问底了。"

关渔眨眨眼看着戚悦。

戚悦很是意外。

她们之间的关系从前只能算是平常。而且中秋晚宴后,太后和皇帝对她特殊礼遇，让关渔对她的态度更变冷淡了不少。没想到这个时候，关渔却愿意帮她解围。

"哦！对。"

戚悦回到梧桐阁，心里的疑窦越来越大：今日怎么会在那里遇到秀女们呢？

还有中秋晚宴上，到底是谁推的她？一次两次可以说是巧合，但三次四次呢？

戚悦觉得黄莉莉的嫌疑特别大，想必是之前的事情她仍然怀恨在心。

戚悦想静静，所以黄莉莉过来找她聊天时，她就拒绝了，说自己太疲乏了。

只是不知道是不是白天的事让她焦躁了，躺下去的时候，她仍在想这事，一直觉得黄莉莉没有什么动机和理由。仅仅因为自己"欺骗"了黄莉莉，她就使计报复，这也不是她的作风吧？黄莉莉明明不是那么量小的人。

就这样，戚悦辗转反侧，一整宿都没怎么睡着。

隔天起来，戚悦睁着惺忪的睡眼照镜子的时候，发现脸上起了一些红红的疙瘩。戚悦起初以为自己上火了，没放在心上。结果这天早晨，在听姑姑授课的时候，坐在前方的朱笑缘转身，呆住了。

"戚悦，你的脸……怎么了？"

"我的脸？"戚悦抹了抹脸，发现自己的脸上凹凸不平。她急忙拿出小镜子照了照，看到自己脸上的红疙瘩竟然如雨后春笋般，遍布了满脸。

戚悦抬手照镜子的时候，露出了圆润的手腕。原本白皙的手臂上，也长起了豆大的水疱！

"这……不会是发天花了吧？"坐在不远处的周舟惊叫道，"之前我有一个小堂弟，起的也是这样的疹子！"

周舟说完，就往后面退了一步，生怕被感染上了天花。

不过片刻工夫，戚悦旁边的人就退了个一干二净，都站得离她远远的，仿佛她是什么毒蛇猛兽。

顾千歌也离得很远，道："她……她昨天不会是跑到什么不干净的地方去了吧？真是害人精。"

虽然顾千歌说这种话显得很难听、没有教养，但其他秀女现在也不想反驳什么。因为这从一定程度上反映了大家的心声，连昨天替戚悦说话的关渔，此刻也保持沉默，更是不敢上前。

玉木姑姑就在附近，见此情况，神色严肃了不少。她打发宫女去太医署请太医。

这件事情非同小可，天花在这个时代死亡率是非常高的。要是处理不好，让整个藏秀宫的秀女们都被传染了，她们这些管教姑姑，以死谢罪都不够。

奉贤嬷嬷也很快赶来，看了一眼戚悦脸上和手臂上的痘痘后，让戚悦先回梧桐阁。与此同时，她吩咐其他的姑姑把戚悦用过的毛笔砚台，还有坐过的座椅都收起来，放到一边去。

戚悦反而是一脸浑然不知。到了梧桐阁，她才反应过来，自己好像真的……可能是得了天花。

戚悦有点儿体会到了人情冷暖。这太医还没来确诊呢，她所住的地方就好像被隔离起来了。平日里见到她还会嘻嘻哈哈的官人们，此刻都离她远远的。那些叫不出名字的人，就算被迫无奈同她站得比较近，也是一脸嫌弃，仿佛她在他们的眼里已经没有利用价值了。

戚悦能够理解他们的想法。像她这样，真得了天花，还有人能来医治。但如果是宫女们得了天花，那就只有被扔到宫外去自生自灭了。

可她的心里还是有些不舒服，戚悦又低头看了看自己手臂上的水疱。水疱做不了假，她觉得痒，想要去挠，却被身边的元宝和铜钱一脸慎重地阻止了。

"小姐别慌，太医还没来呢。说不定只是吃坏了什么东西，才长了这些水疱。"元宝说。虽然说着安慰的话，但是元宝已经有些泪眼蒙眬了。

戚悦看到她们这样，反而没有了太多伤心的情绪。她向来是个乐天派，觉得自己一直在这种事情上有逢凶化吉的能力，何况现在还没有定论。

戚悦想，要是真得了天花，肯定会有传染源啊。她昨天待的地方，只有福满楼、将军府和宫中三处。

对比自身，她现在更担心的是，若是这几处地方有危险，那凌盏那边呢？连桥、连桦那边呢？蒋掌柜呢？如果把这几个人都传染了，那她就真的是罪大恶极了。

"嗯。"戚悦宽慰着丫鬟道，"没事的，可能是你们家小姐皮肤娇嫩，所以起了平常的疹子，看起来有点儿像天花罢了。"

太医拎着医药箱赶来。问诊后，太医垂手道："我觉得这是天花的可能性很大。不过我才疏学浅不敢断定，只是为了避免造成更恶劣的影响，建议隔离为好。"

太医的话音刚落，就看到一个宫女跑了进来，对掌事奉贤嬷嬷说道："禀嬷嬷，我们在戚秀女换洗的衣服中发现了一件像是宫外穿的。"

奉贤嬷嬷看了玉木姑姑一眼，显然是想追究玉木姑姑渎职的责任。玉木姑姑好歹这时候没有落井下石，助了戚悦一把，道："哦，戚秀女节俭，平日里喜欢穿在宫外时的衣服，这也不足为奇。"

奉贤嬷嬷白了玉木姑姑一眼，没有再细究这个问题。奉贤嬷嬷道："把这些宫外不干净的东西都拿去烧了。慎重起见，还是请戚秀女收拾收拾，暂时挪到宁心殿去住吧！若是能撑过这一关，到时候再回来。另外，暂时把梧桐阁的这间房子封掉，任何人不得靠近。"

"是。"玉木姑姑领命。

宁心殿是一处无人居住的偏僻宫室。戚悦主仆三人收拾房间的时候，铜钱和元宝都哭成了泪人，执意要陪同戚悦前去宁心殿。

戚悦也怕自己身上的水疱真是天花，把她们传染了不好，就拒绝她们跟去。她道："我有手有脚，你们还是在梧桐阁里待着吧。"

元宝说："奴婢之前发过天花，所以照顾小姐完全没有问题。"

铜钱抹着眼泪，说："我也愿意陪小姐一起去。"

铜钱的年纪小点儿，戚悦怕她冲动之下胡乱做决定，也不会考虑后果。想了想，她阻止了铜钱，道："元宝你和我一起去宁心殿吧，铜钱你就待在梧桐阁。我藏了很多宝贝在梧桐阁，你要帮我守住，直到我平安回来。"

铜钱知道自家小姐爱财如命，这梧桐阁里面剩余的东西确实比较珍贵。她点了点头，答应留下。

"如果我这一趟走了，回不来了，你……你就去告诉青公公，让他的主子帮忙处置这些东西。"

铜钱又"哇"的一声，哭了起来。

戚悦带着自己的必需品离开梧桐阁。铜钱倚靠着门栏，泪水涟涟，但是她又肩负着使命，不敢贸然离开。

戚悦到了宁心殿，还没有什么真实感。她觉得自己这一疑为天花的病症，来得莫名其妙。

对，她还心存侥幸，这真的不是天花。

宁心殿听起来是一个宫殿的名字，但是她敢肯定，这应该是全皇宫最破的一座宫殿，跟冷宫不相上下。

破旧的宫室年久失修，屋顶还爬满了杂草。这地方肯定是宫人们稍微拾掇了下，就让她住进来了。院子里面也长满了杂草，她睡觉的地方虽然被打扫过，但是床铺上面的被子也是破旧的，散发着一股子霉味。

戚悦和元宝费了好大的劲儿，才把这边折腾得像个住的地方。

等到夜深人静，枕着硬邦邦的枕头，看着黑漆漆的房间，听着从破洞的窗纱传进来的"沙沙"风声，感受着秋夜的烦闷、嗡嗡的蚊虫叫声，戚悦这才感到了后怕。

她还有那么多的金银财宝没花，还有那么多的宏图伟愿没实现，怎么可能只是入宫一趟，就被一场突如其来的疾病夺走性命？

戚悦有些不甘心，觉得自己不会真的遭逢此难。

可是万一呢？万一自己没挨过去，老爹会不会哭红眼了？戚老爹长情，一直惦念着她母亲，身边也没有一个知冷暖的人，只有她这么一个孩子……他那时候要送女儿进宫，肯定不会想到是这个结果吧？

就算是被内定了皇妃又怎样？就算戚家拥有万千财富又怎样？就算和凌盏的关系匪浅又如何？她病了，得了一个会传染的病之后，还是只能在这样破陋的房间里，感受着生命缓慢地流逝。

真的是莫名其妙啊。她以为她这辈子所接触到的最凶险的事情，就是帮助君王斗逆贼。没想到只是睡了一觉而已，她的生活就发生了这样天翻地覆的变化。

戚悦想到这里，没忍住哭出了声。

元宝听到动静，在戚悦的床头陪着她，不停地说："小姐没事的！小姐吉人自有天相，肯定会逢凶化吉的！这天花啊，奴婢以前也发过呢！小姐这还不算严重，奴婢从前可是烧得不省人事，被丢在小柴房里面没人理，不也挺过来了吗？后来水疱都结痂脱落自然就好了，你看，奴婢脸上可不就一点儿疤痕也没留。小姐除了身上有些疹子，其他都很好，会没事的。"元宝不停地安慰着戚悦，最后像是把自己也安慰到了，"对！小姐现在还很清醒，完全没有奴婢得天花时的那些症状！"

戚悦听到这话的时候，心里确实升腾起了一丝希望。

她一定要好好吃药，配合治疗！只要这几日没事，水疱结痂，一切就过去了。

而且，虽然留在皇宫中没劲儿，不过是一场病，自己的待遇就天差地别，被扔到这无人问津的宁心殿。但至少自己带来的两个丫鬟都是忠心的，没有在这样的时刻离她而去。

戚悦这边哭得累了，心里也没有那么惧怕了，后来就迷迷糊糊地睡着了。

等到醒来的时候，也不知道是受凉了，还是可怕的天花导致的，她觉得鼻子堵塞了。

"小姐！小姐！你猜，是谁来看你了？"戚悦才起床，就听到元宝在外面欢喜的声音。

戚悦走到院子外面，看到穿着一身嫩黄衣服的黄莉莉俏生生地站在那里，拿着两包裹行李，旁边也没有其他宫女陪着。

黄莉莉一看到她出现，就笑了。她身姿轻盈地跑到院子里，把自己的两包裹东西放下，道："我恳请了玉木姑姑，怕悦儿妹妹在宁心殿寂寞，所以特地求着她让我来这儿陪着妹妹。好说歹说，玉木姑姑才同意的。"

"你要在这儿住下来？"

"对。"黄莉莉点头，坚定道。

戚悦觉得有些不可思议。

她原本以为黄莉莉只是过来看望她的。因为那天她发天花的时候，黄莉莉正好身体不舒服，告假了。只是没想到，黄莉莉竟然会做到这种程度。

黄莉莉恳切地握住戚悦的手，朝四周看了一眼，说："没想到皇宫中还有这么破的宫殿，妹妹在这里真是受委屈了。我有照顾曾经发天花的弟弟的经验。我的弟弟挺过来了，悦儿妹妹也一定能挺过来的。"

黄莉莉握住戚悦手的力道有点儿大，掌心带着微凉的寒意。她的目光略过那些残垣枯草的时候，眼睛湿润，隐隐带着泪意。但是她却是笑着的，希望带给戚悦的是温暖和希望。

戚悦看着黄莉莉真诚的笑脸，以及一点儿没有避讳地和她交握的手，一时间搞不懂黄莉莉到底是什么想法。

如果之前真的是黄莉莉想害她，那她图什么？

在这个时候出现，她不怕死吗？铜钱和她有从小一起长大的主仆之谊，黄莉莉和她有什么？

唯一的解释就是这段时间建立起来的友谊了，可是她们之间的友谊真深厚到为了她舍生忘死的地步吗？

戚悦知道自己待黄莉莉的心一直没有多大真诚，只不过是正好住得近一点儿，黄莉莉家里又是皇商，和她交好总不会有坏处。可是，黄莉莉现在却以为自己待她很真诚，所以要过来陪同她一起渡过难关。

戚悦开始为自己之前对黄莉莉的怀疑感到羞愧。

直到此刻，戚悦的内心才接受了黄莉莉这个长相中上、笑起来眼角弯弯的朋友。虽然她有时候有点儿怯弱，被人欺负了也只会躲起来偷偷哭；虽然有时候她会说些不讨人喜欢的话；虽然她……之前不小心，送她加了对伤口不利的药膏。

既然是朋友了，戚悦更不希望黄莉莉涉险，她这边有元宝照顾就够了。于是戚悦板起小脸，道："你到这里，确定玉木姑姑知情吗？之前没有得过天花吧？"

"我真是求了玉木姑姑才来的。"黄莉莉道，却对后面的那个问题避而不谈。

"你没有得过天花是不是？"戚悦语气严肃。

黄莉莉的眼神躲闪，小声道："是没得过，但是之前照顾得天花的弟弟也没有事。想必……想必我是那种天花传染不到的人。"

"黄莉莉，你知不知道自己在做什么？"戚悦几乎有些发怒，"你给我立马回去，不要干这种让自己后悔莫及的事情。"

黄莉莉口气坚定，摇了摇头，道："我不。"

她难得鼓起勇气，怎么能打退堂鼓，道："悦儿，我们之前都说过要休戚与共，守望相助的。你是内定的皇妃，以后肯定有无数的人给你锦上添花，我只能趁着这样的机会为你雪中送炭，希望你能够准许。况且，当初我被顾千歌奚落，也只有悦儿挺身而出，出手整治顾千歌。我又怎能眼睁睁地看着你生病不管呢？"

黄莉莉寸步不让。

戚悦难得地叹了一口气，道："你回去吧！我这里一切都好，你的这份情义我领了。但是你若留在这边，我于心难安。元宝，赶她出去，不要让她再进来了！"

"哎！哎！"黄莉莉被元宝请了出去。

元宝的力气挺大的，黄莉莉无法抵抗，也急了："戚悦，你不能这样！让我留下来，你不要赶走我！"

破旧的大门被关闭，黄莉莉在门外敲打着，喊得声嘶力竭，里面的人也不肯把门打开。到最后，黄莉莉累了才终于离开。

元宝道："小姐，没想到黄秀女真好心，没有辜负小姐之前为她出头的感情。"

戚悦笑笑，道："这才是朋友呀。"

生了这么一番气，戚悦越发觉得头重脚轻了。

入夜，戚悦觉得浑身发冷。

戚悦喊了一声："元宝，你……冷吗？"

回应她的，不是元宝的声音，而是一道熟悉的男声。

"那太医简直是愚昧，朕一定要把他从太医署中赶出去。明明你得的不是天花，对方竟然因为害怕传染，不敢靠近你，仅仅凭借着你的表面症状，就断定你得的是天花，简直是……岂有此理。"

那声音里带着压抑的怒意和浓浓的无奈。

他明明坐拥天下，众人对他山呼万岁。然而此时此刻，看着一脸希冀与惊讶的柔弱少女，凌盏再度感受到了手中无权的无奈，以及对自己无能为力的深深负疚。

戚悦迷迷糊糊地睁开眼，看到出现在床头，一脸怒容的凌盏，惊呼："皇上，你怎么在这里？你怎么说我得的不是天花？"

"朕和连家父女都无事，福满楼的人也无事，其他人都没事，只有你有事，这就让朕起疑了。朕刚刚让涯涛替你诊治了一番，你这不是天花，而是一种罕见的类似天花的病症而已，只是发些疹子，不会致命，不知道你是怎么沾染上的。不过这几日，你用这个药膏涂抹，伤口就能结痂脱落了。切记，不要把水疱戳破，免得到时候留疤，丑。"凌盏说话的时候，眉头拧得紧紧的。

戚悦这才发现，凌盏的身边还站着一个穿着太监服的人。

凌盏解释："这是神医涯涛，医术高超，常年伴在朕的身边。他的医术你大可放心。你死不了的。"

"元宝呢？"戚悦的声音有些沙哑。

"她在外面，我突然出现，怕把她吓坏了，就让人把她弄晕了。夜深了，我先回去了。你自己注意点儿，也要注意一下身边的人和事，免得稀里糊涂地就被人卖了。"凌盏说。

"哦。"

看着凌盏和神医的背影消失在浓浓的夜色之中，戚悦记住了凌盏说她得的不是天花这个喜讯之后，就陷入了甜甜的梦乡。

也许是因为心里不再担忧，戚悦第二天醒来后，觉得精神好了许多。没有了性命之忧，她看这座宁心殿也顺眼多了。看这杂草长得多生机勃勃啊，这肯定是皇宫里面最自由奔放的草了！还有这地方多宽敞啊，她在院子的草坪上面躺着晒太阳也没有人管！这几天，她可以爱做什么就做什么。虽然没有人来探望，但是必要的吃食、物资、药品，外面还是供应的。当然，那些药物戚悦一点儿也没碰。

元宝看到戚悦这么开心，有些心惊胆战地想着，小姐会不会是烧糊涂了，这是回光返照吧？这么一想，元宝的那张脸就苦兮兮的，泫然欲泣。

戚悦也不知道自家丫鬟在胡思乱想什么，不过看她这复杂的表情，戚悦也不忍心让元宝太过伤心。戚悦和凌盎私下达成的合作，并没有让身边的婢女知道。她们隐约知道自家小姐在做些什么，不过一直不敢询问，戚悦也没想让她们掺和。

于是，在涂抹药膏的时候，戚悦诓元宝说："昨天晚上我做梦，梦到有人说我命不该绝，故而赐我神药。他说涂抹了这些神药，我肯定能药到病除！醒来的时候，我就看到手上抓着的这个药膏了！"

元宝喜极而泣，接过药膏，帮戚悦涂抹，说："那真的是太好了！"

戚悦在宁心殿待了七天，之后脸上的水疱就结痂脱落了，一点儿疤痕也没有。戚悦看着镜中的自己，满意地点了点头。她让元宝出去通知玉木姑姑和奉贤嬷嬷，说她的天花好了。

也不知道是不是戚悦的错觉，她被人扔到宁心殿的这段时间，吃好喝好，皮肤反而比从前更水嫩有光泽了。好像自己不是被驱逐流放，而是去休养了。

戚悦回到梧桐阁，铜钱、元宝给她接风洗尘，还准备了一个火盆让她跳过去，要去除霉运。

再次回到此处，戚悦有一种劫后余生的感觉。虽然梧桐阁因为她得"天花"的事情，里面的东西搬的搬、烧的烧，幔帐窗纱也从原来的浅绿色换成了绯色，不过这也让她有种重获新生的感觉。

铜钱喜洋洋地说："小姐小姐，这段时间我把梧桐阁保护得特别好！之前的那个大箱子，他们本来也要拿去扔了，是我拼命才阻止的！"

"哪……哪个箱子？"戚悦听到这话的时候，差点儿魂都吓没了，急急忙忙地把床底下的大箱子拽出来。看到它还完好无缺，才松了一口气。

她的这个大箱子里面可藏有几十万两银票呢！要是被一把火烧了，她可能会气得直接出宫，再也不想在这个地方睹物思财了。

结果，她这边板凳还没有坐热，那边太后身边的采南姑姑和凌盏身边的陆公公就接连而来，赏赐了一堆东西。表面上说得冠冕堂皇，但大体的意思是这段时间把她扔在宁心殿，要给她一点儿东西作为补偿。

不过也因为这两个大人物的赏赐，梧桐阁又恢复了热闹。

秀女们听说戚悦逢凶化吉，圣眷不减，且凌盏和太后对她更高看一眼，就络绎不绝地前来拜访。

戚悦都一一谢绝了。之前这些人避之唯恐不及的样子，她还是记得的。她不会好了伤疤忘了痛，虽然没有打算和这些秀女绝交，但也要体现一下她是有脾气的。

黄莉莉得知她回来后，几乎是一路小跑到梧桐阁，脸上还因为跑动而带着红晕。她的眼角噙着泪，说："悦儿，你回来真是太好了，我真怕那一面……就是永远。"

"放心啦，我吉人自有天相。"戚悦笑道。

黄莉莉那边叽叽喳喳地说着这段时间的事："悦儿你知道吗？我那天回去以后，太后隔天就召见了我，夸了我一通，还问我有什么所求。我当时莫名其妙，没反应过来，一时口快，就说我想留在宫中侍奉皇上，不想落选。你说，太后对我的印象会变差吗？"

"自然不会。"戚悦看着有些惴惴不安的黄莉莉道。

"那就好！"得了这个保证后，黄莉莉松了一口气，又想起一件事道，"七日后便是太后的生辰，我准备绣一幅山水画给太后贺寿。悦儿打算送什么呢？"

"太后的生辰啊……"戚悦有些不好意思。这段时间她过得太郁闷了，竟把宫中的头等大事都忘了。她嗫嚅道："这个，若不是你提醒，我都要忘记这事了。我要琢磨一下才好。"

"那我先回房去了，你好好休息。"黄莉莉道。

黄莉莉前脚刚走，铜钱后脚就上前小声地在戚悦耳边道："小姐，黄秀女是不是故意的啊？之前她去宁心殿看小姐，说要留下来照顾小姐，是不是故意做给上面的人看的？太后觉得你们姐妹情深，在后宫中着实难得，也觉得黄秀女品格高尚，才亲自召见她。这种待遇，算是这一届秀女中的独一份呢。这段时间她可算是扬眉吐气了，走路都带风。其他秀女看着，都在暗地里骂她呢。"

这段时间铜钱虽然死守梧桐阁，可八卦没少听。她有点儿不齿黄莉莉的所为，道："虽然她得偿所愿，太后没有拒绝她，但是其他秀女都觉得黄秀女是在装腔作势，故意在这个时候出来作秀。她品行高洁不就衬托出其他秀女的品行不高洁了吗？所以大家都不喜欢她，认为她的功利心太重。"

"这挺好的，至少她想要什么，就敢去争取什么。"现在黄莉莉在戚悦心中的位置还是挺重的，自然不允许自己从小带在身边的婢女对黄莉莉产生偏见。戚悦郑重地说："铜钱，以后不许你再这样说话。她是我的朋友，是唯二在危难中跑去探望我的朋友，是雪中送炭的人。"

"唯二？"

戚悦意识到自己说漏嘴，赶紧转移话题，道："以后你也把黄秀女当作主子，好不好？"

"好。"铜钱虽然不情愿，但还是答应了。

戚悦摇了摇头，叹气道："你们啊！至少人家还提醒了我要给太后准备寿辰的礼物呢，你们就没个人提醒我。"

"奴婢知错了！"铜钱急忙吐了吐舌头。

说到这里，戚悦再次为礼物头疼起来。

太后的生辰礼物不能马虎，要好好准备。可送什么好呢？

送字画？戚悦感觉太附庸风雅，而且好像京中也没什么特别名贵的书画备着。

锦衣绸缎、山珍海味？一方面落了下乘，一方面也显得礼物太轻。

要不然，送金子好了！俗话说得好，有其母必有其子。凌盏那么喜欢银两，太后肯定也喜欢。她就准备一个金光闪闪的娃娃雕像好了！要是实在不喜欢，还能熔成金条，以备不时之需。

这个想法一上来，戚悦就坐不住了，当即勾勒出设计图，又撒了一堆金粉上去。隔天她把青公公叫来，让他传话给蒋掌柜，让他按照设计图打造一尊雕像。

吩咐完后，又怕打造出来的雕像效果不能如己所愿，戚悦打算出宫一趟，亲自把事情交代清楚。要是能遇到顾衫，拉他来打下手，就再好不过了。

现如今出宫对戚悦来说并非难事。她正好借着大病初愈的理由，在玉木姑姑那边告假了一日，随后吩咐好青公公，青公公就安排妥当了。

说来也是戚悦的运气好，本以为顾衫行踪莫测，不好遇到。结果她刚到福满楼，就听到顾衫在里头高谈阔论。顾衫穿着一袭长衫，跷着二郎腿，一只手掂着个双耳赏瓶，一只手指着赏瓶上头的纹路，和蒋掌柜讲着如何通过花纹和工艺判断这个赏瓶出自哪个朝代、哪个窑。

蒋掌柜在旁边点头哈腰，端茶送水，生怕把这位祖宗怠慢了。他虽然不知道这个年轻人是什么来路，不过对这些珍玩古董，他是独具慧眼。

顾衫看到戚悦来了，依然是那副懒洋洋的样子，信手一指，道："来，坐。"这副指点江山的架势，还真把自己当老板了。

戚悦不客气地坐在顾衫旁边，蒋掌柜又沏了一壶新茶，递到戚悦身前。他"嘿嘿"一笑，说先去忙，就走开了。

戚悦来不及喝茶，就急忙把设计图在顾衫的面前摊开。顾衫还当是什么重要之物，定睛一看，入眼金灿灿一片。还没有看清这到底是什么的时候，就听到戚悦轻快地道："顾衫，你觉得我这幅图画得怎么样？不久太后就要过生辰了，我准备按照这个图纸打造一尊金像。你常在宫外行走，不如助我一臂之力？"

"如何助你一臂之力？"顾衫的目光移到戚悦的脸上，意识到一个荒谬的想法后，道，"你不会是想让我给你当监工，把这个金像做出来吧？"

戚悦重重地点了点头，道："工匠们只有在你的指点下，才能把我的想法完美地呈现出来。"

顾衫的目光又绕回图纸，实在觉得为一个金娃娃做监工有失他的身份，好歹他也是一代神偷。他不跷二郎腿了，站起来仰望着天花板，做深沉状："诚然我的眼光、审美无人匹敌，但这实在太大材小用了，不能体现我万分之一的水平。"

戚悦继续游说："大俗即大雅，把俗气的东西弄得雅致，不是方显真功夫吗？若是能用金子把人物做得栩栩如生，岂不是当朝首创？你看，别人做的金娃娃都是实心雕像，在面上雕刻出人物的样貌。而你看我要打造的这个……"戚悦强迫顾衫看图纸，一处一处地指给顾衫看，"这里，还有这里，用掐丝工艺；还有这里……他手上拿着的这个镂空球里可以放一些香草，到时候出来的效果必定惊人！"

"行了行了。"顾衫看着这个认真比画的少女，叹了一口气，"我同意行了吧，你也别用激将法激我了。不过，我有一个条件……"

"好！"戚悦瞬间喜上眉梢，笑逐颜开，立马把设计图交到顾衫的手里，道，"你需要多少银两，尽管来福满楼取。需要寻哪个工匠，就联系蒋掌柜，让他帮忙去找。太后的寿辰是在六日后，五日后你便要把金娃娃打造完毕，托人送进宫里给我。"

"你这不是为难我吗？"顾衫觑着她。

"嘿嘿嘿，这不是相信你的本事嘛！世上无难事，只怕你顾衫嘛！"戚悦谄媚笑道。

顾衫嫌弃地看着戚悦，道："你还没问我的条件是什么就答应，不怕我诓你吗？"

戚悦表情一僵，这才急忙问："什么条件？"

"陪我去个地方，至于这地方嘛……"顾衫缓缓一笑，眼里带着笑意，卖了一个关子道，"你去了便知。"

眼看顾衫马上就要带她出门，戚悦忽然想到了什么，道："等……等一下！"话音刚落，戚悦就"嗖"地蹿进内屋。

再出来的时候，她拿了一块粗麻布蒙住脸，只余一双明亮的大眼睛露在外面。她低声道："走吧。"

顾衫看着全副武装的戚悦，鄙夷道："你至于这样吗？"

戚悦说得有理有据："总觉得跟你一起走，是要去干偷鸡摸狗的事情，当然要掩饰一番了！"

顾衫笑笑，不再说话。

顾衫轻功卓绝，捎带一个人自然不成问题。途中，戚悦暗恨自己多此一举，为什么要用粗麻布蒙住自己的脸呢！顾衫竟然把粗麻布还往上面拉了一下，直接把她的眼睛也蒙住，这下她根本就看不到顾衫到底把她带去了什么地方。

等到落地，顾衫把粗麻布揭开，戚悦发现自己已身处一座高宅大院内，心里不祥的预感更甚。她警惕地看着顾衫，怀疑道："你不会……真的带我来偷东西吧？"

顾衫的眼里充满了赞赏，摸了摸戚悦的头，夸赞道："你真是冰雪聪明！"

"真是世风日下啊，现在连贼偷东西，都不用挑晚上了！"戚悦叹息道。

"这不是照顾你吗？"顾衫体贴地说。

"呵呵，真是谢谢哦。"戚悦假笑道。

此处花木郁郁葱葱，他们落脚的地方，正好被花木遮挡，若是不细看的话，是看不出花丛里有人的。透过草木的间隙，戚悦朝外看，打量了一番府邸。

这府邸真的是非同寻常，雕栏玉砌，楼阁水榭错落有致，入眼所及，还有一个极大的湖，湖上荷叶田田，湖边绿树成荫。最重要的是，能在京城拥有这么大的府邸，足见这房子背后的主人身份肯定非比寻常，非达官显贵不可。远远的，还能看到人影绰约，走来走去，想必是府邸里侍奉的丫鬟了，她们衣着统一，大方好看，显然是大户人家。

顾衫将一个小巧精致的铃铛放到戚悦手中。戚悦正一脸莫名，就听到顾衫在耳边交代："我去取一个东西。我自小耳力远胜别人，若是有人来，你就在这里轻轻地摇晃一下铃铛，我自会听到。"

取一个东西说起来好听，但不还是偷吗？戚悦了然，接过铃铛，就看到顾衫足下轻跃，到了一处房子的门口。那房子飞檐陡峭，彩画刻镂，檐上还刻着几尊走兽，目光狰狞地凝视着府邸。许是专门存放贵重物品的库房，房门上还挂着一把大锁。顾衫掏出一根针，不过三两下功夫，锁就被轻轻撬开。顾衫如同鱼儿入水，滑入门内，不见了身影。

替偷东西的人把风，这还是戚悦生平第一次做这种事。这不是助纣为虐吗？她虽然是生意人，人家都说商人狡猾重利，但她行得正坐得直，底下的铺子也不曾缺斤短两，她更不曾做伤天害理、鸡鸣狗盗之事。

戚悦心想，这次过了，以后一定要想办法，带一些银两来赔偿户主的损失！

正如此想着，戚悦就听到远处有人交谈的声音。她急忙直起身来，透过花丛缝隙，看外面的动静以及他们是否前往库房。

朝这边走来的一行人都穿着官服，为首的人穿着圆领官服，不是关丞相还能是谁？

这府邸的主人是谁已经昭然若揭了。戚悦打消拿银两弥补户主的决定，现在的她真心认为，这顾衫真是偷得好！

关海在外装清廉，一副忠心耿耿的老臣模样。可这修府邸的钱不都是底下官员们孝敬、搜刮民脂民膏得来的？

戚悦以前在宫中是见过关丞相的。许是因为家宅不宁，相比之前，他显得老迈了几分，脸上的沟壑更深了，整个人清瘦不少。他和旁边的大臣虽然有说有笑，但眉头始终是紧紧地皱着，神情始终带着消散不去的阴鸷。

话说回来，这顾衫还真是艺高人胆大，偷窃皇宫之物如入无人之境；现在又敢在光天化日之下，到权倾天下的关丞相家中来行窃。不仅如此，他还带上她这个秀女，若是被人发现，简直不敢想象……

戚悦握着铃铛的手渐渐收紧了，手心都出了一层薄薄的细汗，只等情况不对，就立马摇晃铃铛。

花园里的人显然不知道花树背后还藏着一个人，仍然在高谈阔论。走在关丞相左后方的瘦高大臣说道："也不知道是不是下臣的错觉，我最近总觉得有人在同我们对着干。"

　　"不是错觉！"另一个眉骨稍高，神情激动，眼窝深陷的大臣附和道，"这次前往并州采买铁矿的两拨人，其中一拨半途中就被人截杀了；另一波去采买的人竟然被告当地的铁矿已经被人买完，需要现挖，无功而返。丞相官威势大，山匪打劫都要掂量几分。再者，幽州牧本来板上钉钉是我们的人，结果也让一个没有任何背景的人上了。如此多的巧合，若说没有蹊跷，下臣不信。"

　　关丞相抚摸着长须，若有所思，足下的步伐也迟缓了几分。

　　瘦高个怀疑道："大人，您说，会不会是皇上动的手脚？"

　　听到这里，戚悦的心里一悬。接着就听到关丞相鄙薄道："那个小儿能翻出多大的浪来？他只会一些小打小闹，整日上房揭瓦、戏耍玩乐，嚣张跋扈又优柔寡断。这几日，听说京城来了个杂耍团，他顾不上上朝又偷溜出宫了，能成什么气候。那些本来对他忠心耿耿的臣子，也被他折腾得心凉了。"

　　关丞相的言谈间对凌盏充满了不屑和轻视，让戚悦稍微放下了心。关丞相对凌盏真是没有半点儿敬重，张口闭口便直呼"小儿"，表面上却总一副忧国忧民的样子。这种表里不一的人真是太让人讨厌了，真该让那些被他蒙蔽的大臣们看看他现在的模样。不过他这样轻视凌盏也好，就不会对凌盏有太多防备，便于凌盏行事。

　　"哈哈，那对他忠心耿耿的张御史前阵子因为染上风寒，上朝不过迟了片刻，就被他罚去鞭笞了二十下，挺着进来，被人抬着出去。那老骨头，我上次见他，连站着都费劲了，以后还怎么挺直身板上谏？"旁边又一个尖嘴猴腮的大臣笑道。话说完，他还扶着自己的腰身"哎哟哎哟"地叫着，模仿了一下张御史的形态。

　　戚悦听到这里，心里直发凉。凌盏现在正处于招兵买马的关键时候，生怕被关丞相看出一丝端倪，故而在这件事上，一定有什么隐衷。那鞭笞在老臣身上应该也痛在他的心里吧，他却偏偏还要装出一副浑不在意的模样，或许还要发笑。

　　而这位老臣年纪一把了，却被自己一心效忠的帝王不近人情地下旨重罚，沦为这些奸臣茶余饭后的笑料，他的心里不会对凌盏有意见？

　　戚悦现在更加期待凌盏能重新夺回权力，至少不要再有那般身不由己的境地，不然明明是一个好皇上，却被人诟病无能、荒诞。

那群人见那个人模仿完，都朗声笑了起来。

虽然早朝规矩森严，不得延误，但也经常有迟来的官员，迟到的人只需站在最后一排，大家也就睁只眼闭只眼，并不做惩罚。若要惩罚，一般也是罚俸而已，除非是帝王对其深恶痛绝，才会罚鞭笞。那日，张御史迟来，本已列位，结果关海故意话说到一半，停了下来，朝张御史那边侧目。于是满朝文武的目光，就都集中到了张御史的身上。

张御史是个老臣，整天拿着条条框框规矩对凌盏说教。在关丞相的眼里，凌盏十分厌恶这个整天说教的张御史，逮到他出错的机会，按照凌盏的"性格"，岂能放过他？凌盏自然会按最重的惩罚处置了，事实上也果然如此。鞭笞二十下，寒了老臣的心，也打坏了张御史的身体。

这是关海喜闻乐见的，当时他还假仁假义地劝说，要从轻处罚。凌盏却眼冒厉光，完全不听劝。真是他带出来的"好皇帝"啊，倒让他省心不少。若凌盏一直是这副得罪文武、不知长进的性格，他也就不用再寻思着去扶植一个新的傀儡皇帝了。

关丞相想到这里，脸上有了几分得意之色，笑意更甚了。而这副奸邪小人的模样，戚悦觉得更为厌恶。

那个模仿张御史的大臣又奉承道："丞相大人果然英明神武，皇上能变成如今这副模样，大人真是功不可没。只是，皇上现在已经威信全无，丞相大人为何不取而代之呢？"

"皇上如今是失道者寡助，不足为虑。现在这样正好，我独揽大权，除了人前要装一装，其他该享乐就享乐。倒是成王，同我面和心不和已久。上回花楼一事，让他装了许久的贤名败坏许多，也不敢同我往来，我和他算是撕破了脸。他也一直心有不甘，想着更上一步，眼下他应该在急于扩充势力，打破我和他之间的平衡局面。这些私下的小动作，最有可能是他做的。我若率先谋动，就算能把皇帝取而代之，恐怕第一个揭竿而起的便是成王。到时候，他还能仗着皇室正统的名义，联合连桥那个老匹夫一起来'清君侧'，岂不就便宜他了吗？"关丞相思索了起来。

说这些话的时候，一行人正好从戚悦隐藏的花树前面经过。戚悦怕被看出端倪，赶紧屏息凝神，不敢轻举妄动，连铃铛也不敢晃动！

好在他们只是步履缓慢一点儿，视线并没有朝这边看过来。

他们走远后，戚悦松了一口气。下一秒，她就看到那个爱说奉承话的人一个扬手，朝库房的那个方向比了一个手势，往那边走去。

戚悦连忙把铃铛晃动，就看到前方有人已惊呼了起来，目光四下里逡巡："是谁？是谁来过这里？"

糟糕！被他们发现了吗？

哦！那个大锁！顾衫进门后，是没有办法从门内把锁重新锁起来的！

惊呼声过后，丞相府豢养的私兵就倾巢而出，步伐整齐划一，朝着这边奔来。

关丞相的表情严肃了很多，直接把库房的大门一脚踹开。一部分私兵把库房团团围住，防止里面的人逃走；剩余的则直接闯了进去，搜索库房，看看是否遗失东西。

现在该怎么办？顾衫能全身而退吗？

戚悦虽然知道顾衫这个人是不肯吃亏的性格，也从不打没把握的仗，但是万一呢？关丞相的私兵一看就训练有素。

顾衫这一次，怎么就偏偏选了关丞相在府中的时候来偷盗呢，还拉上她！

不多时，就有穿盔甲的兵士从库房里出来，揖手道："丞相不好了，那份名单不见了！里面也空无一人，小偷似乎是从窗户逃出去的！"

关丞相闻言身形一震，目光锐利了不少："肯定还没走远，把府中上下全给我搜一遍！"

躲在花树中的戚悦觉得自己在劫难逃了，这群私兵肯定会到花树后面来搜查的，到时候她真是百口莫辩了！

当即，戚悦决定牺牲自己成全凌盏，如果真被人发现，就装作自己是成王的人。突然，她的胳膊被人一拉。来人料想到她会惊呼出声，又捂住了她的嘴。

待看到来人是顾衫时，戚悦才松了一口气。她惊魂未定，顾衫已经带着她足尖一点，也不管别人看没看到，就直接跃上墙头走人。

瞬间的失重感来临，顾衫似乎还朝下扔了什么。戚悦下意识地转头看去，就听到顾衫在她耳边道："别看。"

"是什么？"戚悦问。

顾衫勾唇一笑，道："前阵子从成王府中偷来的令牌。"

耳边是呼啸的风声，还伴随着背后一声声抓人的高喊声。没多久，顾衫带着戚悦几个起落，就到了喧闹的大街上，混入人群中。

关丞相府中的私兵不敢出府，毕竟豢养私兵是大忌。他还没有打算马上和皇家明着撕破脸，暴露私兵就是一件麻烦事。于是关丞相只能派出家丁四处搜查，可是哪里还能抓住轻功了得的顾衫？追到最后，连人的衣角都看不到。

府内，关丞相骨节分明的手指紧紧地抓着顾衫刻意遗落的那个令牌。他冷笑道："凌轻昕啊凌轻昕，我不动你，你倒先对我动起手来了。呵呵！"

府外，已经安全的戚悦，心口仍然怦怦直跳。受到这番惊吓，她的口气不免带上了几分埋怨："你怎么就挑选了这个时候？"

"这不正好碰到你让我做事吗？择日不如撞日。"顾衫的口气漫不经心。

想起刚刚的惊魂，戚悦真想朝他的脸上踹上一脚。顾衫的神色里，又带着睥睨一世的得意："何况，偷这份名单实在是太轻而易举了。难的是嫁祸，毕竟我这张脸如此俊逸出尘，背影又那般挺拔高大，让人见之难忘；闹出动静吧，又怕别人稍微一联想就猜到是我，还如何嫁祸？"

"那带上我，难道就好吗？反正他们只能看见还是你的背影。"戚悦气不打一处来。

"至少不会怀疑我。毕竟，在别人眼里，侠盗顾衫向来是独来独往的，更不会带一个拖后腿的。"顾衫道。

他说得十分在理，戚悦竟然无言以对。

"那你就不怕我被他们发现抓起来吗？"戚悦余怒未消。

"放心，只要你不乱走出去，那地方还是挺安全的，我在那里蹲过几次了。"顾衫一副过来人的模样。

听到这样的解释，戚悦也没什么好生气的了，反正最后能全身而退，还偷到了东西。哦，东西……戚悦想到此行的目的，问道："那份名单……是什么名单？"

"是关丞相和成王凌轻昕党羽的名单。啧啧，关丞相最近忙着想方设法对付成王，专门整理了一份双方势力的名单，没想到却便宜了我们。你刚刚在外面看着，可觉得关丞相惊慌失措？"

"是很紧张。"都派出那么多人来追了！

"那就证明这份名单确凿无误了。"顾衫笑道，"好了，可以回去交差了。"

"交差？"戚悦狐疑。

"就准你抱上皇帝这条粗大腿，不许我也抱一下啊？"顾衫一副吊儿郎当的模样，"你说，以后那些江湖朋友要是发现我这个侠偷顶着一个爵位，是不是会惊掉了下巴？"

"叫……天下第一盗侯？"戚悦翻了一个白眼。

"我先去把这份名单交到皇帝手里，你趁早回宫吧！"顾衫唾弃道。

两人分别的时候，戚悦交代："你不要忘记五日后，把金娃娃送进宫啊！"

顾衫摆摆手，表示没问题。

太后寿宴前一天，梧桐阁里，戚悦还在翘首以盼，等着宫外来信。如今已经火烧眉毛了，顾衫要是临时掉链子，难道她真要两手空空去参加宴会吗？

终于，宫门即将下匙之前，蒋掌柜托人送来了金娃娃。

因为要给太后贺寿，姑姑们也就没有阻止秀女的家里人往宫中捎带贺礼。毕竟，她们也不想秀女送一些寒酸的物品上去。

是走还是留，能不能获得太后的喜欢，为她们在宫内的表现加分，这场寿宴的礼物也成了至关重要的一环。打探别人送什么，思考自己又送什么，也成了大部分秀女这段时间在做的事。

这段时间，大家都在藏藏掖掖地准备礼物，回到宫室后，秀女们的房间都大门紧闭，连和婢女们讨论事情都轻声细语。故而，当戚家派了四个人才把这个紫檀木的大箱子托运进宫，兴师动众地移到梧桐阁的时候，秀女们都被惊动了，好奇戚悦到底要送什么礼物。

周舟觉得自己和戚悦的关系比别人要亲上几分，看着足足一丈高的箱子，就道："悦儿，你这是要送什么啊？"

戚悦轻描淡写，全无心计的模样，说："我让人雕了一个金娃娃。"

金娃娃？一丈高的金娃娃？耳尖的秀女们彼此对视一眼，神色莫名。

这年头，世家弟子都讲究一种底蕴，这底蕴可不是用金钱堆起来的。明晃晃地送金子、送银子，那太俗气。这还送了一丈高的金子，真是俗不可耐！关键是，这送人的对象还是皇室，是太后。对于太后这样的人物，你给她砸了这么多金子，她就会开心吗？

秀女们都迫不及待地想要看戚悦的笑话。

顾千歌也看到了戚悦的箱子，以往她少不得要讽刺几句，不过现在学乖了。她在心里窃笑，怕笑声太大，戚悦改了主意，不送金娃娃了怎么办？是以，她的嘴角就噙着一抹淡淡的笑。

周舟嘴角抽搐，道："悦儿，你真的要送这个礼物？这也太……高调了吧？"

"挺好的呀！"戚悦指使人将金娃娃搬到梧桐阁里。她目光坦然，丝毫没有觉得自己送个金雕像有什么不妥。

周舟见她这样，也不再说什么了。

不过一下午的时间，戚悦要送太后的寿辰贺礼是座金雕像的消息，就像长了翅膀一样传遍了宫闱，连凌盏也有所耳闻。他现在已经摸清了顾衫的神偷身份，私下和他也有了联系。那日顾衫将名单交给他的时候行色匆匆，他忍不住问了一句顾衫在忙什么。顾衫就告诉他，受人之托，要打造一个金娃娃，以五日为期。

他当时原以为是笑话，顾衫于珍玩一事上，也是目无下尘的，结果竟是帮戚悦打造了一座俗气的金雕像。难道是戚悦故意想在寿宴上砸场子？

当夜，他遣了青公公过来迂回地对戚悦说："戚秀女这边要是筹不到什么好礼物，皇上那边能帮忙准备的。"

"皇上这是嫌弃我的金娃娃？"

青公公低了低头，不说话。

不过戚悦一眼就看穿了他的意思。

青公公道："太后娘娘脾气虽然好，不过……"总不好对着一个充满铜臭味的金雕像赞不绝口吧？

"你告诉皇上，让他放心吧。我的金娃娃可是特别能拿得出手的。"戚悦信心十足地说。她今天开箱验过货了，虽然时间仓促，不过这金娃娃她可是满意得很。她原以为五日期限是强人所难了，没想到这赶工出来的金娃娃很能上得了台面。

太后寿辰这天，宫里载歌载舞。几个能歌善舞的秀女，还特地编排了一支舞蹈，黄莉莉也在其中。

戚悦觉得自己没有跳舞的天分，故而黄莉莉一直要求她加入的时候，就拒绝了。

这天晚上的戚悦绝对是一个焦点。她献上贺礼的时候，更是焦点中的焦点。

在别人献上亲自绣的双面绣、前朝大书法家的画作之后，戚悦脚步生风，背后跟着一个大箱子，朝太后行礼，含笑道："戚悦见过太后娘娘，愿太后娘娘福寿无疆！"

"这是？"太后向身边的采南姑姑问道。

"听说是个金娃娃呢。"说到这里，采南姑姑自己都笑了笑。她也真的佩服戚悦的勇气。

太后早有耳闻，戚悦入宫后，在宫中有着散财之名，恨不得把"我很有钱"四个字贴在脸上，随手戴满金银手镯。前面那些秀女送礼物的时候，太后都把她们夸得脸上开出了花。这钦定的皇妃，又是天下首富之女，她要是不说一些溢美之词，总归是有点儿不妥。

只是，她总不能睁着眼睛说瞎话呀。

在太后酝酿着说辞的时候，戚悦当着众人的面，命人把箱子打开。

预料中不忍直视的画面没有发生，映入大家眼帘的是一个等人高的金娃娃。

还真的是金光闪闪，衬托得这大殿越发金碧辉煌，整个大殿都感觉拥挤了很多。

俗吗？俗，纯金做的，重量摆在那里，沉得很，要四人合力才能抬得动。

雅吗？雅，金娃娃的工艺非常复杂，掐丝、上漆，几乎能用的都用上了，衣服是金丝线做的，比人身上穿的也不遑多让。金娃娃脸上带着笑，憨态可掬。仔细一看，倒是和戚悦有几分相似之处，在外表上特别讨喜。

尤其是现在，戚悦穿着粉嫩的百褶裙，站在金娃娃的旁边，同金娃娃相映成趣，就像金童玉女，站在跟前。

本来想看笑话的秀女们，此刻也噤了声，像是锯嘴葫芦。虽然戚悦用的材料土了一点儿，直接用金子堆砌，但是价值至少摆在那里，样式也好看，可比她们送的那些东西贵重了不少。果然家里有钱就是不一样，俗气的东西，用钱堆起来，也能让人心生欢喜。

饶是太后不喜欢金银，也忍不住惊叹，至少也有了夸奖的理由，没有俗气到想让人扫地出门。

太后笑得合不拢嘴，道："好好好，大俗即大雅，这个寿礼，哀家收下了，很喜欢。"

太后夸奖的话，虽然没有什么创意，不过至少还是夸奖。戚悦的心放下了，更何况别人的礼物，太后身边的采南姑姑一声令下，都收到了库房。而戚悦送的这个金娃娃，太后让他们先放在慈安宫里面摆上一阵子，她瞧着欢喜、新鲜。

这命令一出，大家看向戚悦的目光，更是嫉妒如刃。得了，秀女的名单还没有最后公布，戚悦就已经让太后高看一眼，这后宫还怕没有她的地位？

戚悦却很坦然地回归了队列，表情平静，像是没有意识到这是多大的殊荣一样。这又让人咬牙切齿。

不过，她看起来淡定无比，心里面却在恼恨。哎呀！在座的各位，怎么送礼物都不走心呢？她只是应付的一个礼物，就惊艳四座。想想自己最初入官的目的，现在也不知道是偏到哪儿去了。这京城的世家之女，她交好的没几个，又要因为抱住了一个金大腿，而把后官的人都得罪光了！

一会儿，等到别人的目光被礼物吸引去了，戚悦朝凌盏的方向看了一眼。太后寿辰，凌盏当然在场。不过今天太后是主角，他作为陪衬，一直沉默不语。不过他应该挺开心的，许是拿到那份名单，这夺权之路又增加了依仗，所以他的嘴角一直是微微翘着的。

她看过去的时候，正好同他的目光撞了个正着。

原本他那平静无波的目光，刹那染上了隐秘的挑衅，又有着灿烂的星辰。

戚悦嘴角勾了勾，朝着凌盏飙了一眼。那一眼传递的情绪明晃晃：嘿嘿，你不是嫌弃金娃娃吗？瞧这金娃娃多给人长脸。

可不是吗？既豪气，又体现了诚意，还不落俗套。

凌盏觉得她十分幼稚。不过，不得不承认自己先前的想法太偏颇，总以为金娃娃弄得再好，也拿不出手。现在他却觉得自己送给太后的寿山石，也不过尔尔了。

戚悦这边风光无比，那边却遭了人妒恨，身在后官，这背后的风刀霜剑，也不知道什么时候就射过来。

第七章

皇妃不想当

第二日早晨，戚悦正上着礼仪课。采南姑姑从外面走了进来，把奉贤嬷嬷高声训导的话打断。

采南姑姑现在虽然脸上还带着客套的笑，却没有几分笑意。

采南姑姑道："戚秀女，太后召见。"

太后召见？采南姑姑虽然说话的声音绵软，但是说这话的时候，却带着不容抗拒的语气。

这是因为太喜欢自己的礼物，所以要召见她，要厚赏？不不不，不应该是这样。如果这样的话，采南姑姑应该未语先笑，要和她寒暄几句，态度应该是让人感到亲切，而不是像兴师问罪的才对。

戚悦自问没有做过什么亏心事——除了时不时偷溜出宫这件事。

难道是昨天送的那个礼物出了什么问题？工匠们偷工减料，里面其实没有用足金被发现了？不至于吧？顾衫办事还是靠得住的。

戚悦百思不得其解，路上还旁敲侧击地问了采南姑姑几次。

采南姑姑的脸色这才缓和了些，不过还是没有和戚悦兜底，就说："太后让你过去，有几句话想问问你，具体的去了就知道了。"

这话说了和没说一样。

随后，采南姑姑就没有主动和她说话，这也不像是对即将平步青云的人的态度啊！

弄得戚悦的心里直打鼓。

进入太后的慈安宫，戚悦一眼就看到了坐在上首的太后。

戚悦之前见过太后两次，这是第三次。前两次太后脸上总带着笑，仿佛对谁都十分友善，让人不自觉地起了亲近之心。但是今天，她却板着脸，眼底没有半分笑意，充满了肃杀之意——这才是掌权者应该有的模样。宫斗了大半辈子，人又怎么会善良得起来？只是年纪大了，那些棱角慢慢地收敛起来，只留下岁月磨平的温润。但是真正面对事情的时候，余威还是在的。

太后一看到她进来，就皱着眉来了个下马威："听说，你和皇儿私相授受？"

太后虽然身份尊贵，但前几次半点儿架子都没有。这一下疾言厉色起来，给她戴了个"私相授受"的高帽，让戚悦心里一突。她双腿打战，差点儿身体就软了下去，惊讶地"啊"了一声。

一旁的采南姑姑给她使了个眼色，道："戚秀女，太后问你话呢。"

戚悦和凌盏私下确实有些来往，但不是男女之间的事。凌盏想夺回政权，这件事情到底有没有瞒着太后呢？戚悦绞尽脑汁地想着，她是不是凌盏的生母？和凌盏政见一致吗？是否同成王、关丞相那边也有着利益关系？历朝历代，有很多太后不是皇帝的生母。

然而想了半天，这个关键点她硬是想不出来。

传闻太后和皇帝的关系和睦，可毕竟只是传闻而已。不是母子，没有利益冲突在前，怎么都能弄出一团喜乐和气的样子。

太后这么严肃，像是发现自己一直看着的孩子，突然有一天长大翅膀变硬了，被外界诱惑了，被坏人带坏了的感觉。

戚悦心里也拿不准主意。

她像是完全没有察觉出太后的怒火一样，口吻还带着几分天真和好奇，道："太后是听谁说的啊？小女一共也就见了皇上两次，一次是在之前的中秋宴上，还有一次就是昨晚在您的寿宴上。中秋宴之后，皇上是因为小女护驾有功，亲自送小女回宫。若这算私相授受的话，小女也无话可说。"

"是吗？可哀家却听到了一些风声，说你和皇儿私下往来过密。"太后盯着她，目光如炬。

戚悦心里发急，她还特地点到了自己对皇帝的救命之恩呢，可是太后半点儿转怒为喜的意思也没有。真的是来兴师问罪的？要是正好手里有人证和物证，到时候拉出来，对她指认一通，她可不就是抵死不认，罪上加罪了？可……把凌盏那边的事情和盘托出，反而会连累一堆人。

在这一刻，戚悦想起皇帝在她因病迁居到宁心殿时，深夜过来的雪中送炭。她抵死不认："小女对皇上只有高山仰止的崇拜之情，旁的……就什么也没有了。皇上那般丰神俊朗的人，小女也想着皇上能对小女高看一眼。"

"是吗？"

"千真万确。"戚悦坚定地看着太后。

太后看着跪在台下，看起来只有小小一团，但腰杆挺直的少女，心中叹了一口气。

虽然少女的紧张在她的眼里无处遁形，但是太后不得不承认，这少女还算是有着铮铮铁骨，果然是那个人一手教导出来的好女儿啊。凌盏拉她一起谋事，也不用担心从她这边泄露出去。只不过，到底年纪尚轻，处事不够周全，落入了别人的眼。幸好这消息是传到了她的耳里,若是换一个再敏感一点儿的人,顺着这条线挖下去,都能把戚悦里外查一个遍。

太后这一看,目光渐渐放空,也不说话。

戚悦在冰凉的地上跪着,忐忑不安。太后这目光,好似还在她的身上,又好像透过她,在看什么人一样。

太后这是什么意思?到底是信还是不信啊?要杀要剐,趁早开口啊!要把人证物证拉出来,也赶早啊!反正伸头一刀,缩头也是一刀……

戚悦思绪万千,脑海中也呈现出各种画面。当她脑补到自己被拖出去打五十大板时……太后也终于动了一下。

太后让采南姑姑把她扶起来,吩咐采南姑姑道:"泡杯茶,待客。"

太后表情里的肃杀和沉冷消失殆尽,又恢复了以往和蔼可亲的模样。仿佛戚悦刚入殿时,对她的诘问不曾发生过一样。

这副阴晴不定的模样,让戚悦怀疑,太后不会是在笑里藏刀、软硬兼施吧?

采南姑姑笑着应了一声,就过来把戚悦扶了起来,又命人泡了茶端过来。

戚悦味同嚼蜡地喝茶压惊,就看到太后从上首站起来。旁边有人搀扶着她,朝戚悦走来。

太后未语先笑,道:"放心,哀家不会拿你怎么样,不用这么紧张。"

这怎么可能不紧张?戚悦默默地想着。

太后又笑道:"难不成吓吓你,你还记恨上哀家了?"

"小女不敢。"戚悦低眉顺眼,然后她就看到有人伸手,给她端了一大盘的糕点。

戚悦抬头,就看到太后笑吟吟地看着她,道:"饿了吧?尝尝,这是御膳房刚做的珍珑糕。"

太后发话,她岂敢不从,只能毕恭毕敬地将珍珑糕拿起来,然后一小口一小口地吃着。珍珑糕不愧是御厨做出来的,别有一番风味。她今天算是受了大惊吓,珍馐在前,也觉得有些饿。

再说,太后的态度虽然重新变得和蔼起来,但也不能摆脱这是场鸿门宴,也许这是上刑场之前,先让她吃个饱?

但不管怎样,吃饱了再说。

太后一直看着戚悦小口小口地吃着，像一只小松鼠，就着茶水吃着珍珑糕。太后拿多少，她就吃多少。

乖巧，懂事，能吃。

这届秀女太后都见了，她们大多数都弱柳扶风，那腰和纤纤柳枝没多大差别。秀女们能备选入宫，模样、仪态哪个不是顶尖的？但在她看来，却都像是一个模子刻出来的，没有多少新意。哦！之前的连桦不算。但连桦志不在宫中，估计要是遇到不平的事，她能把皇宫的瓦都给掀了。太后自然是不太喜欢这样的姑娘当儿媳妇。

眼前这个人就不同了，生得一脸福相，一看就好养活。戚悦每次见到她，都是笑逐颜开，送的礼物也是坦坦荡荡，就连家世……也让她喜欢得紧，只是戚悦和记忆中的那个人，相像的地方倒是不多。

自家儿子若是能把她留在宫中，成天陪着她，也是一桩乐事，也不愁逼不出那个人来。若是连教养了十几年的女儿进了宫，那人还不踏入京城，这人怕真是铁石心肠到家了。

那厢太后看戚悦越看越喜欢，这边戚悦看糕点也越看越少。眨眼间，满满一盘糕点，竟然都进了她的肚子。伸手触到空盘子的时候，她有些讪讪地收回了手。看到太后依然盯着她，她有些不好意思地叫道："太后。"

太后掏出帕子，替戚悦擦了擦嘴角的碎屑。

她见时辰差不多了，道："今日叫你过来，也没别的意思。只是想提醒你，有些事情并非无中生有。"太后说这话的时候，脸上的笑意消失，有些语重心长的意味，"你始终要记得，人心是最难测的。不要觉得对你微笑示好的人，就一定不会害你。"

戚悦怔了怔。

太后这是在好心提醒她，宫中有人在针对她？这件事太后会知道，并非太后的人看到了，而是有人向太后告密。这人很有可能也是一个秀女。

戚悦心绪难定，还想多问点儿信息。

太后却下了逐客令，道："时间不早了，哀家并无处罚你的意思，你安心回去吧。"

"是。"戚悦请安，告退。

戚悦刚走，采南姑姑就问太后，道："娘娘，您不给戚秀女提个醒，把告密者告诉她吗？"

太后摇了摇头，道："这种事还是让她自个儿去处理吧。人生路漫漫，总不能让人把前方所有的荆棘都铲除。"

戚悦出了慈安宫，心情沉重，看起来苦大仇深的样子。

太后恩威并施，方才她在慈安宫都冷汗涔涔了。这下出来，感觉身上黏糊糊的。

这不是重点，重点是，到底是谁撞见她和凌盏私下碰面，又是谁捅到了太后这里来的？这宫里知道她和凌盏有接触的，就只有凌盏身边的人、宫外的蒋掌柜，还有之前撞见的关丞相。

可是关丞相总不至于去打探她这样的小人物的身份，再把这种细枝末节的事情，告诉关渔吧？何必呢？

不过，至少有一点是值得庆幸的，便是太后是站在她这边，或者说是站在凌盏这边的。要不然，她在宫里的日子，就不会过得这么顺了。

戚悦边走边想事情，不知不觉间就走到了藏秀宫的门口。

她站在门口，踌躇不前。

如果真是熟悉的人在背后捅刀，也真够让人寒心的，把别人的假意当真情，在没有任何防备的时候，被人当垫脚石。

这座华美的宫室，生活着很多正当妙龄的姑娘。这些姑娘中，有的天真烂漫，有的心思诡黠，十年后，乃至二十年后，又有多少人会依然屹立在宫中？有多少人会变得面目全非，手染鲜血，只为获得操纵别人命运的权势？在笑容背后，又藏着多少真心？

不过前提好像是，凌盏能捍卫住他的皇位。

要是没捍卫住皇位，被关海那个老头子抢走了，那个背后算计她的人，会不会肠子都悔青了？

戚悦想想那个老态龙钟的人，觉得心底的抑郁倒是驱散了不少。

不过，当她看到几个宫女在门口探头探脑，似乎是替主子们来看她的笑话时，戚悦又调整了一下自己的表情，变成泫然欲泣的模样。

这招算是她的绝学，从前她就喜欢用这招来对付她爹。她的分寸掌握得很好，泪盈于眶，这样看起来楚楚可怜，也不会因为流泪而红眼，弄得自己难受。

她入宫以来，在人前都是嘻嘻哈哈，一副没心没肺、天天都很开心的样子，这招已经很久没有用了。许久不用，虽然有些生疏，但效果是立竿见影。

果然，很快传来细细的脚步声，那藏在柱子后缩头缩脑的宫女们已然不见了身影。

戚悦在心里默数三声，就看到一群穿红着绿的秀女从里面小跑出来，七嘴八舌地议论起来。

工部尚书的女儿锦阑一脸关切地问："戚悦，你怎么了呀？"

"太后是不是赏赐你什么了？让姐妹们看一下嘛。"赵梧说。

"你怎么说话呢？"顾千歌阴阳怪气地说，"看看人家这副霜打的茄子模样，像是被太后赏赐了吗？指不定是伤心皇妃的位置没有了！"

戚悦听到这话，感受到这些人话语间的假意，心里有了清楚的认识。在后宫中，还真别指望姐妹们好好相处了，这只是理想。以后若是真当了官妃，那就得真刀实枪拼得你死我活了。毕竟笑到最后的能有几个呢？哪怕你无心入宫，只要你有一点点竞争力，她们都会把你设想为敌人。

现在这些人，表面上说着为她担忧的话，内心都在捂嘴笑吧？如果她没看错，刚刚探头探脑的宫女中，有一个就是锦阑宫的。

戚悦顺势捂住眼睛，发出低低的抽噎声。大家就越觉得，太后找戚悦没好事。毕竟采南姑姑遇人都是先带三分笑的，哪有那么严肃的时候。

外面议论纷纷，也把其余的秀女吸引了过来。

"别哭别哭。"顾千歌看到连那些评分的姑姑都出来了，又大声说，"你哭了，是不是对太后有意见呀？姐姐教你呀，太后有什么指示，我们下面的人只能洗耳恭听、奉若金旨，哪能感到委屈呢。哟……你看这眼睛，都哭红了。"

"我……"戚悦哽咽着，像是想说话，又因为哽咽说不出口。她低下头，用袖子捂着眼睛，低声道："恕我失陪。"

话音刚落，就一路小跑，回了自己的梧桐阁。

"哎，别走呀，姐姐的话还没说完呢。"顾千歌说。

"千歌！"关渔低低地提醒了一句。

顾千歌这落井下石的毛病，怎么就一直没改呢？

顾千歌这才噤声，不过那眼角眉梢还是意气飞扬，好像能从别人的倒霉事中获得极大的乐趣一样。

关渔又看了她一眼，没说话。

戚悦一回到梧桐阁,就一头扎入被子里,狠狠地吸了一口气后,从床上爬起来。她让元宝去拿热毛巾敷一敷眼睛,刚刚表演一时用力过度,现在眼睛红红的,她还担心第二天眼睛肿了。

想了想,戚悦又让铜钱去准备一盆热水,她要洗澡消乏。

元宝和铜钱两人本来在梧桐阁中也是担心得要命,但看自家主子除了哭了一顿,看起来还是和没事人一样精神十足,就放宽了心。戚悦不说,她们也不多问,也怕隔墙有耳,一些不利于主子的话传出去。

戚悦洗了澡后,躺在床上用热毛巾敷眼睛。隔了一会儿,听到元宝来报,说是黄莉莉来了。

戚悦在床上依然没有翻身,毛巾还是盖在眼睛上。她睁大眼,看到的也不过是隔着毛巾密集的缝透进来的白光。

黄莉莉的脚步有点儿急,她停了一下,又大步地走了进来。

黄莉莉说:"悦儿,我听到一些风声。你没事吧,太后对你说了什么吗?不是什么大事吧?"

戚悦分析着黄莉莉的语气。

声音中带着急迫,像是真的在关怀她。

有欣喜的迫切吗?好像没有。

有幸灾乐祸吗?好像也没有。

戚悦把毛巾拿开,扑入黄莉莉的怀中,嘤嘤地哭了起来:"莉莉,怎么办?你说,太后生气了,会不会影响我家里啊?留在宫中我是不指望了,好在我本来就没有这个想法。但是……太后好吓人啊。"

"别哭别哭,到底怎么回事,你怎么就惹上太后了呢?"黄莉莉温柔地看着这个扑入她怀中的小姑娘,有一下没一下地拍着戚悦的后背,像是对自己的妹妹一样。

戚悦说:"也没什么别的事,就是那个金娃娃,呜呜呜……太后虽然喜欢,但还是嫌我太过铺张浪费,觉得我助长了宫里的歪风邪气。莉莉你知道的,我……我就是这样的性格啊,喜欢的人就想给他们最好的。呜呜呜……"

"这……这样啊。"黄莉莉摸着她的头的手顿了一下,"你别担心,你也是好意,真是太不经吓了。我还以为多大的事情呢,从门口一直哭到这里,没事了没事了啊。"

"嗯。"戚悦低声应道。

第七章

戚悦敏感地捕捉到了黄莉莉说前半句话时,那莫名的停顿。

是她多心了吗?

黄莉莉可是她认定的朋友啊,敢在她发天花的时候去看望她,不怕被传染。连自己的命都不要了,还会想要害她,故意告黑状吗?黄莉莉能得到什么?又会给她造成什么样的损失?

除非,黄莉莉曾经得过天花,不怕被传染,所以才敢来宁心殿。

在后宫这个大染缸中,黄莉莉真的可以一如初心吗?

只是,若黄莉莉真是一心一意地对她好,那这份怀疑,实在是太伤害她们的友情。若这份怀疑暴露在黄莉莉的面前,她估计要对自己失望吧。

戚悦的脑子里思绪万千,一会儿想到临走时,太后说的人心难测,一会儿又想起在宁心殿的时候,黄莉莉要搬来照顾她时的惊喜,竟不知道该如何面对黄莉莉。

如果黄莉莉真是暗中告黑状的人呢?在不能撕破脸皮的情况下,她要怎样才能慢慢地远离黄莉莉?

"莉莉,我有点儿困了,想睡一会儿。"戚悦下了逐客令。她不想在黄莉莉的面前暴露自己的情绪。

"你头发还没干,我替你擦擦吧,免得睡醒了头痛。"黄莉莉笑着把旁边的毛巾拿过来,熟练地擦了起来。

意识到戚悦的情绪低落,黄莉莉的动作轻柔,声音也低柔,她道:"今日你不在的时候,奉贤嬷嬷那边说,这次入选的名单三日后便知分晓了。"

"这么快?"戚悦惊讶道。

"也不快呢,这都马上三个月了。所以我说,你也不用担心,太后要是真的因为这件事情生你的气,这入选的名单中也就不会有你,总算合了你的心意。"黄莉莉的声音里带着笑意,"以后你出宫了,就算是想见太后也见不着了。在宫外,任你怎么铺张浪费,太后也管不着了。"

"那姐姐你……"戚悦支起身体,看着黄莉莉,道,"姐姐会留在宫中吗?"

"我不知道呢,应该……"黄莉莉的脸上带着不确定。

"姐姐肯定会入选吧,到时候……"戚悦的脸上带着适宜的黯然,"以后我们就不能这么亲密了。这辈子可能也见不到姐姐几次了。"

"不一定呢。再说,就算我入选,妹妹不是以当皇商为目标吗?总有见面的机会的!再说了,指不定我也没办法留在宫中,又或许我们两个都能一起留在宫中呢。到时候还愁没秉烛夜谈的机会吗？"黄莉莉畅想着未来的无数种可能，脸上也带着豁达之情，"其实越到名单出来之前，我越发觉得无所谓了，反正该做的都做了，结局就听天由命吧，最差不过是落选。虽然我很讨厌那个家，一心想要出人头地，但是落选又怎样？我都到了出嫁的年纪了，出宫后也会有一堆人求着娶我。"

"也是呢！怕什么？说不定，我们戚黄两家未来可以双剑合璧，另闯出一番新天地。"戚悦道。

管他什么尔虞我诈，背后告黑状。名单公布后，秀女们就将陆陆续续地被遣返出宫，到时候，又是一番新天地了！就算背后那个人是黄莉莉，到时候在宫外做生意遇到黄家的人，和他们说自己跟他们家入宫的那位娘娘还是义结金兰的交情，他们也会给她三分薄面的。就算他们去找黄莉莉求证，黄莉莉敢公开说一声不吗？不敢。黄莉莉在宫内的表现无功无过，若是能留在宫中，那么为她加分的事情，便是自己和她"患难与共"的交情，若是撇清关系，便是欺君之罪。

可不知道为什么，她却没有多少喜悦之情。相反，心里还压着一块石头，总觉得出宫的事情，不会太顺利。

之前凌盏答应将她从内定的人选中除去，可是万一不行呢？万一他把这件事情忘记了呢？万一他没有这个能力呢？万一最后的名单宫人们没替换成功，还是之前的那份呢？要是凌盏只是诈她呢？

此时已近黄昏，戚悦依然不放心。等黄莉莉帮她擦完头发，她假装睡下。

过了一会儿，待黄莉莉离开后，她让元宝出去和青公公传话。

元宝回来的时候，对戚悦小声说："青公公那边说要小姐放宽心，皇上那边都记着呢。这么大的事，是出不了差错的。入选秀女的名单，太后娘娘和皇上都要盖上印玺才行呢。"

听元宝这么说，戚悦才安心。

三日后，名单如期公布。那一日晴空万里，秀女们都集中在藏秀宫的前殿，个个都打扮隆重。她们排列整齐，屏息凝神，眼睛一眨不眨地盯着奉贤嬷嬷手里拿着的明黄色的绸布——那关乎她们的一生。虽然只是薄薄的一张绸布，却有着沉甸甸的分量，也决定着当朝皇帝后宫未来的格局。

太后身边的采南姑姑，还有凌盏身边的陆已公公，今日也都在场。不过秀女的事情是由奉贤嬷嬷全权负责，名单公布也由她宣布。

奉贤嬷嬷带着笑说："截至今日，众位秀女入宫已有三月，太后娘娘和皇上也都看到了众位的优秀表现。只是名额所限，注定有人要落选。不过，我希望在此的各位，都能拥有一个大好的前程。"

奉贤嬷嬷说完场面话，面上的表情变得严肃起来。她顿了顿，环视周围，道："入宫备选的秀女一共有十二名，经过太后和皇上商议，最后确定入宫的人数为六名。"

六名！这是要把一半的人筛掉啊！想入宫的秀女们，个个都提心吊胆。在宫中表现平平的人，更是心生绝望。之前还以为会多留些人呢，怎么才六名呢？这是要多拔尖的人才能留在宫中？

奉贤嬷嬷可不管下面的人是怎么想的，她开始宣布入选名单。

"户部尚书周安然之女，周舟。"

她每念一个名字，便来一个大停顿，让下面的人更加紧张。

"欸？"周舟下意识地瞪圆了眼睛，轻呼出声。意识到这是在什么场合之后，她急急地捂住嘴巴，向四周看了一下，急忙收敛自己的喜色，上前行礼后站在一旁。

"幽州巡抚史竹卞之女，史锦阑。"被念到名字，锦阑没有像周舟那么夸张，不过嘴角的弧度怎么挡也挡不住，她也顺势上前行礼。

"户部巡官孙铁铸之女，孙小迟。"被叫作孙小迟的是一个娇小的女生，家世尚可，在被念到名字的时候，她的眼里透出了不可置信。

"员外黄阿习之女，黄莉莉。"黄莉莉听到自己的名字后，长长地舒了一口气。她行礼后站在一旁，朝戚悦的方向看了一眼。

戚悦偷偷地比了一个大拇指的手势，结果被上头的采南姑姑看到了，采南姑姑又气又笑，瞪了她一眼。戚悦害羞地吐了吐舌头，继续挺直身体。

"翰林学士朱信宁之女，朱笑缘。"朱笑缘听到这个结果，倒是表现得很平常。她福了个身，继续淡定地走到留任的队列中，让人不由自主地对她高看一眼。

这里已经公布了五个人，只差最后一人了。而一般来说，越到后面念出来的人，被封的位份就将会越高。关渔的名字还没被念到，不过应该是板上钉钉的事情——大家都是这么认为的。那些家世一般、表现一般的人已经接受了自己即将落选的事实，就等着奉贤嬷嬷把关渔的名字念出来。就连顾千歌也是这么想的，此刻，她脸上的表情已经变得十分精彩，好像压着满腔怒火。

奉贤嬷嬷这一次的停顿也特别长，长到让人觉得就只有五个人入选的时候，她才

把最后一个名字念出来:"员外戚侠之女,戚悦。"

戚……戚悦?怎么会是她?她不是前两天刚被太后责罚了吗?竟然还在名单内?

这下,秀女们不约而同地失仪了,发出一声声惊呼。她们的目光转向了当事人——呆住的戚悦,以及众望所归的关渔。

关渔站在人群中,腰杆挺直,无悲无喜,好似对这个结果没有什么意外一样。

戚悦一点儿也没有感到开心,甚至面如土色。

没错,她现在特别生气。

不是说好没有她的吗?绕了一圈,她还是逃不过入宫的命运吗?那她和凌盏结盟还有什么意义?这个说话不算数的人,还说把她从入选名单中除去是一件很容易的事情。这都办不到,那以后他不会过河拆桥吗?

还是说,凌盏并不信任她?所以不能放她出宫,觉得只有她在宫中才能被他掌控?

难道她真的要留在宫中吗?这完全是计划外的事。而且,看起来她还是留在宫中秀女中位份最高的一个。

这可真是太荒谬了。

关渔落选,顾千歌落选,最后竟然是她这么一个小角色"笑"到最后?

"恭喜被我念到的六位小主,这几天可以在宫中稍作休息。过两天便有宫人过来宣旨,带你们去新的宫室。余下的人收拾妥当后,择日便可离宫,自行安排了。"奉贤嬷嬷交代道。

"嬷嬷,这份名单……是不是念错了?怎么连关渔姐姐都没有?怎么还有戚悦?"顾千歌终于忍不住说道。

顾千歌这个时候跳出来,让人不免为她竖起大拇指——这才是真的勇士啊!

奉贤嬷嬷微笑,却带着不容置疑的意味:"顾小姐,若是对本次名单有异议,可以有理有据地提出,我这边会反馈到皇上和太后那里去的。"

奉贤嬷嬷连顾秀女都不叫了,直接叫一声小姐,撇清了顾千歌与皇宫的关系。

顾千歌语塞。

她能有什么有理有据的理由?难道要她说,关渔的家世那么好,关丞相权倾朝野,为什么她会落选?可是选秀,选的并不是家世地位。再说,如果自己的不满落到皇帝和太后耳里,让他们把她记恨上了,会得不偿失。

再说关渔落选,会不会是朝廷的一个信号呢?顾千歌虽然有事没事喜欢耍嘴皮子，但是身为官宦子女，这点儿政治敏感度还是有的。

戚悦的大脑里乱糟糟的，很想马上就去找凌盏问个清楚，为什么会变成这样。

但是接下来的日子，她过得可真是兵荒马乱。在宫里交好的宫人们，这些日子一起备选的秀女们，不管是真情还是假意，每个人都过来道一下喜。和戚悦闹过不愉快的，或者交情浅的，也恨不得在戚悦面前多说几句好话，希望拉一下好感度。

戚悦来者不拒，带着笑招待他们，脸都快笑僵了。好不容易把这些人打发走，那边圣旨又来了。

一个面生的公公过来宣旨，藏秀宫的人乌压压地跪了一片。大家皆屏息凝神，静静地等待着旨意。

太监用尖细的嗓音念道："奉天承运，皇帝诏曰：戚侠之女戚悦，兰心蕙质，备资四德之贤，克娴于礼，着封为璎妃，赐居宝气宫。"

周围随侍的人都露出了开心的笑，透出满满的喜气。众人有艳羡，有嫉妒，也有对未来的忐忑，但说出口的都是满满的祝福。

身为故事的主角，戚悦听到旨意的时候，满脑子都是：完了完了，这下真成皇妃了。

她浑浑噩噩地谢恩领了圣旨，再没有心思听别人分封的旨意了。她的嘴角咧开一抹笑，却比哭还难看。

再之后，大家开始迁移宫室，量体裁衣，还要分配新的宫人，又要筹办一个月后举行的封妃大典。一宫的主位，只有两个宫女伺候肯定是不够的。玉木姑姑会跟着戚悦到宝气宫，当掌事姑姑。

戚悦像赌气一样，把青公公也从藏秀宫要来，当太监总管。太后那边又赏了六个宫女过来，加上原来在宝气宫中常驻的宫人们，宝气宫也算是一个大家庭了。

迁居的事情不到一日就搞定了，戚悦看着偌大的宫室，抱着被子干号着。她不会真的一辈子就要老死在这宝气宫里了吧？她不要啊！结果还没在床上翻滚几下，外面元宝和铜钱就叫着有客人来了。

戚悦被封为璎妃，朱笑缘被封了昭仪，黄莉莉为昭媛，其余三位被封为嫔。皇后之下，是正一品的四妃，目前四妃暂空，璎妃是从一品的位份。昭仪、昭媛是从二品的九嫔，而嫔位则是正五品。

皇妃是后宫妃嫔的统称，但不代表秀女们一入宫，便是板上钉钉的皇妃了。六名入宫的秀女中，只有戚悦货真价实，高居妃位，拥有独立的宫室，可以直接被人叫一声主子娘娘。

这后宫中，目前还没有比她位份更高的主子，几乎可以说戚悦能横着走了。这让人艳羡不已，巴结的人络绎不绝。秀女们又来恭贺一轮，卖弄着姐妹情谊。这虚情假意完了，还有那些德高望重的宫人找她商量事情，今日来的人便是掌管六局的尚宫陈熹。

陈尚宫看起来四十岁上下，梳着标准的宫髻，衣服色雅朴素，但是料子看起来很好。见到戚悦，陈尚宫和颜悦色地说："娘娘这边还有什么缺的，尽管吩咐。"

戚悦现在更觉得心塞。她觉得自己还是个孩子呢，竟然就被人叫娘娘了。

既然已成定局，戚悦也只好认命，端起主子的气势。玉木姑姑先前已耳提面命过，让她对宫人们要自称本宫，对太后、皇上要自称臣妾。想到这里，戚悦又掬了一把辛酸泪。

好歹宫外的人娶亲，还要三媒六聘；就算是娶妾，也有一顶轿子抬进门。她呢，不过是一纸薄薄的圣旨，就从秀女变成皇妃，从此恐怕是再也没有机会回老家了。也不知道自己成了皇妃，自家老爹会不会后悔当初给她争取秀女的名额？或许不会，就她老爹那个性格，应该是出去的时候都会挺直腰杆，只差没把"璎妃是我女儿"写在脸上，到处炫耀一番了。

虽然戚老爹让她又爱又恨，可是，她现在还是抑制不住对他的思念。也不知道他一个人在戚县有没有吃好睡好？他忙起事情来也是不分早晚，昼夜颠倒的。

想到这里，戚悦又把凌斋记上一笔。

她说："不知道本宫这边，何时可以去向皇上请安？"

陈尚宫也拿不准注意，道："皇上那边，奴婢不敢说。倒是向太后请安，是随时都可以的。"

既然见不成凌斋，见见太后也行！戚悦朝元宝使了个眼色。元宝拿出一个香囊来，香囊里面放着沉甸甸的金叶子。

戚悦睁着眼睛说瞎话，道："这个香囊是我先前做的，陈尚宫操劳宝气宫的事情辛苦了！"

陈尚宫笑着接过，掂了掂分量，挺重，不过还是坦然地收下了。毕竟，她在后宫中的地位也举足轻重，是经历两朝的宫人了，而今年逾四十，前朝的妃嫔们都不敢得罪她呢。这宫里,新封的璎妃娘娘豪气谁不知道?据说家里拥有万贯家财,每个来宝气宫的宫人都是笑着离开的,还附带一个据说是璎妃娘娘亲手做的香囊!香囊里藏着的是什么,大家都心知肚明,所以个个都勤快地往宝气宫中跑。宫人们有时候私下都不称戚悦为璎妃,叫她"散财娘娘"呢。

收了银子,就要办事,陈尚宫道:"娘娘这边稍等,奴婢这就和采南姑姑先知会一声,一会儿就领着娘娘去太后那边请安,可好?"

戚悦点了点头。

不到半个时辰,戚悦梳妆打扮完毕,就到慈安宫去请安。

太后似是午睡刚起,神色还有点儿恹恹。她看到戚悦来了,就笑道:"我们的璎妃娘娘来了。"

太后依然和蔼可亲,不过这话却不是对着戚悦说的。

看到太后旁边坐着的凌盏时,戚悦的眼睛亮了,已经控制不住磨刀霍霍了。

她乖巧行礼,道:"臣妾参见太后娘娘,参见皇上。"

"平身吧。"太后说。

凌盏看到戚悦那虎视眈眈的样子,就觉得汗毛倒立。他道:"母后,朕突然想起来,御书房那边还有大臣等着朕,朕先行一步。"

凌盏才朝外走了两步,戚悦就偷偷地往右边挪了几小步。正郁闷着这宫殿太空旷,挪过去的距离太远,不能把凌盏拦住时,把她的小动作看得一清二楚的太后开口道:"慢着——"

太后发话,凌盏怎敢不听,只好停了下来。然后他就听到自家母后含笑说:"璎妃娘娘来了,你还不陪陪她?大臣什么时候见都可以。"太后也耍了一次赖皮,拖长了语调,调侃道,"有道是,躲得过初一,躲不过十五。"

凌盏无奈,道:"是。"

凌盏的话音刚落,太后就起身,采南姑姑急忙上前扶住她。太后笑道:"这午后的时间尚好,哀家去院子里走走,这慈安宫暂且就留给你们。"

太后如此体贴人意,让戚悦大感意外,心里有了底,至少自己在宫里不是孤军奋战,任凭凌盏拿捏。

太后这一走,顺带把慈安宫的人带了出去大半,只余下一些心腹在大殿外守着。

等到殿内仅余他们二人后，戚悦气势汹汹，嗤笑道："皇上还想躲着呢？也知道做了亏心事，要躲起来啊？"

"朕是真的有事情。"这借口，说出来连他自己都不信。凌盏想，自己怎么就正好这时候过来和太后请安呢，还被戚悦抓个正着。自家母后还秉承着有事说开的原则，亲自给戚悦创造了这个机会。

就冲着凌盏逃避的态度，戚悦就觉得自己的"正义"得不到伸张了。这让她更加恼怒，道："皇上之前不是答应我要放我出宫的吗？怎么出尔反尔？"

"朕答应你的事情，肯定会做到，只是现在时机不对。"凌盏道，"你先少安毋躁，现在外面的局势有点儿复杂，你待在宫中会比较好。"

"能有什么样的复杂局势？现在不是风平浪静吗？"戚悦听到他这样敷衍的话十分生气，"事到如今皇上还想骗我吗？圣旨下了，封妃大典都要举行了，即将昭告天下，事已成定局。"

凌盏欲言又止。

戚悦被气得说不出话来。她顿了顿，继续道："我和你结盟后，真是一心一意别无他想，你不必这么防着我的。我现在真的是……不知道说什么好。"

"我没有防着你。"凌盏强调道，"只是现在你待在宫中会比较好，这只是权宜之计。"

"我就没有听过哪个当了妃子的人，最后还能顺利出宫的！"戚悦觉得心都凉透了。想让她留在宫中，为什么还要用欺骗的方式？就欺负她是弱势！以后指不定还能治她一个忤逆犯上之罪，然后把她的财产充公。

"你会是我朝第一个。朕承诺，封妃大典前，你就能出宫。"凌盏定定地看着戚悦，黑漆漆的瞳仁里透着微光。

"那还望皇上，这次可要说到做到！"戚悦道。

"一定。"凌盏郑重地说。

凌盏既然这样承诺了，她也不想再说别的了。

她现在能跳起来和凌盏打一架，然后威胁他收回成命吗？不能。凌盏要是挂彩了，吃亏的还是她。不过事已至此，也只能这样了。

戚悦回到宝气宫，闷闷不乐，当即把元宝和铜钱找来，道："那些香囊呢？你们还在做吗？以后都别做了。"

元宝和铜钱对视了一眼，轻轻地摇了摇头。元宝说："娘娘，可是总不能厚此薄彼呀，要是有人小心眼儿，记恨你了怎么办？"

戚悦想说记恨就记恨，但还是没有说出口，她到底不是特别任性的人。她叹了一口气，道："行吧，那就继续做吧，里面的金叶子少放一点儿，多放一点儿银的。你要记住，你家娘娘已经入不敷出了！"

戚悦扭头，仰天长叹着朝自己的寝殿走去："唉！赚不到银子了啊！坐吃山空啊！好心酸啊！"

既然必定要留在宫中了，还是把背后耍心眼的人揪出来比较好。要是凌盏这次再诓她，她以后肯定还要面对无数年轻貌美的女子，真是麻烦啊！还有宫外，自家的当铺还开着呢，蒋掌柜一直以为自己出宫后会重新接手当铺。这下要怎么告诉蒋掌柜，他还要再辛勤几个月，甚至一辈子呢？

烦心事儿多，戚悦就更不想把白花花的银子乱扔出去！现在要开源节流！她是钱多，可不能把所有的钱都用来养宫人！

戚悦正气着，黄莉莉就过来串门了。

黄莉莉被封为昭媛后，赐居的宫殿离戚悦的宝气宫有一段距离。不过黄莉莉到底是念着戚悦这边，刚刚迁居完毕就过来了。

黄莉莉穿着一身鹅黄色的宫装，打扮比从前成熟贵气了不少。从前她像是水榭楼阁中走出来的小家碧玉，现在隐隐有了主人的气势。

戚悦上去迎接，不过脸上却没有多少喜色，看起来闷闷不乐的。

黄莉莉打量了一下戚悦。从前的戚悦，看起来贵气十足，像一个金娃娃。现在她封了妃，打扮却低调素雅起来，好像这段日子还清减了一些，倒是有一点儿美人的风韵。只是她绾着一个松松垮垮的发髻，看起来挺没精气神的。

黄莉莉道："悦儿，没想到我们两个都有幸中选。不过，你看起来好像不太开心？"

不开心的事可多了！可是她总不能和黄莉莉说凌盏出尔反尔吧！戚悦就挑拣了一个让她同样感到难受的话题，道："姐姐啊！你说在宫里怎么就这么能花钱啊？我没钱了啊！我入宫时带来的银票，现在已经要见底了，怎么办啊？他们会不会觉得，我之前只是在装阔气啊？"

黄莉莉没想到她苦恼的是这一点，失笑道："悦儿，你能不能有点儿志气啊？你都是璎妃娘娘了，这后宫中唯一居妃位的人。宫人们巴结你都来不及呢，怎么反而是你来讨好他们了。不过，你不是带了很多银子入宫吗？"

"银子确实带了不少，但是不经花啊！"戚悦哭丧着脸，"你也知道商人虽然看起来有钱，但实际上活钱不多，基本上都砸在货物上。我临时入宫，家里也抽不出那么多钱财的。"

"也是哦！"黄莉莉道。

戚悦坐在宝气宫中，看着这金碧辉煌的宫殿，很是感慨："没想到我这个最不愿意待在宫中的人，却阴差阳错地留在了宫里，真是世事难料。我一直以为关渔会留下的，莉莉你那边有没有一些小道消息啊？"

"我觉得悦儿你入宫是众望所归，姑姑们独具慧眼。关渔那边，我不知道呢。我刚刚入宫，位置还没坐稳，不敢打听啊。"黄莉莉的脸上露出几分为难之色。

"这样呀。"戚悦说。

关渔落选的事情，真是蹊跷。凌盏羽翼未丰，应该不会公开和关丞相作对。难道告密者是关渔？所以太后那边觉得关渔的品行不端，就没让关渔留在宫中？

戚悦千头万绪，神情难辨。

"对了，悦儿，你有何打算，要请旨回家一趟吗？"黄莉莉突然变得吞吞吐吐。

"还能请旨回去？"戚悦有点儿意外。

"有特殊情况的话，太后娘娘和皇上那边应该会通融吧。"黄莉莉道。

"也是，那你打算请旨回家吗？"

"我家里没事呀。"黄莉莉回完话之后，想到了什么，惊讶道，"你不会不知道吧？"

"我该知道什么？"戚悦觉得莫名其妙。

"就是……"

黄莉莉的话还没说完，戚悦就看到青公公火急火燎地跑了进来。

青公公冲着黄莉莉堆了堆笑，道："昭媛娘娘在这里呢，您宫里的宫女在到处找您呢。"

"啊？"黄莉莉狐疑地起身，看了一眼赔笑的青公公，和戚悦告别，"悦儿，既然这样，那我改日再来拜访。"

等黄莉莉走后，看到健步如飞往外走的青公公，戚悦的脸色严肃起来。

青公公虽然看起来年轻，但在宫中待的时间也不短了，哪里会这样冒失地前来打断主子们的谈话？肯定是故意的。

一定是宫外发生了什么事，而且这件事情很多人知道，就瞒着她。仔细想来，入选名单刚刚确定，虽然会有一堆事情，她这边也忙得手忙脚乱，但她没有忘记给宫外的蒋掌柜传递消息。可都这么多天了，蒋掌柜那边至今还没有什么话回给她。她在宫中是当皇妃，又不是囚犯，难道有人故意拦着不让消息传递进来？

"青公公，请留步。"戚悦道。

青公公赔笑，道："娘娘有什么吩咐？"

青公公站着不动，戚悦走了过去，用探究的目光看着他，道："说，你到底有什么事情瞒着我？"

戚悦身量不高，虽然已经是主子娘娘，但这样瞪着人看时，还是有几分滑稽。

可是做了亏心事的青公公，被这么一问，更心虚了。

他笑着说："奴才哪有什么事情敢瞒着娘娘呢。"

"这段时间，蒋掌柜那边有没有什么话要传给我？"戚悦盯着青公公问道。

青公公略微低头，道："这阵子福满楼的生意极好，蒋掌柜抽不出时间来回信，就传了个口信说一切安好。小的想着这段时间娘娘也忙，就没有打搅娘娘。"

"是吗？"戚悦说，"那我这阵子也忙完了，想必之后还要再忙封妃大典。你安排一下，我打算现在出宫，去和蒋掌柜那边把福满楼的事情交代清楚。"

见青公公还站着不动，戚悦挑眉，道："嗯？"

青公公还是支支吾吾的。

戚悦的语调拔高了几度，催促道："还不快去？"

青公公道："娘娘，皇上的意思是希望娘娘这阵子待在宝气宫先不要出去，宫外现在比较乱……"

"青公公，之前你和元宝说，最后入选的名单中不会有我，我还没和你计较。你现在又拦着不让我出宫，是什么意思？"戚悦横眉冷对，"你可要想清楚了，就算你现在能拦着我，我也有别的办法出宫的。"

"娘娘……"青公公有些急红了眼，"您就听小的的话，别出去了。"

戚悦才不管他，直接朝宝气宫外走去。

青公公到底顾忌着戚悦的身份，不敢直接阻拦她，只能紧紧地跟在她的身后。

结果刚刚走到宝气宫门口，就看到一个小太监面露急色，对宝气宫的一个小太监说："季公公，您就行行好，替我把这封信交给娘娘吧。"

戚悦认得递信的小太监，是经常在宫外行走的小李子。拦人的小太监戚悦也认得，是青公公的一个小徒弟，小季子。

不安的感觉在戚悦的心底蔓延，到底发生了什么事？为什么宫里的人都瞒着她，不想让她知道宫外的消息？

戚悦厉声道："本宫的信件，你们也敢拦！"

小季子被抓了个正着，一下子跪倒在地，偷偷地看了一眼他的师父青公公。

青公公瞪了小季子一眼，心里暗道，皇上可千万不要怪他啊，再瞒下去，真要瞒成仇了。于是他只能任凭戚悦上前，把小李子手中的信件抢了过来。

是蒋掌柜发来的信件，还没有开封。戚悦心急，三下五除二地就把信封撕开，露出里面的信纸。

预想中的福满楼倒闭，没有发生。

预想中的凌盏抢夺她在宫外的财产，让福满楼充公的事情也没有发生。

但是，信上写的事情却让戚悦呼吸紊乱，她深深地吸了一口气，问送信的小李子："这是蒋掌柜亲手交到你手中的？"虽然这字迹她一清二楚，就是蒋掌柜的字。

"对。"小李子回道。

戚悦又看向青公公："所以，你们瞒着我的事，就是信上说的事了？"

她此刻尚且能冷静，但握着信件的手已在颤抖，不自觉地泄露出了她此刻的情绪。

戚悦瞪着一双黑黝黝的大眼，眼里已经有了一层水雾。

青公公不忍再看，低头面露难色，道："娘娘请节哀！"

"我节哪门子的哀？我现在明明在做梦，你们都合起伙来在骗我！"戚悦之前还有着异样的平静，此刻，语调拔高了几度。她把信件撕了个粉碎。

信上白纸黑字地写着，戚老爹出去游玩的时候，不幸跌下山崖，到现在还没有找到。可是崖下饿狼众多，想必是凶多吉少了。

她恨声道："我爹身强体壮，至少还能再活上一百年，怎么可能我出门才三个多月，你们就告诉我……告诉我，他出了这样的事？"

戚悦没有哭，但是眼睛已红了起来。

"娘娘……"

"不行！我要出宫，你们不要拦着我。谁拦着我，我就和谁拼命！"戚悦语无伦次地说着，不管不顾地朝外走去。

青公公拦住她。也不知道她从哪里来的力气，直接把青公公掀翻在地。

青公公从地上爬起来，正准备追上去的时候，就看到宝气宫外，站着一个穿着龙袍的人，这才作罢。

凌盏这会儿刚下早朝，想过来看一眼，就见到眼睛已经变得和兔子一样红的戚悦，心里已然明白了。

他叹了一口气，道："你都知道了？"

戚悦无声地点了点头。

"这里人多口杂，我们进去说。"

戚悦这时候已经没有了刚刚破釜沉舟的孤勇。在凌盏半搀半扶下，她回到了宝气宫。

等到宫人们把门关紧，只剩下他们俩的时候，凌盏沉声道："你不能出宫。"

"为什么？"戚悦问。

"匹夫无罪，怀璧其罪。"凌盏的声音里透出了自责和沉痛，"戚家虽然低调，但是拥有近乎我国一半财富这件事情还是有不少人知道。关丞相和皇叔要举兵造反，就需要大量的银子，向无权无势的首富戚家动手在所难免。这是朕的疏忽。"

"可……这和我回去有什么关系？戚家现在肯定乱糟糟的……就算爹真的发生意外，我生要见人，死要见尸。"戚悦哽咽着说，"祸害遗千年，他那么圆滑狡诈，肯定不会有事的。"

"戚悦，你现在是众矢之的，你知不知道？你出宫，会有多少人打你的主意？关海和皇叔的人现在都在戚家守着搜索，他们找不到戚家的藏宝之地。你这个在宫中出手阔气的首富之女，自然就是他们的第一怀疑对象。说不定你刚出宫门，就会被人盯上。他们都只等你走到荒郊野外，就对你动手。"

"皇上，我把所有的财产都给你，你让我回去找爹爹好不好？"戚悦拉着凌盏的袖子，乞求道。她现在眼睛通红，眼泪如断了线的珠子，不断地滚落，让人看了心生怜惜。

凌盏静默了一瞬，别开眼，有些无奈地道："谁会相信呢？"

道理她都懂，也知道自己现在是在无理取闹，只是……戚悦摇了摇头："可是我身为人女，怎么能连他最后一面也不去见，就坦然地在宫中避祸？我怎么能因为害怕可能遇到还没有发生的危险而懦弱退缩？"

"你回去又有什么用？只不过是徒增危险罢了。朕瞒着你这件事，就是怕你一时冲动，二话不说就出宫。"凌盏道，"你的钱财你收好。朕已经命人去山崖下搜寻了。戚家那边虽然还有人虎视眈眈，不过你父亲手下都是一些老伙计，门庭虽然冷落了些，但好歹还能让戚家撑一阵子。你这边等等朕，等事情平定后，你再回去吧。"

"还回得去吗？"戚悦无力地摇了摇头。

"会。"凌盏承诺道。

第八章

江山不太稳

戚悦虽然表面答应了凌盏不出宫，但心中还是在想法子出去。而凌盏显然也不太信任她，命人对宝气宫严防死守，生怕她阳奉阴违。更过分的是，凌盏还清楚她从前出宫的套路，收了她出宫的牌子，更是堵死了她从藏秀宫小膳房王福子那边出去的路子。

皇帝绝她之路，戚悦只好把希望寄托在顾衫身上，希望他能从天而降，用他那绝妙的轻功带她离开皇宫。但她心里也明白这不大可能，顾衫毕竟是江湖中人，上次替凌盏偷了那份名单后，又去处理江湖中的事，离京了。

顾衫没有等到，却等来了同样一脸惨戚戚的黄莉莉。

这段时间，戚悦大门不出，二门不迈，不过还是派元宝和铜钱两个人打听宫内的消息替她解闷。最近宫里闹得最大的一件事情，便是昭媛娘娘黄莉莉不甘人后，熬了一碗参汤，想送到御书房去给皇上喝。结果刚走到门口，就被皇上身边的小太监赶了出来，还被疾言厉色地警告：皇上日理万机，诸位娘娘莫来烦扰。

昭媛娘娘做了这个出头鸟，讨不到半点儿好处，自然沦为宫中的笑料。新晋的妃嫔们笑完之后，又处在愁云惨淡之中。皇上正值壮年，又生得俊俏，却不近女色。她们本以为入宫之后，便有大量的机会和皇上亲近。可现在跟以前相比，除了不用看姑姑们的脸色，抬高了位份，还是没有什么差别。

黄莉莉踏入宝气宫，哭诉道："你说，我们一辈子不会就这样过去吧？之前以为进宫了就能出人头地。趁着开始的几年，努力努力，在后宫中站稳脚跟，就不怕后来的新人了。结果你说……你说皇上怎么会这样呢？连正眼都不瞧我一下，还那么不给我面子。"

"莉莉，既然都入宫了，你就不用太着急。皇上确实日理万机。"戚悦同样一脸愁容，随便安慰了下她。

"悦儿妹妹，现在已经入宫了，就不要在想着宫外了！"黄莉莉有些急了。她看出了戚悦一脸心不在焉，就用手掌在戚悦的眼前挥了挥，"你不打算做些什么吗？要一直在宝气宫中把冷板凳坐穿吗？"

戚悦瞪着"死鱼眼"，摇了摇头，默不作声。

看到戚悦这副丢魂落魄的样子，呆滞的眼还有几分红肿，她小心翼翼地问："你家里的事……你知道了？"

戚悦点了点头："是，我知道了。"说到这里，她的眼睛又红了几分。

"之前你宫内的青公公火急火燎地把我找出去，我还以为什么事……不会是，因为我说漏嘴了吧？对不起悦儿，我不是故意的。"黄莉莉一脸急色。

戚悦还是有些意兴阑珊，说："不怪你，这件事我迟早也会知道的，他们瞒不了多久。莉莉，我现在真的很心急，你知道些什么，都告诉我好吗？"

"我知道的也不多，就知道你爹爹意外身亡。还是我家里的人向我打听，问戚家后继有没有人，会不会就这样一蹶不振。"提到家人，黄莉莉的脸上露出了几分嫌弃之色。她道："戚家的生意遍布大江南北，我家也有一些生意想和戚家合作，没想到遇到了这样的事。你也知道我家里人的德行，我都替他们在这个时候和戚家撇清关系而感到羞耻。"

听到这里，戚悦心里更急了。戚家的产业虽然大，也有不少能人在替戚家效力，但是生意还是以戚老爹为核心，特别是戚县的那些大掌柜，彼此看不顺眼，整天想着使绊子。老爹在的时候还能够制住他们，现在他不在了，估计那边的生意也要四分五裂了。

戚悦的眉头皱得更紧了。

黄莉莉心里突然一动，道："悦儿，我知道你很着急，要不然……我帮你逃出宫去？"

戚悦的表情没有什么变化，眼神却闪了闪，道："怎么逃？"

黄莉莉的能耐她还是知道的，并没有抱多大的希望。一个商人之女，又不是世家子女，没有厚重的根基，在宫里的人脉能宽广到哪儿去。

"想出宫总有办法的！"黄莉莉脑子里转了下，否决了几个不可行的计划后，道，"其实我之前也偷偷让人出宫帮我捎带一些东西。你到时候来我的紫涵宫，换一身衣服，然后我让人带你出去。"

戚悦眼前一亮。

她宫里的人现在防她防得紧，但是到了紫涵宫，他们就鞭长莫及了。到了黄莉莉的地盘，两个姐妹之间喝喝茶，看看花，聊聊天，他们肯定觉得不会出岔子，也会放松警惕。

只不过说起来简单，做起来难。要是这次失败了，凌盏估计会直接把她禁足在宝气宫中吧？

戚悦稍微迟疑了下，可以相信黄莉莉吗？

戚悦问："那你这边，我在你宫内消失不见，你不会一样有麻烦吗？"

"谁叫我们是姐妹呢。"黄莉莉笑道，"再说了，皇上还能怎么罚我，顶多就是

禁足而已。我现在的状态，禁足和不禁足又有什么区别呢？反正到时候，我先去请罪，说你想回去省亲。若是太后和皇上两人能体恤，那再好不过；若不能体恤，又能怎样？宫妃挂念失踪的家父，闹出去也不是什么光彩的事，他们会想办法瞒下来的。再说，你家里就剩下你一个人了，也连累不了什么人。"

戚悦定了定心，思来想去，就算背后的那个人是黄莉莉又怎样？黄莉莉帮助她出宫，可以把她这个绊脚石给挪开，应该也欢喜。

商定之后，戚悦如约来到了紫涵宫。在这之前，戚悦把她的计划告诉了铜钱，并留了一封信。她交代铜钱："等我出宫后，你便将信交给青公公。若青公公找你要箱子的钥匙，你也给他。"

铜钱的心思浅，并不知道戚悦出宫会伴随着危险。只知道自家老爷出了意外，小姐心急如焚，要回去看看。虽然担忧，却也听从戚悦的命令。

到了紫涵宫，戚悦和黄莉莉闲聊了几句。之后，黄莉莉便把玉木姑姑打发走，说自己和戚悦说几句体己话，玉木姑姑在这边不太方便。

之前戚悦得知了戚家老爹的事情后，整天闷闷不乐。今天会主动来紫涵宫和黄莉莉聊天，要么是想通了认命，要么就是在打什么歪主意。

玉木姑姑没有挪开脚步，一动不动。

黄莉莉变了脸色，道："姑姑怎么还不走？我的命令你不听了吗？"

玉木姑姑从前负责的是梧桐阁，说句不好听的，就连黄莉莉都要看她的脸色行事。现在身份地位变了，黄莉莉的身份摆在那里，到底是主子，而她只是奴婢。自家主子都不吭声，她也无可奈何，只好退下。

等到宝气宫的人都走得差不多了，黄莉莉从一个暗箱中拿出一个包裹，嘱咐道："这个包袱你带上，里面有一些银子，不多，但足够让你回乡。悦儿，这一去山高路远，你若是留恋宫外的生活，就不要回来了，万事有我这边替你担着。"

"嗯！"戚悦重重地点了一下头。

黄莉莉身为昭媛，自然有差遣宫女出宫替她采买东西的权力。不过片刻工夫，戚悦就乔装打扮好，在黄莉莉身边宫女晶晶的带领下，朝宫外走去。

那是一条没有人走过的小路，戚悦一路警惕，生怕出现变故，不过确实是朝着宫外的方向。

看来，暗地里除了她经常搞小动作，在偷溜出宫方面，黄莉莉也差不到哪儿去。

她们刚出了宫门，便能听到附近市集传来的车水马龙声。晶晶带着戚悦来到一栋建筑物背后的小拐角，把一直替戚悦拎着的包袱交到她的手上："娘娘，奴婢只能送你到这儿了，一路保重。奴婢先回宫了。"

"好。"戚悦应道。

晶晶朝左右看了一眼，身影便消失在了人海里。

戚悦正想着是去找蒋掌柜一起回戚县，还是孤身一人租马车回去时，脖颈上就挨了一记闷棍，随后眼前一黑，不省人事了。

晶晶回去复命，黄莉莉听到戚悦已经出宫后，慢悠悠地喝了口茶。隔了一会儿，就看到玉木姑姑一脸愠色地出现。

玉木姑姑盯着黄莉莉，不放过她脸上的任何表情，一字一句地问："我们家娘娘呢？"

她早就觉察出不对劲。她刚刚退下，本想在门口密切注意着里头的动静，无奈不断有人找她说事，还都是紫涵宫的人。有个还是紫涵宫的掌事姑姑，也是共事过的人，玉木姑姑只能暂时离开，帮紫涵宫的掌事做事。

玉木姑姑心想着黄莉莉向来胆小，应该不至于能帮自家娘娘做什么。回来的时候，看不到自家娘娘，她心里就暗道了一声不好，中了调虎离山之计。

"璎妃娘娘已经回宫了。你不知道吗？"黄莉莉故作惊讶，看着玉木姑姑，一脸无辜。

玉木姑姑看了黄莉莉好半晌，忍怒，道："那奴婢先行告退。"

她回到宝气宫，把宝气宫的宫女们都抓出来问了一遍，特别是跟在戚悦旁边的两个宫女元宝和铜钱。还是问不出下落之后，她叹了口气，问青公公："怎么办？娘娘不见了。"

铜钱哆哆嗦嗦地站出来，道："娘娘她……回戚县了。"

"戚县？谁帮她出去的？黄昭媛？"玉木姑姑着急地抓着铜钱。

铜钱摇了摇头，道："不知道，娘娘一直都很有主意的。"

青公公心里也暗叫一声糟糕，他面如土色，和玉木姑姑对视了一眼，道："必须把这件事赶紧告诉皇上。"

被人打了一记闷棍的戚悦，完全不知道宝气宫里面的人都已经被吓得魂不守舍。

她醒来后也不知道自己是在什么地方,她的头上套着一个麻袋,只能通过麻袋的缝隙,隐隐约约地窥见外面的天色。脚上能感知到茅草粗粝的触感,她应该是被人丢到一个废弃的茅草间了。

她竖起耳朵,听着周边的动静。好像没有人看守,听不到人的呼吸声,也听不到别的声音。

她的双手被人用麻绳绑着,反捆在背后。

是谁?图财,还是劫色?戚悦的心起伏不定,现在后悔不迭。她不应该偷偷出宫的,就算是要偷溜出宫,也应该做好万全的准备——比如可以聘请京城里最负盛名的镖局护送她回去。

戚悦摸了摸手上的镯子,常戴的那个金镯子还在。可见对方不是临时起意的。要不然的话,她全身上下看起来金贵的东西,肯定第一时间就会被人摘走了。

这就好。

但好不到哪儿去啊!很显然,宫外的人盯她很久了,甚至有可能和晶晶有勾结!她现在算是羊入虎口,落入反贼之手了。

戚悦告诉自己要镇静,这样才有办法脱身。

因为有钱,她从小到大遭遇的绑架不计其数,次次都能安然化解。虽然有戚老爹舍得砸钱的缘故,但绑匪每次只为赎金,也没有想要撕票。还有就是,戚老爹自从她第一次被人绑架后,就专门请了最出名的机关大师孟梧,为她打造了这个赤金镯子,按住上面凸起处的一颗小宝石,就能伸出来一把削铁如泥的小刀,可把绳子割断。加上自己会一点点傍身的功夫,力气比常人大了一点儿,戚悦才能每次都逢凶化吉。

想到戚家老爹,戚悦又是鼻子一酸,眼泪滚落下来。

戚悦一边流着眼泪,一边熟练地割绳子,割到轻轻一拽便能挣开的时候,她停了下来。

因为她正好听到外面有动静了。

戚悦假装自己刚刚醒来,听到有人进来,就问:"你是谁?"

"戚家的钱财放在哪儿?"那人压低声音,带着几分粗哑,是个女人。

戚悦看着身前模糊的影子,确定只有一个人。

"什么钱,你在说什么?戚家?"果然是冲着戚家的家财来的,戚悦装糊涂地问道。

"你不是首富戚侠的女儿吗?不要给我装糊涂。戚家的钱财都放在哪里?"那人见戚悦一点儿慌乱之意也没有，不免声音拔高了几度。

"我爹要是首富，我早就笑醒了。我倒是想知道，你所说的戚家的钱财放在哪里了。"戚悦一脸云里雾里地说。

"不要跟我装傻，我知道你听得懂，也知道那些钱放在哪里。要不然，戚县那边，我们的人翻箱倒柜，怎么就只找到了一点点钱呢？"这人说。

戚悦藏在身后的手握成拳。她咬着牙努力让自己镇静，不能直接和面前的人拼个你死我活。

果然是有人要害她爹！只是因为她家太有钱了，所以碍了人的眼！幕后凶手肯定和眼前的人有着千丝万缕的关系！面前的人到底是谁？

戚悦顿感无比愤怒，又有着无可奈何的悲哀。

"你要是不肯说的话，小心我刮花你的脸。"那人轻笑了一声，有凉凉的东西隔着麻袋，贴上戚悦的脸颊，那人道，"说不说？"

"你要是真的刮了，我就更不会说了。"戚悦不妥协。

"哦，承认你是戚悦了是吧？"那人道，"这个问题不肯回答，那换一个。你和皇帝是什么关系？"

"我和皇帝呀。"说到这个，戚悦开始信口开河，胡编乱造，"因为我貌美如花，又品德高尚，能书善画，皇上见到我的第一眼，就不可自拔地爱上了我，才破格把我封为璎妃。哪怕我是各种拒绝反抗，皇上也不改决定，真是太烦了。唉，真的是难承君王恩啊！"

戚悦的这个唉，一咏三叹。那个人直让戚悦闭嘴，有些气急败坏道："你……你胡说！"

"你又没亲眼看到，怎么知道我在胡说？"这人好像心里还挺在意凌盏的。戚悦努力用言语来激怒她，"其实你把我的脸刮花了也无所谓，我还想这样才能让皇上放开我，让我一心一意地出宫，继续我的商人之旅。反正皇上在意的是我的才情，熟知我的秉性，怕是就算我没有美丽的容貌了，皇上也不会放过我啊！"

"你有个屁的才情和性格！"那人爆了粗口。

就是现在！戚悦趁着那人不备，把绳子挣脱开来，同时朝后退了一大步，眼疾手快地把兜头的麻袋掀开，结果就看到了一张熟悉的脸！

在她出宫前，在紫涵宫，她们才刚刚见过，而且那时候戚悦还对她怀着满心的信任！

怪不得,这人压低的嗓音里面透露出几分熟悉的感觉。

戚悦一愣,不可置信地说道:"莉莉,竟然是你!为什么是你?"

眼前这个拿着匕首、兜着黑色披风的女子,不是黄莉莉还能是谁?只是,之前黄莉莉在她面前要么多愁善感,要么畏首畏尾,要么善解人意,哪里像眼前这个女人,虽然有着一样的温婉外表,眼里却透露着怨毒的光!

黄莉莉家中姐妹众多,难道这人是黄莉莉的姐姐?

当戚悦还在心里给黄莉莉开脱的时候,黄莉莉却亲口承认了。她的嘴角泛着讥诮,把玩着匕首,料定了这个地方外面守着的都是她的人,戚悦就算插翅也难飞后,说话也肆无忌惮起来。她说道:"为什么不可能是我?你露出一脸不可置信的样子,是给谁看呢?"

黄莉莉享受着戚悦现在的表情,嘴角挂着讥笑,继续道:"是觉得像我这样的人,就应该傻乎乎地被你玩弄于股掌之中,你给一点儿好处,我就该俯首称臣,觉得你是天底下待我最好的人了,是吗?"

既然是黄莉莉,戚悦也没有必要矢口否认了,道:"我承认,我最初入宫的时候和你交好有别的目的,但是后来……"

"后来怎样呢?"黄莉莉打断她,挑眉冷笑,声音愈加尖厉起来,"后来还不是因为事事都顺着你的意,多次给你雪中送炭,你才彻底相信我。"

黄莉莉像是要把这些日子不堪忍受的屈辱尽数倒出,继续道:"你知道你刚入宫的时候,有多让人讨厌吗?满口的虚情假意,还喜欢装疯卖傻,以为自己可爱是吗?分明是愚蠢,那些人还竟然相信你的愚蠢无知。明明是末等的商人,却好像自己高人一等,不就因为是首富之女,家里有很多臭钱吗?这能有几分尊贵的?用得着每次都居高临下地看人吗?虽然你和我互称姐妹,可这其中的真情有几分,你应该是再清楚不过了。我只不过在你眼里尚有利可图罢了!"

黄莉莉说这些话的时候,越发尖酸刻薄,穷形尽相。她说话的声音越来越大,也越发咄咄逼人,浑然没有从前跟在戚悦身边时的玲珑可爱、秀外慧中了。

戚悦觉得十分失望,摇了摇头:"原来在你的心里,竟然是这样看我的。"

"你还以为自己是一朵圣洁的白莲花吗?"黄莉莉哈哈大笑,看着戚悦,面露不屑,"瞧瞧你现在的样子,没有了钱,你什么都不是!"

黄莉莉不断地在戚悦的耳边用刺耳的话激怒她。

在发现了黄莉莉对她都是假意之后,戚悦觉得自己大脑里面的线全都串起来了!

她竟然没有意识到，自己身边有这么可怕的人，小小年纪心计就这么深。从一开始入宫，黄莉莉就算计着她！她还傻乎乎地让黄莉莉的人带自己出宫。出宫还那么顺利，分明是黄莉莉筹谋已久。

黄莉莉哪里是一只柔弱的小白兔，分明是扮成兔子的大灰狼！

戚悦只觉得心凉无比，但有些话，还是不得不求证，道："所以，中秋晚宴那天，孔明灯落下的时候，是你把我推出去的？"

"是，可惜砸中的位置不太对，后来我送给你的膏药你也竟然没用！"黄莉莉恨声道。

"我得天花的那一次，和你又有什么关系？"

黄莉莉得意地说："其实那不是天花，只是我得了特制的药粉，撒在你常用的衣物上罢了。"

"还有，跟太后告密我和皇上私相授受的人，也是你？"

"自然是我。"黄莉莉的表情变得更加怨毒，"其实我最恨的，并不是你的假意，而是皇上对你的在意。哼，你口口声声说着不想入宫，在乎我们的姐妹情谊，私下却和皇上勾搭在一起，你要我怎么相信你？而且，你这样无才又无德的人，凭什么得到皇上的青睐？"

"虚情假意的人是你才对吧？"戚悦虽然又饿又累，但输人不输阵，反问道，"明明一开始，你便已经看不惯我的作为，为什么还一而再、再而三地接近我？我从没想到，人的心思会恶毒到你这样的份上。你斗倒了我，又能得到什么？你还会有更多的对手，你难道每一次都要这样对付她们吗？"

"我只是看你格外不顺眼罢了。再说，和你成为好姐妹……"黄莉莉嫣然一笑。只不过这人心思恶毒，连笑也越发让人觉得面目可憎。

她语声低柔道："这样才能有机会一次又一次地陷害你呀。"

戚悦暗道自己疏忽了，低估了人性的险恶，不相信黄莉莉会因为这点事情就对她生出怨恨，还想着置她于死地。

黄莉莉挑眉，看着被解开丢弃到一边的绳子，道："不错，还能挣脱绳子，可是又有什么用呢？悦儿，你要是顾着我们姐妹情谊的话，就把戚家的藏宝之处告诉我。这样，你也可以少受一些折磨，要不然的话，可别怪我无情哦。"

说到后半句话的时候，黄莉莉的语气变得很温柔。

接着，黄莉莉又厉声道："不过，我不会要你的性命，我只会看着你在我眼前打

滚,尊严尽失的样子!"

看着黄莉莉丑态毕露,戚悦为她感到可悲,不禁目光中带着惋惜,道:"我是在你的帮助下出宫的,你就不怕皇上查到你的身上吗?"

"这就不劳你操心了。皇上查到我是一回事,会不会动我又是另一回事。反正,是你自己要出宫的,和别人有什么关系呢?"黄莉莉有恃无恐。

就是现在!戚悦一个地打滚,直接滚到黄莉莉的脚下,然后朝她的膝盖一踢。黄莉莉猝不及防,跌倒在地,手上拿着的匕首也掉落到了一边。

戚悦捡起匕首,压在黄莉莉的身上,咬牙切齿地说道:"说,你背后的主人到底是谁?"

到底是哪方势力害了老爹?

黄莉莉的背后肯定有人!要不然的话,黄莉莉怎么会那么在意她身上的钱财呢?一个商户之女在京城怎么会有这么大的能力呢?

"是谁你就不用在意了!"黄莉莉说。

戚悦用恶狠狠的口气道:"说不说?"

黄莉莉觉得好笑,戚悦毕竟年纪小,这威胁人的话也说得底气不足。她道:"这没用的。你就算劫持了我,还是出不去这个地方的。"

料定黄莉莉不敢要自己的性命,戚悦秉承着鱼死网破的心,把匕首在黄莉莉的脸上按了下,狠狠地说道:"那我们就一起留在这里吧!"

匕首扎破了黄莉莉的脸,流了一点儿血。戚悦想,自己是在黄莉莉的宫中失踪的,她肯定脱不了干系!如果黄莉莉的脸上突然多了一道伤痕,那她身上的嫌弃肯定会更大。

突然被戚悦来了这么一下,黄莉莉生怕从此毁容。她行为恶劣且害人,可根本目的是除掉戚悦这个后患,让自己的身份和地位更上一层楼。可在后宫混的人,要是被毁容了,那就真的再也爬不起来了!

大惊失色下,黄莉莉直接一甩手把戚悦挥开!

"你这个贱人!"黄莉莉怒骂道。

黄莉莉一巴掌扇了过去,可惜被戚悦躲闪开了。她顺手抓住旁边的一根木棍,朝戚悦抡过去。

就在这时,外面传来一个声音,道:"小姐,主人交代过,不能乱动她!她掌握着很多信息,主人留着她还有用处!"

黄莉莉这才作罢，恨恨地看了戚悦一眼，道："这次就饶了你。"

被外面的人这么一打断，恢复了理智的黄莉莉想起了出宫的时间确实宝贵。之前想看戚悦狼狈的样子，借着自己和戚悦有着姐妹情谊好套话，主人才让她出来的，现在也确实该回宫去了。更关键的是，自己的脸可一定要好好处理，千万不能留疤了。

"你们看牢她！绳子给我绑紧一点儿！这人阴险狡诈，千万不能让她逃跑了！"黄莉莉对着来人道，说完就步履匆忙地朝外走。

戚悦不敢暴露自己手镯的妙用，任凭进来的几个壮汉把她的手重新绑缚起来。

他们出去的时候，戚悦看了外面一眼，显然是在荒郊野岭。她要是一直不把放置戚家财物的地方说出来，那些人还会留她的性命吗？要是对她严刑拷打，她能撑得下去吗？

戚悦叹了一口气，也不知道自己什么时候才能逃出去。没有了戚老爹，这一次她还能逃出去吗？她真的不应该逞强的。

想到这里，戚悦又有些心酸。眼角淌着泪，迷迷糊糊中，戚悦再次睡着了。

直到粗哑的开门声再次响起，戚悦这才醒来。外面传来一个温柔的女声，和之前阻止黄莉莉的壮汉在对话："小姐，您进去的时候，千万要小心了。之前黄小姐就被她伤着了。"

"没事。你们在这里守着也辛苦了，先下去吧。我的人守在这边就好了。"那熟悉的声音带着熟悉的落落大方。

"可是主人交代……"

"放心，这里这么偏僻，我身边又有这么多人。她就是插上翅膀，也飞不走的。"女声回答。

今天真是好生热闹。戚悦心想，刚走了一个黄莉莉，又来了一个关渔。是不是宫里面的那些姐妹都要来看一遍她蓬头垢面的狼狈样子？她和关渔唯一可能生怨的地方，便是关渔落选，她成了皇妃。虽然是唯一处，可就是这个唯一处却关系重大啊！只是关渔落选，一个位份也没有捞到，这应该不关她的事情吧？

戚悦假装睡着，隐隐约约地听到关渔的脚步声。

"悦儿？"关渔叫道，"是我，关渔。"

关渔的声音很低，就像还在宫里时待人接物都一副春风化雨的样子。

戚悦微微睁开了眼，看到关渔旁边的婢女拿着一个包袱，包袱里面有一套婢女的

衣服。

关渔说："你把这身衣服换上，一会儿假装我的婢女，我带你出去。"

关渔的声音压得很低，显然是怕外面的人发现。她使了一个眼色，婢女就站到门口守着。

难道这又在和她玩姐妹情深的戏码吗？戚悦心存怀疑。

"我知道你现在不相信我，但是现在你唯一能信的人只有我了。"关渔又朝外面看了一眼，叮嘱道，"时间宝贵，我就长话短说。皇上调查到出皇城的人中没有你之后，就在外面找翻天了。你出去以后，千万不要去当铺，当铺现在很危险。你尽量一个人走，和皇上那边的人联系上是最好的选择。但是你要注意，一定要找熟面孔，不要相信那些陌生人。"

戚悦半信半疑地把衣服换上，关渔又说了很多事情，几乎可以说是面面俱到了。

她不禁有些疑惑，外面的人刚刚称关渔为小姐，说明黄莉莉背后效忠的人是关海。可关渔是关海的侄女，为什么反倒过来帮她？而且，她把信息说得这么全面，又不像是作假；对于戚家的钱财，她也一句话没提。

"为什么要帮我？"

关渔叹了一口气，道："虽然我是关丞相的侄女，但我更看不惯他的所为。皇妃名单公布之前，我还和他闹了一场。这些伤心的事情就不提了，你赶快跟我出去吧。"

如今人为刀俎，我为鱼肉，戚悦也只能相信关渔了。她假装关渔的婢女，低眉顺眼地跟在关渔背后。

外面的人都被关渔打点过了，她多带一个婢女出去，那些人也没有察觉，就这么放行了。

在路上，戚悦思索了一下，发现关渔确实一直对人心存善意。只是关渔的这个身份……她和凌盏同盟之后，就把关渔放在了对立面。

来到车水马龙的集市，戚悦这才有真实感。关渔是真心实意想要帮助她的。

感受着正午炽热的阳光，戚悦道："谢谢你，为我冒了这么大的风险，要是被关丞相发现……他肯定会找你的麻烦吧，你要怎么办？"

"能怎么办？就这样喽。在他的眼里，我不过是一颗棋子，但棋子也不甘心一辈子当棋子啊。"关渔的眼里有阳光，虽是笑着的，可隐约泛着泪光。

人人都艳羡她是关丞相的侄女，关丞相没有女儿，待她更是如珠似玉。她在关丞相的府中，人人都把她当作丞相千金恭维着，可在背后却说她是走了狗屎运。虽然关丞相对她有抚养之恩，可是她有父母的啊！她明明家庭幸福美满，却硬生生地被关丞相从她父母的手中夺了过来，让她从小就饱受思念双亲之苦，体会着寄人篱下的凄凉。

　　而关丞相甚至还想利用这份恩情，让她入宫为妃。关丞相说，她以后最好生一个男孩，他会全力辅佐她的孩子，让她的孩子成为太子，甚至可能继位成未来的皇上。

　　关渔并不愚笨，知道关丞相说这些话的含义是什么。他不过是想刺杀皇帝，让自己的孩子成为他的又一个傀儡罢了。

　　入了宫，她便要服侍自己的夫君，以自己的夫君为天，与夫君是一体的，怎么还能眼睁睁地看着关丞相谋反呢？

　　她饱读诗书，自然知道关丞相是诗书里面让人讨伐的逆臣贼子。于是，在皇妃名单公布前夕，她去找关丞相摊牌，大闹了一场——作为关丞相的侄女，她要出宫简直是易如反掌。

　　关丞相那时候怒斥她是个白眼狼，把她骂了个狗血淋头。但到底还是没能拗过关渔，他把关渔从皇妃入选名单中撤换下来，替换了黄莉莉上去。

　　关渔早就知道，难得的一次选秀，关丞相不可能把筹码都押在她的身上。她也是偶然才得知，黄莉莉是被关丞相安插进去的人——一个在家中不受重视、功利心极强的商户长女，同样也是一颗比她更加听话的棋子。

　　关渔看着戚悦走远的背影，泛起悲凉的笑。直到旁边的婢女提醒，她才匆匆忙忙地回去。

　　戚悦和关渔分开后，便把手腕上的金镯子摘下来，藏在袖子里；又大力地从袖子上扯下一块布蒙在脸上，裹得严严实实的。

　　街上的气氛比平日冷清了许多，很多衙门的人在巡逻。戚悦不知道是哪方的势力，为免再羊入虎口，她一直小心谨慎，不敢上前搭话。

　　关渔说去当铺目前很危险，可戚悦还是有点儿不放心。

　　福满楼门口的人流比往日多，还有两个捕快守着，戚悦自然不敢从正门进入。她绕到福满楼的后面，想从小门进去，问问蒋掌柜现在当铺里面是什么情况。

　　结果就看到蒋掌柜鬼鬼祟祟地出来，戚悦本以为蒋掌柜是看到她了，正要扬起笑脸上前问个清楚。这嘴才刚刚张开，就看到蒋掌柜从她前方走了过去，和另一个在角落里穿着灰衣服的人交谈。

戚悦心跳如鼓，偏了下身子蹲在墙角，想听听蒋掌柜和那人在交谈些什么。

只见蒋掌柜点头哈腰，道："这边我里里外外地都搜过了，还是不知道小姐把银子放在哪里。我就找到了十万两银票，还必须要有小姐的签名，才能把这些钱从戚家的钱庄里拿出来。"

不知道穿灰衣服的人说了些什么，蒋掌柜有些抱歉道："我哪敢糊弄您啊！我也指望着背靠大树好乘凉呢！现在戚家就一个小女娃，哪里能支撑得起门面，何况还入宫当了娘娘，这个娘娘能得势几年还不一定呢。"

蒋掌柜停了一会儿，又说："虽然我掌管着福满楼，但是小姐明显对我不放心，那些机要的事情都不同我说，更别提戚家的家财放在什么地方了！"蒋掌柜满脸堆笑，"要是我知道钱财在哪儿，准说出来了，毕竟大人也允诺给我一成，足够我吃香喝辣的了！"

戚悦的腿就像是灌了铅一样，挪不动了，她的呼吸也加重了几分。

怪不得关渔和她说现在去当铺有危险，原来不是这里有各方人马守着，而是人心难料。

她现在真正体会到了众叛亲离的感觉。

自以为深交的好姐妹，却比仇人还要更苦大仇深。

自以为忠心耿耿、老实巴交、刀架在脖子上都不会背叛的忠仆，暗地里却和反贼勾结，想要侵吞戚家的财产。她从来就不知道，蒋掌柜的心眼儿竟然也会这么多。

她现在有种不知道应该相信谁的感觉了。

等到蒋掌柜和那个灰衣人谈话结束，蒋掌柜朝当铺里面走，戚悦才松了一口气。她正准备离开，思考去哪儿的时候，却撞上了一个大块头。

她闷哼一声，也不想看清来人是谁，就低着头说了句抱歉要绕着走，却被那个大块头单手扯着她的衣领拎了起来，大块头狐疑地惊呼："戚……"

后面的声音没了，戚悦蓦然抬头，正好和大块头的视线对了个正着："如风？"

如风是凌盏身边的人，戚悦的心稍微安定下来。时至今日，能相信的恐怕也只有凌盏了。

如风比了个"嘘"的手势，带着戚悦穿过大街小巷，最后来到一处偏僻的院落后门。他左右看了一眼，才引着戚悦走进去。

院落很荒凉，到处长满了枯败的花草。花草上面还堆满了灰尘，叶子都变得灰扑扑了，比起宫内的宁心殿，是有过之而无不及。院落的花木里面隐藏着两个人，穿着蓝色的衣服，显然是护院。如风朝他们点了点头，其中一个得了命令，就朝外去了，另一个则继续隐藏在花丛里。

他们走进厅堂，里面却焕然一新，格调高雅。正中摆放了一张桌子，想必这就是凌盏在宫外用来议事的场所，没想到如风竟然把她带到这里来了。

"如你所见，现在各方的人都在找你。"如风说，"你是从黄昭媛的宫中不见的。皇上得知消息后，当下就让人对紫涵宫严密监守，不过还是让黄昭媛溜出宫了。等到黄昭媛回宫，被皇上抓了个正着，什么都招供了。只可惜，当皇上带人赶到那个破草屋的时候，破草屋已经人去楼空了。"

什么都招供了，这六个字听起来真是意味深长。毕竟黄莉莉心思深沉，肯定有很多狡辩之言的。

戚悦疑问道："那么多人，你怎么就怀疑是黄莉莉把我绑架的？她怎么会那么容易就招了呢？"

"黄莉莉本就是关丞相派到宫里的细作，这几个月皇上一直留着她，甚至妥协给她一个昭媛的名分，就是为了传递一些错误的信息给关丞相，好混淆视听。没想到，黄莉莉现在除了传递消息，还敢绑架你。皇上自然是不能再容忍她了。"如风向戚悦解释着，"把所有的证据往她面前一列，她自然就招认了。"

"原来是这样。"戚悦若有所思。

"我刚刚已经命人给皇上传递信息了，皇上应该马上就到。到时候大家再商议一下，要如何进行下一步计划。"如风道，"皇上把那个地方都翻遍了，我当时就觉得，如果您不是被转移到了别的地方，就是自己逃出来了。那您肯定会来当铺看一眼的，没想到我误打误撞，还真碰到您了。"

这偏僻院落里面的东西齐全，在等待凌盏的期间，如风端出一个脸盆，还拿了铜镜，让戚悦梳头洗脸。这几天又是被绑架又是逃窜的，她早已蓬头垢面。经过一番梳洗后，她就听到外面有了动静。

戚悦跟着如风走到外面，就看到萋萋花木中站着一个人。

那人迎着残阳，静静地看着她。

也不知道是不是因为经历了太多的变故、背叛和伤害，这一刻，在她面前的凌盏显得光芒万丈，仿佛有他在，一切困难都能迎刃而解。

这么多日未见，凌盏轻描淡写地问："你真想回去？"

不知道是不是她的错觉，她觉得凌盏比以前憔悴了许多，看起来仿佛还有几分单薄。

隔着短短的距离，她点了点头，道："是，我想回去，我要回去，哪怕面前会有刀山火海。"

凌盏仍旧看着她，不再开口。

正当戚悦酝酿了一大堆要说服凌盏的话时，他轻轻地点了点头，道："好，那就不要回宫了，也不要再回京城了。"

当戚悦意识到，凌盏说这句话的时候十分沉静，有没半点儿赌气的意思时，错愕了一下。

京城都不用回了，这是不是说，以后他也不需要她这个同盟了？

看到这样的戚悦，凌盏反而笑了一下，道："本来就是怕你遇到危险，才把你强留在宫里的，没想到宫里也不安生，把你留下来也就没有意义了。现在京城局势复杂，等到日后，若天下大定，到时候你想再回来见见京城风光，还是可以的。那时候，朕愿意相陪。"

凌盏如此深明大义，戚悦想起自己从前的任性，不免低头羞赧，说："是我之前太任性了。"

凌盏不再提这一茬，深沉地看着戚悦，叮嘱道："回到你该去的地方，路上切记小心，多让一些人护送你回去，一定要舍得花钱，多走大道，不要贪图便利从小路走。他们不敢从明面动手，但是暗地里会动什么手脚就说不准了。"

戚悦认真地点头，将凌盏的叮嘱听到心里去。

"我送你一程吧。"凌盏说。

"啊？"

"趁着他们还没反应过来，就赶紧出京吧。"

戚悦有些犹豫，毕竟现在京城风声鹤唳，她出行在外，怎么会毫无顾忌？可是看凌盏大步朝外走，戚悦便踏实了。

又走到了渡口边，此刻天上星辰初露。戚悦想起刚来京城时，觉得手可摘星辰的豪情万丈，越发觉得造化弄人。

她看着滔滔江水，喟叹："人心为什么那么复杂呢？明明看起来是好人的却是坏人，以为自己遭难，肯定会不闻不问，甚至落井下石的人却出手相助。"

"因为不断用好处维持的友谊是短暂的，会被更大的好处击败。"凌盏说，"更何况，你所见的好人，也许本身就是恶人；你所见到的恶人，心里也有猛虎细嗅蔷薇的一面。黄莉莉本身就是关丞相安排在官里的细作，你又怎么能指望自己的怀抱能焐暖一块铁石呢？"

"那你呢？你是为了什么帮我？我们会分道扬镳吗？"戚悦忐忑地问凌盏。

凌盏本就是为了获得戚家金钱上的支持才帮助她的。

"不会。我们和他们不同，你性本善，而我……"凌盏眼底的星辰，比夜空中的更璀璨，说，"我们是共过患难的交情。"

江水沉沉，夜幕低垂。这时候，戚悦本该因为凌盏的保证而感动，看到远处天空中映衬出来的半边红光，以及仿佛近在耳边的喧闹声，她意识到不对劲了。她结结巴巴道："那边是不是着火了？那个方向，是锦绣街？"

凌盏颔首。

"福满楼？"戚悦瞪大了眼。

凌盏继续颔首，道："是。"

"皇上，你……你这是要让我和京城彻底断开牵扯吗？"戚悦哑然。

"烧了吧，也给他们找点儿事情做。顺便告诉他们，京城戚家的财富已经付之一炬了，省得总去找你的麻烦，反正现在的福满楼对你来说也无用。"凌盏的声音平静。

戚悦想到那白花花的银子，一脸心疼："里面我还藏了十几万两银票呢！还有很多珍贵的古董！"

戚悦正要伸出手指，细细地算这次有多大的损失时，却听到凌盏干净澄澈的声音："它们都不如你的命珍贵。"

——它们都不如你的命珍贵。

这句话伴着夜晚的风，吹入了戚悦的耳里，落入她的心间。

她心里一震，来不及反应就听到凌盏说："船到了，你走水路。船上有一支擅长水性的亲兵，他们能护你周全。"

戚悦暗暗地握紧了拳头。她要如何偿还这份厚重的情谊？在那么多她深深信任的人背叛之后，遇到这般雪中送炭，却只字不提戚家财富的人。一个真正为她着想的人。

戚悦默不作声。

"此去山长水远,也不知何日才能再见。"凌盏看着江水里缓缓驶来的一艘客船,感慨道。

"总有机会的!"戚悦看向凌盏,眼里隐隐有泪光闪现。她低着头,声音也低沉了许多,道,"你可千万要等我,到时候出现在你面前的,便是天下第一皇商了!"

"好。"凌盏的声音亦低缓柔和了下来,"我等着。"

客船驶近,停泊在港口,船内有人朝这边招手。

纵然有再多的不舍,但离别是必经的过程。

戚悦上了船,船上有很多骁勇善战的凌盏的亲兵守护。他们穿着粗布衣服,看起来不过是寻常的贩夫走卒。只有细细观察之下,才能窥探到那朴素衣服下面隐藏着的遒劲肌肉。

船慢慢离港,戚悦站在船舱里,透过窗扉,看着站在岸边、身姿挺拔的凌盏越来越远,越来越小,视线也变得越来越模糊。

凌盏,你一定要多保重。

第九章

皇妃散千金

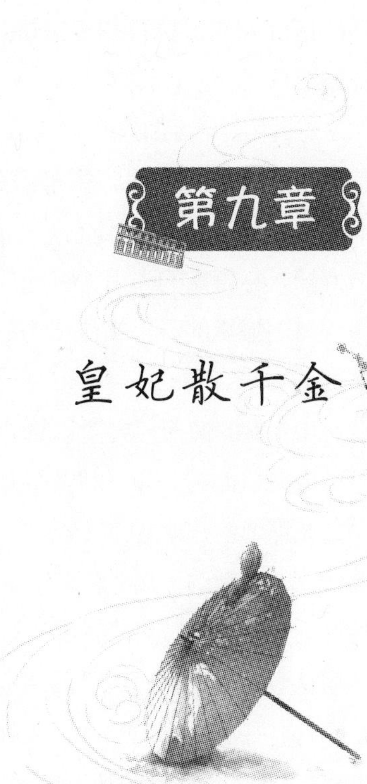

从京城到戚县走水路，再到邻近的县城转坐马车，一共花了月余。一路上，戚悦不显山露水，穿着简朴，有凌盏的亲兵保护，顺风顺水。

到了戚家，就算离戚老爹意外身亡的消息已经过去了两个月，但是门口的大狮子上面还挂着素白的花。

门口连守门的家丁也没有。她径直推开门，院子里面只有一个小婢女青雪在扫地，没有半点儿生气。

那小丫鬟猛地一抬头，就看到自家小姐带着十来个家丁站在门口。她激动地叫了起来："赵管家，赵管家！你看看是谁回来了？是小姐！"

"小姐？"青雪喊完没多久，就听到一个老人喑哑的声音。不一会儿，就看到一个头发斑白的老管家，颤颤巍巍地从里面走了出来。

许是眼神不好，他定睛看了戚悦很久，才止不住地露出微笑。老人叫着："小姐你回来了……"说完，他的眼泪也淌了下来。

哪怕是回乡的心情再急迫戚悦都没哭过。夜晚，听着水声，想着父亲，无法入眠，她也没有哭。

但是这时候，看到戚家的老忠仆赵松林时，戚悦却止不住地红了眼。

赵管家从前身体硬朗，不输年轻的小伙子，怎么才区区几个月就老成这样呢？从前他的头上只有几根白发啊！

戚悦扑入赵管家的怀里，将这几个月对父亲的思念尽数倾泻在了赵管家的身上。赵管家抚摸着戚悦的背，主仆二人抱着痛哭了许久才停下来。到了里间，他们说着各自的情况。

戚悦将京城的情形和赵管家说了。

赵管家怒目而视，道："蒋小九这个狼心狗肺的家伙，本来还以为他老实！没想到到了京城那个地方就变味儿了！"

赵管家一时激动，咳嗽起来。

戚悦连忙端茶又轻拍着赵管家的背，道："您莫急！"

"自从老爷走了之后，下面店铺的掌柜就乱套了。每天都是乱哄哄地吵闹，在外面吵还不够，还要到戚府来吵。又听说戚家有很多财富，那些人就伙同外人，每天来府中搜查。"赵管家缓了一口气，恨声道。

戚悦同样愤怒："没有报官吗？官府的人都不管吗？"

"怎么管？就连官府的人都想要来分一杯羹。他们不来也就罢了，来的时候也恨不得把戚家那些没被人顺走的宝贝都搬走！"赵管家的声音里透出了苍凉和无奈。

举目戚府，哪里还像是首富的府邸呢？往日里那些暗藏底蕴的古董摆设都不见了，之前有一个名贵的雕花屏风也不知道去了哪儿。夸张点儿形容，现在的戚家，距离家徒四壁也不远了。

"那……我爹的那些古董呢？"

"老爷喜欢的那些古董我都藏着，怎么能让那些人糟蹋了。只是……小姐，我们现在无法守住这些家财啊！"

戚悦听着，也是满心悲凉。没想到父亲一去，戚家竟然就衰落到这等地步。

在京城，反贼已经无法无天，敢在皇城脚下直接绑架她了，更何况区区一个戚县呢？此刻，肯定是墙倒众人推，官府的人指不定得了关丞相的授意，借着来探戚家的钱财，都在敛财了！

戚悦也曾思考过，没有了父亲，戚家会落到什么样的境地？却万万没想到，内忧外患一起来，哪怕是她现在还能拿出无数的金银财宝，又有什么用呢？

她带来的十来个亲兵，能抵抗得了官府的势力吗？

她要是能拿出钱财，岂不是告诉世人，戚家的家财没有在京城被一把火烧掉，而是藏在她这位戚家的千金小姐身上了吗？

"东山再起"四个字，说起来轻巧，但要做起来，却比登天还难。

就算东山再起了，可是在这官府比豺狼更可怕的地方，她又有什么能力守住钱财？说句难听的，放着关丞相和成王那两个大奸臣在那里，什么时候凌盏被人推翻了都不知道。若是真的改朝换代，到时候戚家重新攒起来的财富，会不会再碍了这些没操守的人的眼？

戚悦不禁想到，现在老爹那边传回来的消息只是坠崖。

崖下面是湍急的水流，马车是找到了，但只找到车夫的尸首，却不见老爹的踪影。没有消息，就是最好的消息。而且老爹向来怕死，出行都喜欢避人耳目，十分谨慎，现在老爹说不定正躲在哪里暗中查探了。等到外面形势大定，他才会跑出来。

戚悦这么一想，心里陡然又升腾起了希望。

也许老爹就是故意躲起来，借着这次机会，对戚家来一个大清洗，看清楚到底谁心怀叵测，谁忠心耿耿。所以这也就是戚家生意遍布全国，戚家能抽出这么多的闲钱让戚悦带走的原因。

说不定是老爹料到会有这样的劫难，才把她支到京城去的。

而且,那些人应该也不敢真害老爹的性命,最坏不过是把他绑架关起来。要不然,戚家的钱财散布在那么多的地方,那些人就算把老爹谋害了,他们也没办法保证那么多的钱财就一定会落在他们的手里。

对!就是这样!

可是当晚上她梦到戚家老爹在悬崖峭壁下面,哀哀地叫唤她的名字时,她就不确定了。

峭壁之下,是伸手不见五指的深渊,向下望去,甚至能感觉一阵晕眩。深渊之下,传来戚老爹微弱的声音:"悦儿,这里好冷,好黑。""这里有好多的狼,吓死爹爹了。"

峭壁之上,她孤立无援,没有人能帮她。她只能听着戚老爹一声声痛苦的呻吟。

突然,下面传来一声尖叫,戚悦情急之下,朝前走了两步。

黑漆漆的峭壁下,好像有很多黑色的手朝她伸了过来。她想挣扎,可无济于事。那些从黑暗中伸出来的手抓住她的双腿不放,把她往峭壁下拉!

那瞬间的坠落感让她一下子惊醒,她坐在床上,胸脯还起伏不定。恍惚之间,她感觉就像站在悬崖峭壁之上,有人把刀架在自己的脖子上。

朝前朝后走,都伴随着无数的风险。

戚悦抬头,正好看到窗纱外站着一个身影。她吓了一大跳,正要拎起棒槌朝外砸的时候,外面的人出声了。

他道:"本以为你入宫当了皇妃,已经飞黄腾达了。没想到,眨眼又回到这么一个小县城,真是凄凄惨惨戚戚啊。"

这熟悉的声音,熟悉的腔调,不是顾衫还能是谁?

不会连顾衫都要来趁火打劫吧?

戚悦松了一口气:"顾衫,你能不能不要这么装神弄鬼啊?能不能用正常点儿的方式出现?"

顾衫从门外慢悠悠地走了进来,他没有穿夜行衣,还是一身白衫,点缀着几朵寒梅。要是忽略他的出场方式的话,说不定还以为他是哪儿来的偷香窃玉的风流公子。

顾衫从来都是虚心接受,但坚决不改。他笑道:"怎样,首富之女,散财皇妃,你体会到穷人的滋味了吧?"

"你就不要再来看我的笑话了。"戚悦有些丧气道,虽然如此,她还是带着一些希冀地问道，"包打听，你那边有我父亲的消息吗？"

"你爹爹的行踪，我不知道。但是我知道，现在的京城已经乱成一锅粥了。"顾衫依然一副事不关己的潇洒模样。

"乱？怎么乱了？"

"自打你离京后，也不知道怎么了，皇帝那边招兵买马的事情就被成王得知了。皇帝和成王、关海，他们三个本来就是勉强维持的平衡，现在更岌岌可危了，想必不日就要兵戎相见。当然，他们现在还理念不合，关海想维持现状，让皇帝继续当傀儡，听从他发号施令；成王想要取而代之，所以才陷入微妙的僵持格局。但皇上要是一味做大，他们两个人估计就会毫不犹豫地先联合起来把皇上赶下台，然后再窝里斗。"自从"结交"了一个不想当皇妃的皇妃，一个坐着帝位却无实权的皇帝之后，原本对朝廷的局势事不关己高高挂起的顾衫，也开始关心起了时局。喜欢飞檐走壁的他，自然也听到了很多秘闻。

怪不得，凌盏之前和她说京城的局势复杂，找到她之后便迫不及待地让她出京，并且让她不要再回京城，而不是让她同从前一样，待在他的眼皮子底下——因为所谓最安全的地方已经不安全了。

戚悦咬着牙，百思不得其解，道："你说，为什么关海、成王他们那么执着于戚家的财富，甚至狠下杀手？"

"他们是想利用江湖的势力。"顾衫一脸高深莫测的模样。

"可之前不是说江湖、朝堂互不干涉吗？"戚悦迷惑。

"话虽这么说，江湖人掺和太多朝廷之事，那些名门正派就会群起攻之。可人为利往，鸟为食亡，若是能得到巨额财富，他们还是愿意破坏这个规矩，铤而走险的。再说，他们蒙上黑巾，把皇帝那边的得力干将刺死几个，就算不慎被人发现，但只要有钱在手，从此隐姓埋名躲进尘世，也能逍遥自在地过活。"顾衫说。

"可一辈子藏头露尾地活着，不也挺累的？"

顾衫一本正经地说："江湖人士，除了我这般的，可都是拖家带口，穷得很。"

顾衫说这些的时候，戚悦心里有了个主意。她寻思透彻以后，下定决心："顾衫，你陪我去个地方好不好？"

顾衫莫名："去哪儿？"

"去了你就知道。"戚悦说。

一日后，戚悦带着顾衫来到距离戚县不远的一处庄园，找到一处偏僻的地窖。地窖的入口处，有很多杂花乱草掩藏着，看起来很潮湿。一路上，顾衫都嫌弃地捂着鼻子，生怕自己的衣服被泥土沾上，影响了他飘逸出尘的形象。

戚悦走到地窖里面，从一个角落里拖出来一个落满尘土的箱子，打开上面的大锁。

箱子不大，里面放着一箱金条。

顾衫心想：这么神秘，竟然只藏着一箱金条。

除了金条，箱子里面还放着个小箱子。戚悦打开小箱子，是满满的一箱子书。

顾衫想：难道是什么武林绝学？想想还是有点儿心动啊。

看清楚书本封面上写的"四书五经"后，顾衫心想：真没劲，这戚家商女不会因为受的打击太大疯了，决定熟读四书五经后改走文人路线了吧？

直到戚悦把书本上面的灰尘轻轻地抖落，翻了翻书，露出书页的内容时，顾衫说不出话了。

这哪里是书？藏着的全是宝藏啊！书本内页不是什么武林绝学，而是满满的银票，装订成册，表面贴上经典书目的皮，用来混淆视听。

银票面值不等，最小的银票面值都有万两，最多的一张是十万两，各大钱庄的银票都有。想必是为了避免某个钱庄拒绝兑现现银，所以分开批次，分开面值，分开钱庄储存的。

见惯了风雨的顾衫，第一次在巨额财富面前，瞠目结舌。

把顾衫带到戚家藏钱之地，戚悦一直是忐忑的，但也别无他法。

与其坐以待毙，守不住金山银山，不如孤注一掷，把戚家所剩的财富都交给凌盏。他用来招兵买马也好，用来号召武林清君侧也好。总之，若是能把奸臣和反王铲除，一切都值得！

只有如此，戚家的生意才能重新做大，戚家才能再现辉煌！

但现在，戚悦最头痛的问题便是，自己身边无人可用。戚县到京城路途遥远，又伴随着未知的凶险，恐怕也只有顾衫才能把这笔财富安然无恙地交到凌盏手中。何况，顾衫的轻功无人能及，只有他偷别人钱财的道理，没有钱财在他手里反而被人偷了的情况。

将身上所有的宝都押在凌盏和顾衫身上，戚悦其实是紧张的，尤其是听到在满满国库钱财面前都眉峰不动的顾衫也倒吸一口气的时候，她更是紧张到了极点，生怕顾衫见财起意。

所幸，顾衫恢复了冷静，甚至还有闲情调侃："你带我到这里，不怕我把戚家的家财独吞啊？"

戚悦松了一口气，道："你会是这样的人吗？"

顾衫冷静地打量了一眼戚悦，少女带着满满信任的目光落在自己身上。真不知道他要为这份信任感动，还是为她的莽撞行事叹息。旁边是千万钱财，是比国库还要多的财富，而只有一个纤弱的少女守着。门外是荒郊野岭，她来时神神秘秘，是由着他施展轻功带过来的。无人撞见，杀人抛尸，完全没有任何风险。

少女洁白的脖颈就在他的面前，他只要轻轻一捏，这里的财富就都属于他了。

这诱惑真的很大。

不过，他只喜欢那种偷盗的滋味，而不喜欢别人拱手送钱上门来——那太没成就感。更何况，杀人夺财也不是他一贯的风格。

顾衫摸了摸鼻子，道："不会，江湖人也是有原则的。"

戚悦在心里暗暗地"呸"了一声，之前还说江湖人为了巨额财富杀人越货呢，现在却扯起了原则？不过现在不是计较这些的时候。

戚悦开门见山地道明用意："我想把这些钱财送到京城给凌盏。事成之后，我给你十万两银子，再给你一个戚家在江南的庄园，供你闲暇时休憩，旁边的那些佃户收的租金也给你。"

"江南的庄园，你能收得回来吗？现在是各家掌柜独大，你无法掌权吧？"顾衫道。

"能。"戚悦肯定地说。她相信凌盏一定能把反贼斗倒！而收回戚家的钱财，只是时间问题。

看着少女自信满满的样子，顾衫不忍心再泼冷水。他微微合上眼帘，道："那行吧，我护送你去京城。"

戚悦来地窖之前，还特地换了一身衣服，款式表面看起来十分简单，但是内里却藏着乾坤，做了很多的钱兜。金条不方便全带走，她就给了顾衫两块，让他拿去打点上京城途中诸事。

戚悦把银票书都塞进兜里，看起来整个人都胖了一圈。幸而她这段时间忧思过度，身材比从前纤细苗条了许多，衣服也宽绰了不少，看起来倒是没有违和感，别人是看不出来她藏了这么多财物在身上的。

　　一切准备妥当之后,事不宜迟,她立刻前往京城。戚悦故意和赵管家高声地说乡绅、衙门欺负她,她和京城的贵人有交情,要去京城让贵人替她做主。

　　戚悦说这话的时候,语气刁蛮任性,仿佛是一个被人宠坏的孩子。她带着天真和无邪,仿佛自己去了京城,就能够重振戚家辉煌。

　　关丞相和成王放在戚县的暗哨见此都嗤笑不已,觉得戚悦去京城不过数月,就被京城的繁华迷了眼。京城的贵人哪可能把穷乡僻壤的商户女放在心上,也就听之任之了。

　　戚悦把那拨侍卫分成三批,让他们假装护送自己去京城。而自己则和顾衫两个人,趁着月黑风高连夜出发。

　　顾衫换了一个发型,又粘上假胡须,把自己的眉毛画得斑白,眼睛微微眯起,活生生就老了二十岁。他又恶趣味地给戚悦整了一个花白的假发,眉上角还点了一颗带着毛的大黑痣,又运用自己的丹青妙手,在戚悦的脸上添上皱纹。戚悦看到镜子中的自己时,惊呼了一声,险些要把镜子砸烂了。

　　顾衫在旁边笑得乐不可支,幸灾乐祸地说道:"权宜之计,权宜之计!我一人难敌四手,要是真的引来贼人,没办法的时候我还可以飞檐走壁一走了之,但是你就不一定了!"

　　他还嫌弃戚悦徒有其形,没有其神,煞有介事地说:"来来来,你的背部再佝偻一点儿,走路的姿态再蹒跚一点儿,你看你这么中气十足的干什么?我们两个人的身份是去京城寻亲的母子!"

　　"我才没你这么大这么老这么会气老娘的儿子!"戚悦虽然气鼓鼓地说,可走路的时候,也下意识地开始学老太太的走法。

　　顾衫摸了摸自己的胡须,道:"不错,不错!孺子可教!"

　　虽然戚悦气顾衫如此不着调,存心揶揄她,不过也佩服顾衫,他毕竟是干这一行的。官府张榜抓人那么久,他载誉"盛名",还能够天南地北地潇洒自如,就足见他的本事了。

　　原本以为此去京城,必定要经受一番挫折。没想到,竟然比从水路到戚县的途中还要顺风顺水,这都得益于顾衫这出神入化的乔装改扮能力。

　　只是,在离皇城咫尺的时候,马车却很不正常地停了下来。戚悦掀开帘子,询问在外骑马跟在马车旁边的顾衫，道："怎么了？"

只见到前方黄沙滚滚，扬起风尘，远处隐隐约约地还可以听到铁骑的声音。

顾衫眉头紧蹙，道："坏了！怕是京城的战事已经起了。"他对马车内的戚悦道，"你先在马车内稍候，我到京城去看看。你要是意识到情况不对，就让车夫策马去京城附近的村落先躲一躲。"

他又抬目看向前方，扬鞭策马而去。

戚悦心里不安，坐在马车里等着。时不时地就看到城内有很多人卷着包袱，神色匆忙地朝外走，不像是赶路，倒像在逃难。

戚悦心中焦急，没忍住下了马车，拉了一个路人问城里的情形。

那路人虽然急着逃命，又见戚悦这个"老人家"看起来孤苦可怜，长叹一声，道："京城现在很危险，大家往外跑都来不及，你怎么还要去呢？皇上去北郊的猎场狩猎，至今未归。你看到滚滚黄沙了没有？说是因为流民北上，关丞相为了保护京城的安全，调拨了兵马在城门守着。实际上，大家都在传关丞相早已起了不臣之心……他这是为了阻止皇上回京啊！他们斗起来，到时候伤的还不是我们这些老百姓！"

不过往返三个月的时间，京城就乱成这样了。

她急忙问道："京城不是还有连将军守着吗？"

路人又叹气了一声，道："听说有外敌来袭，连将军被派去抵御外敌了，京城才乱成这样的……"路人接连摇了摇头，在旁边人的不断催促下，还是匆忙地和戚悦告辞，"老人家，你还是小心点儿，莫去沾染是非了！"

戚悦心里虽然有着千言万语，想要向路人细问个清楚，但是路人却拼命地朝她摆手，匆忙离开了。

怎么偏偏在这时候有外敌来袭呢？之前凌盏难得把连将军争取过来，现在连将军不在京城，那些人又怀疑凌盏招兵买马。这下，皇上在京城肯定更岌岌可危了。

戚悦知道自己贸然入京，只会成为他人的累赘。若是自己身上带着的财富被歹人所夺，那就不是雪中送炭，而是成压倒骆驼的最后一根稻草了。

所以，她听从顾衫的话，回到马车上守着。眼看着晌午就要过了，顾衫还是没有出现。

顾衫行踪不定，不会有生命危险，他迟迟未归，肯定是遇到了棘手的事情。

必须找一个落脚的地方，戚悦正想让车夫催马前行的时候，就听到旁边人声鼎沸。有一个粗犷的嗓音响起："这马车停在这里许久了，一看就是外地人，上面肯定有粮食！"

"糟糕！是流民！"车夫也是个老手，看情形不对，急忙拿起马鞭，但是已经来不及了。

一大批流民已经在马车周围等候，挡住了他们。流民有时候可以称得上是暴民，在灾荒年代，易子而食的情况都有，更何况只是抢夺钱财呢？

戚悦意识到问题的严重性，急忙把车上所剩无几的干粮从车窗朝外丢出去，然后让车夫赶快趁此机会，驱车逃离。

难啃的干粮被丢到窗外，仿佛撒了一地的金银财宝。趁着流民争夺干粮，车夫赶快驾马离开。但躲过了这一批，还有下一批！

这流民的数量多的让人咋舌，可能是附近的村落都遭了天灾，导致全举村迁移。

更让戚悦没想到的是，她这样的举动让自己成为所有流民的目标。

"这里有粮食！"

"那人肯定是个贵人，马车上面肯定还藏着粮食！要不然怎么会这么利索地丢给我们呢？还有银票！"那些流民一声高过一声地惊呼了起来。

戚悦躲在马车里，更是寸步难行。

"抢她的银票！"也不知道是谁在人群中叫了一下。也不管他们在马车上窥见的只是一个老人家，反而觉得老人家更好欺负。

戚悦连马车都待不下了，眼见着马车就要沦陷，她赶紧侧翻下了马车，把马车丢弃在这里，和车夫一起往外跑。

可是这样还不够，有眼尖的人发现她逃跑了！他们没料到，这个看起来风烛残年的老人家，竟然手脚这么灵便。这是他们始料不及的，故而一时放松警惕，落后了戚悦几丈远。

流民的人数虽然多，但他们毕竟都饿得面黄肌瘦，行动力也不足，更要攒着大把的力气去寻找下一个落脚点，竟然让戚悦就这么逃脱了。

太可怕了！戚悦跑出去一段路程后，仍然可以听到自己心跳的声音。她正扶着一棵大树拼命喘息的时候，就听到有熟悉的声音唤道："戚悦？"

那声音中带着讶异和不可置信。

戚悦转过头去就看到了凌盏，心中狂喜："皇……"

第九章

凌盏及时捂住了她的嘴，微微地摇了摇头。

戚悦朝附近看了一眼，压低了声音，道："你怎么会在这里？"

"说来话长，你呢？"凌盏问道。

"我……我想把家中的钱财都带来给你。"戚悦见凌盏一直盯着自己，也知道自己现在的扮相怪异。凌盏能把她认出来，也算是眼力过人了。只是，凌盏的样子为什么看起来比她也好不了多少呢？她道："你身边怎么没跟着人？如风呢？"

"钱财？"凌盏苦笑，道，"当时关丞相邀我去北郊狩猎，我便知道他心怀叵测，就把如风留在宫中保护母后了。关丞相本意是让我在京郊待个一年半载，但我趁乱逃出想回京城，没想到却正好遇到一批流民。我便和下属走散了。"

"这样啊……"戚悦说。她遇到凌盏后，还以为能够就此解脱，没想到凌盏和她遭遇了同样的情形。他孤身一人，也无人能够替他保管钱财，此刻钱财还不如放在她的手中安全。

同是天涯沦落人，相逢何必曾相识。

"那现在怎么办？"戚悦和凌盏眼对眼，问道。

"你的样子真别致。"凌盏忍不住赞叹一句，"要不这样，我们就混入流民的队伍中，趁机去我京郊的别院。找不到我，我的下属自然要去那个地方找我。我们单独行动，目标太大了。"

"可是……"戚悦想了想，对刚刚被流民追逐的情景还是心有余悸。

"我们装扮成这样，其实和他们也没差别了。"凌盏说。

戚悦扮作了老太太，花白的假发也有点儿歪斜。因为剧烈的奔跑，汗水滴落，把脸上画着的皱纹冲晕散了，整张脸显得污浊无比，看起来就像个从其他地方逃难过来的、脸上都是污垢的老太太。若不是因为这个"老太太"健步如飞，凌盏也不会在逃跑期间，还把目光放到她身上，从而认出她是戚悦了。

凌盏现在也好不到哪里去，从前就算凌盏整天喊穷，但都是锦衣玉食。他什么时候像现在这样，仓皇出逃，穿着粗布麻衣，一向梳理得一丝不苟的发髻更是微微散开，看起来真是无比狼狈。

戚悦初见他时只管欣喜若狂，没有注意到这些。等到现在安定下来，戚悦才发现凌盏和她一样狼狈。

想起三个月前，他们在京城一别，还互相祝福对方。而现在，相顾无言，各自狼狈，也真是微妙得很。

凌盏倒是没有她这么多的感慨,而是坚持扮演流民,他把自己的发冠扯下来藏在衣兜里。他又用旁边尖利的树枝把身上的衣服划了两下,抓了几把泥,朝身上、脸上都抹了几下。他还趁着戚悦不备,用满是泥土的手往她的脸上抹了一下。

泥土和原来画皱纹的颜料混合在一起,这下戚悦真的像是从泥土堆里滚出来的。

"喂……"

戚悦被泥土砸个正着,没想到前一刻还在忧愁,下一刻凌盏还有闲情下此"毒手"。于是她也毫不留情,从地上抓了一把泥土,朝凌盏的身上抹去。

片刻之后,戚悦扶正自己的发髻,佝偻起身体,和同样泥巴满身的凌盏站在一起,真像是跋山涉水的流民。

他们很快就跟上了一批流民的队伍——这批流民想进入京城。但是现在京城的局势是何等的复杂,他们刚到城门,就被那些穿着盔甲的士兵拦住,拒绝他们进城。于是,一部分流民就守在城门口,另外一部分也就是他们遇到的这一批,则决定前往下一个城镇,希望能够有好运,遇到官府开仓放粮。

戚悦向来养尊处优,大中午的被人抢走干粮,现在她早已饿得不行,没有力气行走了。而她也很少赶过这样的路,不过半日工夫,脚上就已起了水泡,也不知道是不是被鞋子磨破了,疼得很。

她步履蹒跚,撑不住了,脚步踉跄了一下,凌盏虽然及时扶住她,但她还是膝盖一软,跪了下去。

戚悦在原地喘息,除了凌盏,没有人停下来等她。

她摆了摆手,累得连说话的力气都没有了。

夕阳西下,眼看着天就要黑了,而要到京郊别院,起码还要再走上一个时辰的路。

饥肠辘辘,疲惫不堪,戚悦觉得浑身上下的骨头都要散架了,腿抬起来都费劲。

是没地方买东西吗?不是,旁边就有一个休憩的小站,有江湖侠客要了几斤牛肉和好酒,隐隐约约地还能闻到香味,让人更加饥肠辘辘。

是没钱吗?不是,且不说自己身上放着无数的银票,凌盏身上值钱的东西也不少。只是财不能外露,要是露富了,后果不堪设想。

这几个月来的委屈,在这一刻都涌向戚悦的心头。刹那间,她就觉得自己的眼睛红了起来,像是被风沙迷住了似的。

她生来富贵，为什么要遭受这样的委屈？

现如今，她不求大富大贵，只想小富即安。

这时候，她的眼前蓦然出现一双脏兮兮的小手，手里还有一块布，不知道包着什么东西。

"老奶奶，这些东西给你吃，吃了才有力气走路。"她的耳边响起清脆的声音。

戚悦下意识地接过那个布包，摊开一看，里面是碎饼，还是从前她连看都不会多看一眼的碎饼。也不知道这个小少年攒了多久，才攒了这么一点儿。她之前看过其他流民吃东西，他们拿过一块大饼，都恨不得掰成十来天的量，慢慢地，一口一口地咀嚼。

戚悦看愣了。

她之前被那般抢夺，还以为流民都是穷凶极恶之人。现在看着小少年那干净澄澈的眼神，戚悦竟说不出话。

小少年约莫十岁，骨瘦如柴，但是眉目却很坚毅。

他看起来很饿，也很渴，嘴唇干裂。给她东西的时候，她甚至还能够听到少年的肚子"咕噜"叫了一声。

"狗剩，你去哪儿了？留着自己吃！"正在这时，小少年背后的一个妇人突然出声喝止了他。

小少年小跑回到他母亲的身边，摇了摇头，道："我是年轻人，身强体壮，饿一顿没什么的。可是那个老奶奶，她是真的饿得走不动了。母亲，我们把吃的留给他们好不好？"

那个妇人嗫嚅了一下，没说什么。她也饿，饿得走不动路，步履蹒跚。但是为了让自己的孩子活下来的概率更大一些，她只能欺骗孩子，说自己现在一点儿也不饿，把攒起来的干粮留给儿子。

孩子没有看破她的谎言，相信了她，这本是好事，可是……

妇人看了一眼自己的孩子，很为难，但还是点了点头，咬牙道："好。"

戚悦看着面前布上的碎饼，心里百味杂陈。

那一刻，她突然不抱怨这些日子老天给她带来的困顿、挫折、愤懑。

那一刻，她虽然身揣千金，可第一次被那种无力的贫穷感袭击——她竟然没有办法报答少年的一饭之恩。

那一刻，她也为从前的挥金如土感到愧疚难当。

原来，在这个世界上，在看不见的角落里，还有很多过得比自己惨，却活得比自己认真的人。

那些生活真正困顿、颠沛流离的人中，有被生活逼到墙角、开始行恶的坏人，可是更多的却是有真情的人。

怪不得从前戚父乐善好施，定时开仓放粮。那时候戚悦以为他沽名钓誉，现在却恍然惊觉，若是自己手中的财富能多漏一点儿到黎民百姓的手中，很多人就不用这么困苦了，就可以过上快乐的生活了。

一个人的快乐，不及一百个人的快乐。

她想起自己被抢时的遭遇，那些流民纵然可恶，可是，他们不过是拿到一点儿干粮，就真心感到喜悦。而有些不知餍足的人，哪怕自己给了金山银山，他们恐怕在心里念叨的不是感谢，而是鄙夷，暗地里笑话她傻、憨、好骗钱吧。

第一皇商有什么用呢？财富只握在了自己的手里，而不能惠及他人。

那一刻，戚悦下定决心要成为第一善人！要让流离失所的人少一点！她要赚钱，然后帮助该帮助的人。

小少年还看着她，她颤颤巍巍地用手把布包起来还给少年。正想开口拒绝说她受得住的时候，戚悦猛然想起，自己不是真正的老人家。

她害怕自己的嗓音暴露年龄，让小少年怀疑起人间的真善美，伤害小少年的心。戚悦只得把求助的目光放到凌盏身上。

凌盏道："不用了，她中午的时候用过饭了，我母亲只是腿脚不好，路途遥远，所以才走得艰难了点儿。我有办法照顾好她的。"

戚悦没想到凌盏竟然把"我母亲"三个字这么顺溜地挂在嘴边，那些悲沉的情绪一下子消失殆尽。戚悦含着泪光看着凌盏，一副"果然知子莫若母"的样子。

凌盏暗地里朝她比了个承让的手势。

"这样吗？"小少年仍然怀疑地看了一眼凌盏。

凌盏意识到自己的语气可能有点儿生硬，朝小少年背后的妇人看了一眼，语气柔和地说："乖，每个男子汉首先要学会的就是照顾好自己的母亲。你们先赶路吧，我在这里陪着她，歇息一会儿就好了。"

小少年看了一眼妇人，又看了一眼戚悦。

凌盏补充道："她也让你走，哪有老人家吃小孩子东西的道理。她的嗓子早年受损，无法说话。"

戚悦连忙点头，小少年迟疑片刻，这才跟着妇女继续往前走。

夜色渐渐地暗了下来，流民也习惯了有些人无法忍受长久的跋涉，停下来自生自灭的事情。于是，对戚悦他们停下不再前行，流民也就见怪不怪了。

戚悦这边并非完全走不动路，刚刚被小少年一刺激，她和凌盏又走了不少的路，正好停在一处田地的旁边。凌盏见戚悦是真饿得不行，就强撑着疲惫的身体，跑去抓了一只肥硕的田鸡，直接破肚后洗干净，架在火上烤熟。

凌盏从小调皮捣蛋的事情没少做，甚至敢在皇宫里养白虎，弓马娴熟，抓两只田鸡不在话下。

这次他逃出宫，虽然没带吃的，但随身带了燧石，所以生火倒也不是难事。

没有任何调料，也不是出自名厨之手，饥肠辘辘的戚悦咬开田鸡肉，竟觉得这田鸡肉味美至极，连从前吃的山珍海味都比不上。戚悦吃饱喝足，和凌盏一起找了些茅草，在地上铺了铺，决定先凑合着过一夜。

好在这个时节天气还没变冷，就算是以地为床、以天为被，也不会有什么大恙。躺在粗糙的茅草堆里，戚悦仍然想着白天的事，迟迟无法入睡。

她喃喃道："为什么会有流民呢？"

"遭遇饥荒、战乱，官府的应援不够及时。总之，还是朝廷的责任。"凌盏的声音在暗夜里响起。

"你还没睡？"戚悦本以为不会得到回应的。

"我又怎么会睡得着呢？"凌盏道。

"喂，我说……你以后会做一个好皇帝的，是吧？"戚悦忍不住问道。

"那是必须的。"凌盏斩钉截铁地说。

今天发生的种种事情，给他带来的触动很大。京城沦陷，乱党当政，这段时间他一直处于提心吊胆之中，但时不时地心里还会有一个疑问。

为什么他是皇帝呢？因为生而为皇家人。

为什么要重掌朝政？为了活命。

那活命之后呢？

今日所见，满目疮痍，皇城脚下，流民众多。他之所感，就像是原本身处迷雾中的人，突然有人伸出一双大手，替他把迷雾拨开了。

凌盏道："我从前只是觉得当皇帝，首要的事情就是抓住手上的权力，而国富民

强只不过是龙椅上的锦上添花。但是我现在渐渐明白,为君,首先是要让黎民百姓过得安生。"

为什么他是皇帝呢?因为这是上天的使命,这是他的责任。若是他在位,百姓反而没有关丞相把持朝政的时候过得好,那他争权夺利还有什么意义?

为什么重掌朝政?因为想泽被苍生,不想让百姓因为朝廷的争权夺利而受苦。他更想为民解忧,让百姓安居乐业。

凌盏感慨良多,眉目越发坚毅。

漫漫长夜,他看着寥寥无几的星辰,脑海里开始规划着,要如何崛起,对抗关丞相和成王。

"你会的,你会是旷古绝今的好皇上!而我也会成为天下第一大善人!等着,当戚家重现辉煌之时,定然要兼济天下!就算哪天戚家又一着不慎,满盘皆输,也绝不会像现在这样无人问津!"戚悦说完,又连忙"呸呸呸"几声,道,"我不能乌鸦嘴,反正就是这个意思,我要帮助很多很多的人!不想再看到有人为了生计发愁,不想再看到那些善良的人遭到命运不公平的对待!"

在这个月朗星稀的晚上,两人都下了一个对自己和百姓来说十分重要的决定,并相信他们会朝着这个目标努力前行。

凌盏看着旁边"垂垂老矣"的戚悦,调侃道:"戚悦,你可以算是第一个和朕'同床共枕'的人。大事定了之后,你真的不考虑留下来当皇妃,甚至是当朕的皇后?"

戚悦摇了摇头。她隐约有了几分困意,微微合了眼,声音也变得含混不清:"不,不要。我就喜欢待在宫外,我还要重振戚家呢。啊——"戚悦忍不住打了一个哈欠,然后沉沉地睡了过去。

第十章

太傅逗成王

戚悦第二天醒来的时候已经日上三竿。她本以为这日醒来，要继续混迹在流民的队伍之中，却看到凌盏衣冠整洁，旁边还站着一个熟人。

戚悦揉了揉惺忪的睡眼，睁大了眼睛，道："连桦？"

"戚悦？还真的是你啊！皇上刚刚和我说的时候，我还不相信。"连桦"扑哧"笑出了声，道，"不错，不错！你这副模样，看起来还挺惟妙惟肖的！"

连桦在宫内时穿宫装，眉目间却自带一股英气，显得和皇家格格不入。而现在，她穿着深色的粗布衣衫，干练简约；腰间再配上一把宝剑，看起来就像个闯荡江湖的侠女。

"你怎么也像变了个人似的？"两人差不多有三个月没见了，这次突然相见，自然是话多了起来。戚悦发现连桦的气质明显变化了许多，就问道。

连桦回答道："之前皇上帮忙说服了我老爹，所以他对我出来混迹江湖就睁一只眼闭一只眼。你看，我现在正努力实现我的侠女梦呢！"

怪不得连桦整个人的精神面貌都变了，她从前不苟言笑，看起来生人勿近。现在逢人未语先笑，身上那股江湖侠女的气质更加明显了。也许等下次见到连桦，她已经在江湖上闯荡出赫赫名声了。

"你是怎么找到我们的？"戚悦问道。

连桦朝旁边瞥了一眼，戚悦就看到打扮得风流倜傥、惬意地站在连桦身边的顾衫。

戚悦又狐疑地看了一眼凌盏。

顾衫干脆先解释道："我昨日去城里面探查，差点儿被关丞相的人发现了。结果在路上跑的时候，就被这位拦住了。她觉得我的轻功实在是好，所以就想跟我比试一番。"

连桦一脸通红，急忙出来解释，道："我只是看他的武功不错，所以生了为朝廷招贤纳才的心而已！"

顾衫才不管她，继续道："后来，我好不容易摆脱了她的纠缠，出城之后，就发现你已不见踪影，只剩下一辆马车。我看到那些流民，就猜到你是不是在流民面前露财了，只能弃车而走。结果我在寻找你的过程中，又和她撞见了。"

连桦瞪了顾衫一眼，继续把事情说完。

凌盏和下属失散，当时就放了一支穿云箭。他出宫时是携带了几支穿云箭的，以备不时之需。穿云箭只有一指长度，其声呼啸，方圆三里之内都能听到。只是当时的情形太过混乱，故而下属没有立即前来寻找凌盏。

再后来，也就是凌盏和戚悦在荒山过夜的时候，凌盏又放了一支穿云箭。连桦找到凌盏的下属，发现凌盏和他们失散后，也开始帮忙寻找。看见穿云箭的时候，他们正好在附近，所以才能和戚悦他们顺利会合。

不管过程如何坎坷，总之，戚悦现在看到连桦，就差热泪盈眶了！她终于可以不用再顶着脏兮兮的模样继续奔波了。而连桦的武艺和顾衫不相上下，遇到他们，就可以不用东躲西藏了。

她来京城千里送银票的使命，也马上要完成了！

顾衫和连桦分别骑着马，他们一个带凌盏一个带戚悦，快马加鞭，不过一刻钟的工夫，就赶到了京郊的别院。

终于到达安全的地方，戚悦开始脱衣服。

当凌盏还以为她是受刺激太大，精神错乱的时候，只见她开始从衣服内掏东西。

——是书。

一本书。

两本书。

三本书。

……

满满当当的银票书。

她竟然掏出了五本。

因为长期塞在衣服里，银票书看起来有点儿皱。但是待凌盏看清楚了书内页的内容时，还是被戚悦的大手笔震惊到了。尤其是当戚悦将这些银票书毫无保留、双手奉上的时候，凌盏的心里更是复杂无比。

顾衫眼睛一眨不眨地看着凌盏，心里暗自窃笑。果然正常人见到这么多钱，肯定是要惊讶一番的嘛！他之前的反应，也不算是没见过世面的乡巴佬了！你看，连九五之尊的皇帝见到这么多的财富，都惊讶地挑起了眉。只有他身边这个不识五谷、心中藏着不切实际女侠梦的连桦，才能做到平静无波啊！

戚悦说道："戚家在外的余钱，差不多都在这里了。皇上可以用这些钱去招兵买马，号令武林。"

"戚悦，你还真是胆大！"凌盏道，"你孤身一人走在路上，要是正好被坏人掳走了怎么办？"若是被坏人掳获，往戚悦的身上一搜，这钱到手后，坏人肯定会被杀人灭口的！

戚悦眨了眨眼，道："我现在能安然无恙地站在皇上面前，将钱财给皇上，那说明皇上是天选之君嘛，所以皇上一定能够旗开得胜的。"

凌盏无言。现在回想起来，戚悦带着这么多银票上京，他都觉得心惊胆战。所幸，他们能再度相逢。

凌盏接过银票，看着少女真诚的眼神，感受着书本上还残留着的少女余温，他胸腔里的热血又沸腾了起来。他何德何能，又以何为报？

她对他寄予厚望，他又怎能让她失望？

良久，凌盏道："如此恩情，凌盏没齿难忘。"

京郊的别院里有凌盏的一支暗卫。现在形势严峻，时间不等人，凌盏拿到银票后，当即发号施令，命人乔装打扮，去各地的钱庄取钱，又对身边的几个人耳语了几句。

稍作安顿之后，凌盏冲戚悦一笑，道："可否把你身边的顾衫借我一用？"

戚悦看了顾衫一眼，摊了摊手，表示自己使唤不起顾衫。

不过顾衫这次倒非常自觉，道："国难当前，匹夫岂有袖手旁观之理？皇上想要我做什么，便直说吧。到时候，把全国上下通缉我的通缉令都撤了就好，画得也忒丑了，完全影响我在百姓心中的形象。"

"好。"凌盏应诺得很爽快，道，"你送我回京。"

虽然关丞相越发嚣张，为所欲为，却是沽名钓誉之徒。凌盏若是能安然无恙地回京，他至少还能够和凌盏维持着表面的和平。

戚悦自认为能给凌盏的唯一助力，便是钱。所以，将银票给了凌盏之后，她是不乐意再回宫去继续当一个散财皇妃的——毕竟现在她已经身无分文了，还回宫去干吗？

于是，当顾衫接下护送凌盏回宫的重任之后，戚悦和连桦两人也扬鞭起程。

戚悦和连桦一路轻车简从，拜访戚家散落在天南地北的各地产业掌柜，希望能收回戚家产业。

只是，大部分掌柜自从接到戚家老爹意外身亡的消息后，便不再理会戚悦，让戚悦这个名正言顺的继承人只管回戚县坐收盈利就好。坐收盈利？能坐收什么盈利？各地的掌柜纷纷向上汇报情况，说的都是铺子亏损，入不敷出。

戚悦能和他们着急吗？不能。

更有甚者，直接把戚悦朝外赶！气得连桦差点儿想拔剑出鞘，给他们一点儿教训。幸好被戚悦拦下，这才没有冲动行事。

两人一路碰壁，终于在白云洲的药铺里，老掌柜没有直接赶人，而是给戚悦出了一道考题："小姐的能力，我们不知，所以不敢贸然把店铺还给小姐。但小姐若是能将这一车药材在三日内卖完，我便将铺子交给小姐掌管。"

那一车的药材看起来五花八门，一眼瞄去，也不是什么特别好的货色，还要求在三天内卖完，这不是刁难人吗？

眼看着连桦又要拔剑，戚悦制止了她，道："好。"

出了铺子，连桦还愤愤不平："简直欺人太甚！"

戚悦倒是很淡定，说："至少他还愿意给我一个机会，没有直接把我们赶走不是吗？"

"这些人简直太无法无天了！这比那些强盗还要无耻。"这些日子，连桦真是见惯了人间冷暖。这还都是戚家的铺子呢，那些人就欺负戚悦年幼无靠。

"唉。"戚悦哀叹了一声，开始寻思要怎么解决那一车药材。那个老掌柜见到她的时候，没有不耐烦，也没有其他掌柜看起来那么老奸巨猾，可见给戚悦出题目的时候，不是真心刁难。

戚悦推着那车药材，准备找一间医馆，先去把那些药材的用途一一罗列出来。

她们才走到医馆门口，就听到一个浑厚的男声在背后响起。

那个男人道："冒昧问一下，小姐的这车药材是要出售吗？"

戚悦转身，看到一个秀气书生。他穿着一袭单薄的长衫，墨发用青色发带系着，看起来温良美好，淡泊高雅。他看到戚悦疑惑不解的样子，又强调了一遍："在下正在研究草药的药性，但是又怕糟蹋了好药材，不知道小姐可否将这一车药材转让于我？我这边愿出百两银子收购。"

书生看起来二三十岁，想必是富贵人家出身，穿着虽然简约，却有着不显山露水的贵气。

这算不算瞌睡来了，就有人送枕头？书生的话，无可挑剔。

戚悦道："这车药材的成色我也清楚，你若要的话，五十两银子卖给你好了。"

书生闻言，当即就命仆从拿出了五十两银子，一手交钱，一手交货。

这段时间，戚悦一直面对的是来自生活给予的恶意，突然有一个陌生人对她释放了善意，戚悦还有些受宠若惊。

这一车药材就这么卖掉了？

她都觉得有些不可思议。不过，当五十两银钱到手，沉甸甸的重量告诉她，这是真的。

戚悦离开的时候，这书生还一直在背后看着她。直到过了一个拐角，书生才收回目光。

一路上都沉默寡言的连桦，突然打开了话匣子，和戚悦勾肩搭背，道："啧啧，真是无事献殷勤，非奸即盗啊。你知不知道那人的身份？说出来吓你一跳。"

"是谁？"

"成王凌轻昕。"连桦神秘兮兮地说，"想不到吧？看起来白白净净，却手握大权，心眼儿可黑得很，你千万不要被他蒙蔽了。他会出现在这个地方，肯定是得到风声，知道你来了这里。"

"成王？"戚悦还真被吓了一跳，"他不是应该胡子邋遢，有五六十岁了吗？怎么这般年轻，看起来才二十岁出头？"

"成王是先帝的弟弟，是高祖皇帝的小儿子，所以辈分大，年龄不大，今年大概三十岁吧。"连桦说，"现在京城里正闹得不可开交，而他却跑来了这里，肯定是想坐收渔翁之利吧！好在他没有认出我。不过，这段时间我还是尽量不要出现在他的面前为好，免得多生是非。"

怪不得刚刚连桦一直低着头呢。

戚悦没想到自己都表现得一穷二白、处处碰壁了，还会被成王盯上。

不过兵来将挡，水来土掩，且看看成王到底会在这个小镇上耗多久。

戚悦拿了五十两银子，回到药铺。

那个老掌柜正把算盘拨得噼里啪啦响，就看到戚悦出现在他的面前，他眼皮子都不抬，冷冷地说道："药材都卖完了吗？跑这里来做什么，别指望我会放水。"

"药材都卖出去了，总共卖了五十两银子。"戚悦把银子放在桌上。

本以为老掌柜会赖账，或者称赞惊奇。没想到老掌柜惊怒，教训道："戚侠之女就只会坑蒙拐骗吗？一日之内就把药材尽数卖完，不可能！你定然是在诓我。"

戚悦面不改色地说道："确实是有人直接买走了那车药材，原先他还想给我一百两银子呢，被我拒绝了，只要了五十两。不信的话，你可以派人去吉春堂问问。"

吉春堂就是她刚刚卖给成王药材时旁边的店铺。当时卖药材，吉春堂还有个伙计在探头探脑地查看，显然是觉得戚悦在门口倒卖药材坏了他家的生意。

"所以你这是故意以次充好，把烂药材当作好的卖给吉春堂？"老掌柜更是怒目而视，"那些药材都是药铺中挑出来不可用的，你这是想草菅人命吗？"

这真是倒打一耙。

戚悦连忙道："当时有人正好在吉春堂前想买一些药材研究药性，知道这些是劣等的药材，所以才把药材买下的。"

她狐疑地看了一眼老掌柜："那你呢？明知道是不能用的药材，为何还让我出去卖？你才是包藏祸心吧？"

老掌柜没想到戚悦这么伶牙俐齿，登时被气得吹胡子瞪眼。他道："你以为你若是没卖出去，我就不会把铺子还给你吗？我只不过是想试试你的心术到底正不正，会不会为了拿到铺子，使用一些歪门邪道的方法罢了！"

"不过你这女娃子竟然真有点儿能耐，虽然耍了点儿小聪明，但不要得意。"老掌柜慢吞吞地说，"所以，车呢？"

老掌柜道："那车也挺贵的，约莫值百两银子，你是买椟还珠吗？"

戚悦无言以对，她确实只想着把药材快卖出去，结果没想到，竟然还把更贵的车搭进去了。

戚悦真想狠狠地敲一下自己的脑袋，看看里面装了多少水。

所以，这考题倒是算过还是没过啊？

老掌柜看着一脸纠结的戚悦，叹了一口气，道："放心，我不是那般没良心的人。当年老戚救我于危难之中，后来见我经商有才，才把铺子交给我管的。他让我从一介乞丐成为衣食无忧的铺子掌柜，我又怎么会刻意为难他的女儿，恩将仇报呢？这铺子便交给你掌管了。只不过我经营药铺十年，才获得良好的口碑，希望你别毁了它。"

戚悦心里一喜，没想到自己辗转去了那么多家铺子，受到了那么多的冷遇，却在这里遇到了一个雪中送炭的人。

戚悦自然知道老掌柜其实也不愿意把自己辛辛苦苦经营壮大的铺子交到她的手

上，而她也愿意铺子在懂得经营的人手里运作。故而听到老掌柜这么说，她郑重地说道："先前是我误会了您的真心，铺子还是按照先前戚家和您一起运作的模式执行就好。老掌柜没有因为我爹不在了就人走茶凉，这是对我最大的回报。"

老掌柜鼓励道："小姐你想重振戚家，自然不能完全没有经商的经验，这铺子暂且还是要交到你手里来做，我在背后看着。若有不对，我就出来指证。小姐你且让老夫过一段清闲的日子吧。"

老掌柜既然如此说了，戚悦也不好再推诿。当下就发挥她的理账才能，把药铺里的账单都捋顺了。

老掌柜拿出自己的积蓄，租了一处小院子供她和连桦居住。

戚悦白天在药铺奔走，了解药铺的运作方式，研究宣传方案，晚上则和连桦回到住处。

如此忙碌了三四天，难得的平静就被人打乱了。

这日，她开门的时候，就发现那个购买药材的书生——成王，出现在了她家门前。

成王像一块温润的玉，站在那里便让人觉得如沐春风。他笑容和煦，刻意向人示好的时候，更是让人无法抵挡。虽然刚过而立之年，可举手投足间却自带了岁月沉淀下来的温和底蕴。想必在京城里，爱慕他的女子也不在少数。

他笑着跟戚悦打招呼："好巧，我住在对门。"

是很巧！恐怕是知道自己住在这里，故意搬来的吧。

戚悦也堆起笑容，道："是太巧了！我想起来有东西忘……忘带了，我先走一步。"

说完，戚悦拔腿就跑，只是走到门扉的地方，又回头往那边瞧了一眼。成王的目光还没有收回来，同她的目光碰了个正着。戚悦像只受惊的兔子，急忙收回目光，低着头，不胜娇怯。

成王站在原地，看着娇羞脸红的佳人，嘴角露出一抹玩味的笑。

戚悦匆匆地跑回院子里，气喘吁吁。看到连桦，她当即说："吓死我了！成王竟然就住在对面，看那样子正准备对我使用美男计！"

"无事献殷勤，那是非奸即盗。"连桦一脸看好戏的模样，道，"那你对他就没有心跳加速的感觉？"

戚悦的头摇得跟拨浪鼓一样："怎么可能有？我知道他的身份后，看到他都快吓得腿软了！生怕他拿刀子砍了我！"

"那不就得了！"连桦道。

"你说我现在该怎么办？"

"你不是怀疑你老爹没有死而是被人绑架了吗？我觉得当初使坏的人，不是关丞相就是成王。现在，成王出现在你的面前，怎么看都像是在你老爹那边没讨到什么便宜，所以才到你这里找出路来了！"连桦一拍桌，道，"他应该是以为你不知晓他的身份，所以对你使用美男计的。你在不设防之下，他计谋得逞，你不就对他得言听计从了吗？嘿嘿，不过你完全可以将计就计，让他以为自己魅力无穷，你被他吸引了，实际上……嘿嘿嘿，你懂的。"

连桦说得头头是道，一看就是纸上经验丰富，恨不得戚悦马上就反将成王一军。

连桦说："以后他要是问你银子在哪儿，你就直接脸红，用小拳头捶他的胸口，说他好坏。他提到其他的事情，你就直接装作听不懂，让他解释，一脸茫然的样子。"

末了，连桦补充一句，道："哦，扮猪吃老虎你最擅长了，宫里没少人被你装蠢的样子糊弄，不用我教。"

戚悦被连桦堵着聊了半个时辰，为免去迟了铺子被老掌柜唠叨，说道："哦对了！这阵子你出门的时候小心一点儿，不要被成王认出来，免得功亏一篑。我先去铺子了，我们改日再商谈。"

"我知道啦，我会很小心的，你放心！"连桦说着，给了戚悦一包药粉要她贴身带着，叮嘱道，"这段时间要是有人带你去其他地方，你就把这些药粉沿路撒下去，我自有办法找到你。"

那药粉自带异香，只要抓几只蜜蜂就能循路追寻过去。

翌日，成王又登门拜访，说是先前那车药材的药性他都粗略地研究完了，收获很大。故而他前来邀约戚悦一同泛舟游湖，作为酬谢。

戚悦娇羞应允。

成王说："如此湖光山色，真是人间妙景。昨日是我唐突佳人了。"

戚悦含羞地撇过头："不唐突，不唐突。"

成王道:"人生能得几知己。我观姑娘脾气秉性与我十分相投,不知姑娘是否愿意当我的红颜知己?"

戚悦含情脉脉地看着成王,折服于他的风姿:"自然是愿意的。"

情报有误啊!说好的热情大方呢?这分明是锯嘴葫芦,问一句才答一句。不过也许因为是戚悦臣服于自己的魅力,所以才千言万语都变成了羞怯不语?成王如是想着。

如此消磨了半日时光之后,成王告辞。

但隔日,他又邀约戚悦垂钓。

戚悦又白白赚了半日清闲时光,依旧半句话都不多说。她总是不经意间含羞带怯地低下头,偶尔怯生生地看成王一眼。

成王虽然花了大把的时间在戚悦身上,乍看起来悠闲无比,但实际上,京城的奏报每天都如雪花一样呈到他的府邸。戚悦见到他,总是如小女生一般的姿态,又因为从前仗着有好样貌和家世,在花丛中游历总是无往不胜。因此,他自觉已经把戚悦的芳心拿下了,也就不想再浪费时间和戚悦对湖赏景、对月谈心了。

这日,两人正在湖前饮茶。

成王道:"你是不是有什么难处?这两日我看你眉间总是带着忧愁。"

戚悦听到这话,微微别开视线,用帕子擦拭了一下眼角,才道:"我本家财万贯,奈何父亲去后,就变成了孤女。掌柜们欺负我年幼无知,抢占了我家的铺子。现在,我只能偏安一隅,和草药打交道了。"

成王微微讶然,面上的喜色一闪而过。果然是乡野间出身,没见过多少世面的商户之女,他不过是哄她几句,她就把底细和盘托出了。他还怕以后撬不开她的嘴,得知戚家财富的去向吗?

"莫哭莫哭。"成王温柔道,又深情地看着戚悦,道,"那你想东山再起吗?"

"想!"戚悦毫不犹豫,果断地说道,"只是真的可以吗?"

"经商不外乎是审时度势,或有一定的本金,这两者达成一个便可有立足之地。"成王道。

"从小爹爹就说我是个榆木脑袋,不适合经商。本金的话……"戚悦突然顿了顿,又神秘兮兮道,"其实我爹爹是留了很多钱给我的,但是他生怕我乱花,就没有把藏钱的地方告诉我。现在,爹爹突然遭遇厄运,无故坠崖,这钱恐怕是取不出来了。"

戚悦哀叹一声，道："若是我知道这钱藏在什么地方就好了，要不然也不会过得这么凄凉了。"

"你的父亲……"

戚悦点了点头："我叫戚悦，爹爹是首富戚侠。"

"等等，你说，你的父亲是首富戚侠？还坠崖了？"成王故作惊讶，"你父亲是不是两鬓斑白，额角有一颗黑痣，左手有六个指头？"

戚悦瞪大眼，道："你怎么知道？"

"若我说……你爹爹可能还在人世呢？"成王道。

戚悦怔住。

"当……当真？"戚悦这下不用演了，语气间全是抑制不住的狂喜，她心跳如鼓。

爹爹果然还活着，而且很有可能坠崖就是成王导演的一出戏！

"你跟我去一个地方。"成王道。

戚悦脚步顿了一下，犹豫着要不要去。等下要是又羊入虎口了怎么办？哪怕她现在和成王单独见面，连桦也一定要她把那些药粉时刻带在身上，以备不时之需。

成王转头，看着迟迟未动的戚悦。

戚悦道："我刚才……太激动了，有些腿软。你等等……"

戚悦趁着成王没注意，把袖中的药粉拿了出来，时不时地就往地上撒一点儿。

成王带她去的地方，是距白云洲不远的一个小县城，不过半天的车程。

戚悦坐在马车上，一路都十分忐忑。戚悦怕迎接她的不过是一场空欢喜，但是，只要有一丝希望，她就要前往，反正现在在成王的心里，她就是一个不知道财产下落的人。

路上，成王道："不久前，我的属下曾救治过一个坠崖的人。那人身体虽然没有什么大恙，但可能是坠崖的时候，磕到了大脑，有点儿神志不清，每天有些疯疯癫癫的……他还时常拿小石头砸人，说他是首富戚侠，让他们赶快拿了银子，把他送回去。我们也一直没当回事。"

伪装成急于见到爹爹、无心聊天的戚悦低低地应了一声："嗯。"

她爹爹活着应该是八九不离十了。就算神志不清，也比没了性命要好。难怪成王愿意让她去见老爹，原来是这个缘故。

成王没有让戚悦和戚老爹直接见面。到了地方后，他带着戚悦来到一个小房间。他挪开墙上的一块石板，戚悦便能将隔壁房间的情形看得一清二楚。

戚悦看到隔壁房间里面坐着的那个人时，眼睛眯了一下！

那个吃得红光满面，一只脚还跷在桌子上，看起来滋润无比的人，不是她老爹还能是谁？他看起来胖了三斤还不止！

果然是她爹爹！果然是到了哪儿，身陷哪种处境，都不让自己过得太糟糕的老爹啊！

戚悦激动得不能自抑。

"我……我能见见他吗？"戚悦转头看向成王，热泪盈眶。

"能。"成王说，"但是你要做好心理准备，你爹爹很有可能不认识你了。"

"我能接他回去吗？"

"自然可以。但是你现在连自己都很难养活……"成王笑了笑，装作特别为戚悦着想的样子，道，"若是他认得你，又能回想起戚家的财产在什么地方，我才能让你接回他。"

瞧，狐狸尾巴终于露出来了吧！

戚悦重重地点了点头，道："嗯！"

得到戚悦的保证后，成王就领着戚悦到了那个小宅院的前门。他站在门口，让戚悦自己进去。

戚悦一进门，就欢喜地叫："爹爹！"

两个字，包含了数月的思念，让在房间里的人呆住了。脊背僵硬了瞬间，他回过身，看了戚悦一眼，然后便笑逐颜开："哎呀，我的大悦儿！你终于来接你爹爹了！你看，这边都是我给你留下的金山银山，你快拿着！"

说着，戚老爹就把自己这些日子藏起来的红烧肉、叉烧鸡腿，还有收集起来砸人的石头用一块布包起来，然后尽数都给了戚悦。

红烧肉、叉烧鸡腿，刚做出来的时候肯定是鲜香四溢的，但是放上三五天后……那味道，简直是臭气熏天，也难为戚老爹这个生活处处精致的人，能天天忍受这样的臭味。

戚悦见到戚老爹的时候，内心的喜悦诚然是难以自抑，但还是捂住了鼻子，朝旁边避了避。于是，成王就和戚老爹的视线对了个正着。

"你是谁？"戚老爹抡起袖子，道，"我告诉你，你别想趁我不在，拐跑我的女儿！"

眼看着戚老爹吹胡子瞪眼，马上就要痛扁成王一顿，戚悦急忙抓住他的胳膊，道："爹爹，爹爹，你不要动手！他是好人，他救了你一命，还让我们父女团聚。女儿和他没什么的。"

成王好像松了一口气，作揖道："在下庆昕，是个江湖郎中。"

"是这样吗？看起来倒像是个花花公子。"戚老爹依然怀疑地看着成王。

"对对对！来来来，我们先把这些东西放下。"戚悦一边哄着戚老爹，让他把那些臭烘烘的东西拿开，一边和他朝屋内走去。

戚老爹一路嘀咕："我瞧着他就不像个好人，你可千万不要被他骗了。"

"爹爹，他真的是好人。"戚悦劝说着。她朝成王看了一眼，又羞答答地转身继续和戚老爹窃窃私语，像是在绞尽脑汁为自己的"情郎"说好话。

实际上，她偷偷地做了个小动作，用自己的小拇指钩了钩戚老爹多出来的那根手指。

这是她和戚老爹之间的默契，一旦做这个小动作，就是要开始一唱一和，算计人了。

戚老爹朝戚悦的手背拍了一下，两人对视一眼，心照不宣。

爹爹果然没疯，哈哈哈，他只是在装疯卖傻糊弄人的！老爹果然警惕！戚悦这下心里是真乐开了花！

成王你敢绑架我老爹，害我担心了这么久，就等着接招吧！

戚悦正对着门口，故意高声说话，确保站在门口不敢进来的成王能听到："爹爹，你之前不是说戚家藏了很多钱吗？我们把那些钱拿出来好不好？"

戚老爹瞪眼："为了门口那小子？"

戚悦急忙摇头，道："不是不是。这些日子你不在，好多人都欺负我，耻笑我变穷了！我们用钱把那些欺负我的人砸回去好不好？"

戚老爹一脸十分了然的神情，叹了一口气，道："算了！这几个月我在这里住着也挺好的，虽然闷了点儿，但是吃嘛嘛香，他们不曾亏待我！女儿长大了，翅膀硬了，想给那小子就给吧！反正那些钱财也是留给你当嫁妆的！"

话音刚落，戚老爹就风风火火地拉着戚悦，一副马上要去把那些钱财取出来的架势。刚走出那个困住他几个月的小宅院，他看到成王跟了上来，立马一眼瞪过去：

"你不许跟着我们走。"

"爹爹！"戚悦又无奈地撒娇，想让戚老爹礼貌一点儿。

"那成，你让他远着点儿，他现在还是外人。我们戚家藏钱的地方，怎么能让外人一起去？"戚老爹分毫不让。

戚悦向成王投去一个哀求的眼神。

成王如今正兢兢业业地扮演着一个好人，在他们父女俩的眼神夹击下，也没有脸再跟上去。反正有人在暗中盯着，也不会出什么事情，而且戚悦还对他死心塌地的，一切尽在掌握之中，他也就没再跟上去。

成王虽然没有跟上去，可难保他的耳目还在附近。不过至少，他们在短时间内还是自由的。

戚悦问："爹，他们有没有为难你？"

"你爹爹我是谁？怎么会轻易被他们为难？那些人都恨不得我早点儿走。"说起这个，戚老爹一脸骄傲。

以他的性格，是不会委屈自己的。他确实如同戚悦所说，出门的时候马车选了好几辆，最后坠崖的人也不是他。但他还是在逃离追杀的时候，滚下马车撞到石头上，头破血流。

醒来的时候，他就已经在这个宅院里面了。失忆倒是没有，但他十分会审时度势，当即就决定装疯卖傻，反正背后的人会留住他的性命的。

你们要银子是吗？石头扔过去，这是大爷赏你们的真金白银。

什么？问我把钱藏在哪儿？啊啊啊，好饿啊，你们给我准备的吃食不够好，我想不起来！

你们竟然想打我！完了完了完了，我的头好晕！要晕了要晕了！

没想到首富竟然如此泼皮无赖，发起疯来更是让人头大。故而不过短短几个月，成王的属下们好吃好喝地把这个祖宗供着，却半点儿信息也没有套出来。他们叫苦不迭。

戚老爹三言两语地就把自己被困这段时间的事情交代清楚。

然后他说："倒是你，怎么回事，和那个成王怎么走得那么近？我刚见到你的时候，还以为你真被他收服了呢。那人一看就不安好心，明明是他困住我的，却偏偏一副救命恩人的模样，真是人不要脸天下无敌啊！"

"我当然知道他不怀好意啊，要不然我怎么会骗他只有你知道那些钱的下落。"

"我的女儿果然真得我的真传！"戚老爹夸起自己来，花样都不带重的。

"那我们现在怎么办？如何逃出成王的魔掌？"戚悦苦恼地说道。

戚老爹神秘一笑，道："有你爹在，你还担心什么？"

戚悦起先还以为戚老爹在说空话，结果一到晚上，他们在客栈住下的时候，很多穿着黑衣的人前来拜访。他们对戚老爹毕恭毕敬的时候，戚悦信服了。等戚老爹和黑衣人那边对话完毕，把事情安排妥当之后，戚悦两眼放光地看着戚老爹。

"你肯定想问他们是谁，是吧？"

戚悦点头如捣蒜。

"你爹我还是有点儿能量的。戚家能走到今日的地步，那么多人惦记着我们的钱财，还能够岿然不动，可不是只会经商。戚家在各地都有分号，不过是明面的铺子。背地里那些贩夫走卒，甚至乞丐，我都有暗中资助。之前他们是没有我的消息，现在我大摇大摆地在大街上走上一遭，他们自然就跟来了。"戚老爹气定神闲地说道。

"那我之前……怎么会那么惨？"自家爹爹肯定在袖手旁观，戚悦一脸愤然。

戚老爹神秘一笑，道："戚家经营那么久，肯定有好多不怀好意的小人混迹其中，我自然是要在暗中观察一番。再说了，也是时候让你认识到人间冷暖，让你体会一下人生在世除了钱，还有很多重要的东西是用钱买不来的。等你落魄的时候，你才会意识到金钱的脆弱。"

他说得十分有道理，戚悦竟然无言以对。

外面又有脚步声传来。

戚老爹朝外看了一眼，道："你的朋友来了。"

话音刚落，就看到连桦进来了。

她边走边不停地抱怨："没想到你竟然跑到这么远的地方，我一路追蜜蜂都不知道被蜇了多少个包。等……等一下，这是你爹？"连桦瞪大了眼，"我……我不会是见鬼了吧？"

"是的，你见鬼了。"戚老爹这时候还有闲心开玩笑。

戚老爹在昏黄的灯光中笑了一下，目光中有着清明和狡黠："走吧，我们明天就给他来一个瓮中捉鳖。"

翌日清晨，戚老爹和戚悦出门雇了一辆马车。还未上车，戚老爹就冲着成王那些鬼鬼祟祟的下属道："行了，你们都出来吧，我这边人手不够，让你们的主子也过来，替我们搬东西吧。"

而后上马，他们扬长而去。

那边成王接到消息后，嘴角当即上扬，他合上折扇，笑道："这一趟果然没白跑。走，我要亲自去一趟。"

半日后，两方人马聚集在一处深山老林里。一行人走过蜿蜒的山道，最后在一处门口堆满杂草的山洞前停了下来。他们拨开山洞的杂草，朝山洞里面走了进去。

直到看到远处隐隐约约地放着一个大黑箱子时，戚老爹站在原地不动了。

他对成王颐指气使道："老爷我走不动了，你去把那个箱子给我搬过来。"

换作平时，成王早就不理会戚老爹，掉头就走。可是，前面是宝箱啊！藏着戚家财富的宝箱啊！成王喜难自抑，也顾不得戚老爹这般说忤逆了。

山洞里面的地形有点儿复杂，戚老爹以腿脚不好为由，倒也说得过去。所以，成王就带着自己的亲随，一起朝宝箱走去。

宝箱上面覆满了灰尘，成王也顾不得脏，亲自把宝箱抱了起来。他感受着沉甸甸的重量，开始想象自己龙袍加身、众臣跪拜、高呼万岁的画面。结果，当他开箱验货，打开宝箱的时候，美梦破碎，看到的是一堆破铜烂铁。

成王的脸立马沉了下来，但他马上又带着笑，朝远处的戚老爹叫道："戚老爷，你是不是记错地方了？"

"没有记错地方。"戚老爹笑道，语气里带着满满的鄙视，"你也就只配这些破铜烂铁。"

"你！"成王把目光转向戚悦，有些为难道，"戚悦，你爹爹他……"

戚悦自然是要为自家爹爹撑场子，这些日子在成王面前装作爱慕他简直是受够了。她学着戚老爹的语气道："爹爹说得对，你也就只配破铜烂铁！"

此刻，戚悦完全没有之前在成王面前含羞带怯的模样。

成王看到戚悦笑得开心的样子，知道自己中了他们的计。突然，成王和他的亲随的面前降下一道铁栅栏。

看到那个在机关旁边笑得开心的戚老头，成王气不打一处来！

他竟然被个小丫头片子和糟老头给骗到了机关重重的山洞里，关了起来！

成王觉得不可思议，也气急败坏！他和亲随们冲到栅栏前，想把栅栏掀开。但是哪怕他们用刀剑如何砍，铁栅栏还是岿然不动，上面仅仅多出几道划痕。

成王道："你们在做什么？"他又看了看戚老爹，道，"你竟然没疯，是故意骗我的？"

"你当我傻啊！冲我笑一下，每天约我出去赏个景，就以为我会对你死心塌地，把我戚家的财富交给你啊！"戚悦高声说，"乱臣贼子，人人得而诛之！"

"你们知道我是谁吗？"成王冷冷地说道。

"那你知道我是谁吗？"戚老爹走到栅栏前，道，"你再仔细看看，可还记得我是谁？"

成王根本没有心思和戚老爹玩这种"你猜我猜"的游戏，他大略地看了戚老爹一眼，道："你不就是首富戚侠吗？"

"你个浑小子！我好歹还教过你四书五经，不尊师重道也就罢了，竟然连我你都认不出来？"戚老爹破口大骂，唾沫都溅了成王满脸。

成王匆匆避开。

成王又仔细地看了戚老爹一眼。本以为戚老爹又发疯了，结果这一看之下，他竟然从戚老爹的脸上，窥见了熟悉的影子。

"你……你是前太傅夏琦？"成王觉得自己的眼珠子都快要惊掉了！

前太傅夏琦，是个多风华出众的人物！他饱读诗书，在京城里也不知道有多少女子倾慕于他。就算是他担任太傅时已是而立之年，但还是充满成熟男人的魅力，当时誉满京华。成王又怎么能把眼前这个没有半点儿风度的糟老头和他联想在一起？

只是戚侠——夏琦！这名字，确实是意外的巧合！自己栽到这对父女手里，也算是不亏了。

"那是！"戚侠吹胡子瞪眼，用余光看了眼一脸不可置信的女儿，叹了一口气道，"戚悦，你别露出这样一副神情好吗？还有你。我说成王啊，你年纪轻轻有大好的前程，为什么要想不开，一定要谋逆篡位呢？你看，这不就成了阶下囚了？"

人在屋檐下，不得不低头。成王不甘心道："我有什么办法？王侯将相，宁有种乎？明明当年皇爷爷非常喜欢我，却碍于嫡庶有序，只能立了先皇为帝。先皇励精图治也就罢了，却偏偏要立那个无能的儿子为太子！如果凌盏能做得让我心服口服也就算了。你看现在，外敌入侵，国库空虚，流民进京。皇帝呢？和玩闹一样对待国事，在宫内豢养白虎，气走无数太傅。就算是为了黎民百姓，这一口气我也咽不下去。"

戚老爹嗤笑："呵呵。"

戚悦在心里各种反驳。凌盏才没有那么差劲，这些都是诋毁他的谣言，说不定就是成王捏造的这些事情。有朝一日，凌盏肯定会做得很好，让世人都知道，他们误会了他！

不过戚悦没吭声，继续听成王说话。

成王说："戚悦，你也看不惯他的作为是吗？你现在帮皇帝，是因为你成了他的皇妃是不是？纵然你能够再做他的妃子，他能坐稳皇位，以后你的孩子也只是个庶子。而如果你支持我继位，我会排除万难立你为后。"

戚老爹嫌弃道："为后，这有什么好稀罕的？"

"爹爹，别说了。"戚悦表情纠结。

成王本以为戚悦心软了，却听到她对自家爹爹说："我们走吧！听他的话，我都想揍他一顿了。"

"老实待着吧！"戚老爹冲着被困的成王笑道，"我这人比较慷慨，你既然困了我三个月，那我就多赠送你一个月，就困你四个月吧。"

成王："喂，喂……你们别走！"

戚老爹才不理气急败坏的成王，拉着戚悦便走。毕竟，作为太傅，虽然是前任，但还是有义务教训自己的学生的。

等出了山洞，戚悦兴致勃勃地问道："爹，那道铁栅栏好厉害啊！爹你怎么会知道这样一个地方的？"

"从前结识了一个机关大师，他原本住在这个山洞里。后来他浪迹江湖去了，这里也就荒废了，今日正好借来一用。"戚老爹轻描淡写地说。

戚悦又追问："爹，你真的是前太傅啊？怎么会变成现在这个样子呢？"

"哪个样子？"

戚悦看着她爹，胡子拉碴，怎么看也不像是拥有盛名的前太傅！传闻中的前太傅，年少有为、蟾宫折桂、风姿出众。那时候，王侯将相都竞相要把女儿嫁给他。更传奇的是，明明官运亨通，先帝器重，同他交好的人遍布朝野，甚至连关丞相当年都不及他一二。然而，他却在盛极之时辞官归隐，不知去向。

戚悦不忍伤害老爹的自尊，就委婉地说："变得俗气了。"

"那是你爹爹想要开辟商人新天地罢了！唉！你爹爹就是这样不与世俗同流合污，敢于弃官从商的勇士啊。"戚老爹依然不改自恋。

戚悦嫌弃地看了他一眼，猛然想到一个问题，道："等等！你既然是前太傅，那为什么还想把我送进宫去？"

戚老爹是前太傅，那就没有让她去皇城镀金、结交人的必要了。毕竟只要亮出他的身份，自然有很多他当年的得意门生蜂拥而来，为他开路。

"戚家的家财一堆人惦记，我怕你在我身边被牵连，就干脆让你去宫里，也能安全一点儿。还有便是，当年我辞官归隐，先帝和太后都不肯放人，便只好和他们做了约定：倘若我以后有了女儿，就要去参加选秀；若是有儿子，就要入宫给皇帝做伴读。"戚老爹说。

戚悦愤愤不平地说："所以我就这么被你卖了！"

"不错不错，没想到我家女儿虽然胖了些，竟然也拿下了个皇妃之位。看样子，小皇帝没瞎眼嘛。"戚老爹揶揄。

"爹爹，你又取笑我！"戚悦跺脚。

戚老爹放肆大笑，迈开大步朝外走："京城风云变幻，小皇帝怕是无力对抗关老贼。我这个前太傅，又怎么能袖手旁观呢？走走走！"

戚悦迈着小短腿跟上，打量着她老爹。

戚老爹身上的颓靡气息荡然一空。他步履从容，隐约间有种大将之风，谈笑间，樯橹灰飞烟灭的气度，那种市井小民的斤斤计较浑然不见。

恍惚间，她仿佛看到了自家老爹于玉堂金阙前纵横捭阖的风采。

好吧，自家老爹是前太傅，她好像有点儿相信了。

怪不得，自己不着调的爹爹会知道这样遍布机关的山洞，拥有那么多宫廷之物。她从前还以为纯粹是爹爹喜欢收藏呢，现在看来，应该都是宫中赏赐下来的。

自家爹爹对那些宫廷之物十分珍惜，时不时地擦拭一番，看起来是爱财如命，但实际上，是对京城那段鲜衣怒马生活的缅怀吧？但他又为何要辞官归隐，数年不踏入京城，甘心偏安一隅，把过去尽数抛却，甘当个小商人呢？

不过，那又是一段故事了。

她现在要做的，就是紧跟戚老爹的步伐，前去京城，支援凌盏！

第十一章

散财名传世

　　戚老爹的风姿只不过是昙花一现。等上了回京城的马车时，他又变成了大腹便便懒得动弹的富家翁。

　　他们瓮中捉鳖的时候，连桦在外守着接应。当时连桦还觉得戚老爹是一个神秘人物，挥挥手指，便能号令三教九流的人为他效劳。不过当看到戚老爹瘫软如泥的样子时，她还是觉得，更愿意相信是突然来了一个神秘高人出手相助。

　　回京途中，连桦骑马，戚老爹在听戚悦说这几个月发生的事情。他听到戚悦把戚家的钱财都交给了小皇帝的时候，脸都垮了下来，道："你……你爹我存了快二十年的财产啊！竟然全便宜了凌家那小子！"

　　"我当时是孤注一掷嘛，迫不得已的。再说了，钱没了可以再赚，命没了就没了！"戚悦解释。

　　"行行行，都随你。女儿长大了，戚家的事情，不用我拿主意了。"戚老爹一脸无奈的表情。

　　白云洲离京城比较近，不过半月，他们便到了皇城脚下。

　　官府开仓放粮，故而流民已经离开京城。局势虽然仍紧张，一触即发，但皇城脚下的百姓们，生活还是一片祥和。

　　戚悦本来建议他们乔装改扮入京。不过戚老爹说，自己十几年没有踏足京城，难得回来，京城百姓没有倒屣相迎也就罢了，哪有让他鬼鬼祟祟地进城的道理？于是，他就带着戚悦，大摇大摆地进城了。

　　许是关丞相那边自顾不暇，也没有人上门来找他们的麻烦。

　　他们落脚的地方是一处老宅院，想必是之前戚老爹在京城中置办的旧宅。结果他们才安顿好，就听到宫内传来皇帝遇刺受了重伤的消息。

　　京城情况不明，戚老爹道："我们先迟点儿进宫，等到局势明朗一些再去。"看到女儿一副想要马上飞到皇宫的模样，戚老爹暗道一声女大不中留。

　　他道："你一个弱女子，我一个糟老头，被抓抓一对。等我这边探清楚情况后，再入宫吧。我们局外人定然是看不清局面的。你放心，倘若他是吉人，就肯定有老天庇佑。"

　　戚悦将所有的话都咽了回去，只剩下一颗担心凌盏的心。

　　那夜，戚悦在床上辗转反侧，怎么也睡不着。隐隐约约，耳边传来滚滚铁骑的声音，又有人声鼎沸。戚悦干脆抱着被子，半夜跑到戚老爹的房间，抢占了戚老爹的

第十一章 散财名传世

床，道："爹，你有没有听到外面乱糟糟的声音？"

戚老爹神情镇定，道："你听错了，安心睡吧。"

戚悦在床上打了数滚，还是静不下心来，说："我怎么老觉得会发生什么事？"

戚老爹横眉冷对："你到底睡不睡？不睡滚回你自己的房间去。"

"睡睡睡！"一连回了三声，戚悦这才慢慢入眠。

半夜里，她又梦到凌盏浑身是血地出现在床前和她道别，吓得戚悦立马惊醒。却发现戚老爹一直抱着她，轻轻地拍着她的背，道："没事了没事了。"

戚悦的不安，一直持续到第二日早晨。看到顾衫和连桦在外面相谈甚欢时，她才放下心来。

如果宫内的情况太坏，顾衫应该不会笑得这么开心吧？

"宫里情况怎么样了？"戚悦迫不及待地问。

"自然很好，有我相助，肯定旗开得胜！"顾衫道。

顾衫也不卖关子，一五一十地就把京城的事情说清楚。他道："当时我带着皇上回宫，那老贼见皇上回宫了，也不敢轻举妄动。再加上成王也不知道干吗去了，关丞相也不想做那个鹬蚌让渔翁得利，于是就暂且按兵不动。"

顾衫捧过连桦递过来的一杯茶，润了润喉，继续道："不过，关海老贼肯定没想到，外敌入侵，连将军去平乱不过是个幌子。他其实是去召集兵马，还扫除了关海和成王安插在各大军营的钉子。关海也没有想到，皇上用你的那些钱招兵买马之余，还请了许多武林高手。更没想到，他派去刺杀皇上的人，反而被皇上制住了。皇上将计就计，假装受了重伤。"

戚老爹听到这话，打断了顾衫，得意地挑眉，对戚悦道："你看吧，我就叫你不要瞎紧张，果然是假消息吧。"

"然后呢？"

"然后关海自以为刺杀计划得逞，就迫不及待地入宫。结果带进去的人，自然是被杀了个片甲不留。那老贼还企图逃跑，不过当着我的面，怎么可能让他得逞，自然是被我抓到，现在已经被打入大牢了。"

关海一代权相，呼风唤雨了大半辈子，结果没想到，却折在了他向来轻视的小皇帝身上。那日被围剿的时候，他的脸上充满了不可置信，还以为自己是在做梦，竟然还一头撞柱，希望能从这黄粱一梦中醒来。结果弄得自己头破血流，头发散乱，狼狈不堪，一下子像老了几十岁，哪里还有昔日呼风唤雨的权臣之相？

顾衫回想当时的情境，唏嘘不已。不过成王败寇，这也是关海应得的下场。

他有些纳闷："不过现在我们也不能开心得太早，也不知道成王在外做什么，到现在还迟迟未归，要不然制服关海不会这么顺利。"

戚悦和戚老爹对视一眼。

她难得地在顾衫面前也自恋了一回，道："成王你们就不用担心了。我在离京的途中正好遇到了成王，就把他关在一座荒山里了。你和连桦去找找，或许还能听到他的哭声。"

顾衫无语，但还是和连桦马不停蹄地带着兵马赶去荒山，把成王押解进京了。

两人离去后，戚老爹捋了捋自己的胡子，道："不错不错，看样子，皇帝还有几分他父皇的手腕，这我就放心了！"

看到自家女儿还站着不动，戚老爹道："怎么了？这时候脚灌铅了，挪不动了？赶快进宫去看看吧，我这个风烛残年的老头，就不陪你去了。"

"我……"戚悦欲言又止。

"要是想留在宫中当皇妃，爹爹不会阻止你。要是不想留在宫中，那就在京城待一段时间，和这阵子你认识的朋友们好好告个别吧！"戚老爹说完，便朝外走。

"喂，你去哪儿？"

"自然是离京，到处游乐一番，顺便去收复一下戚家的铺子。唉！真穷啊，又要开始挣钱了！"

戚悦入宫之前，先到锦绣街看了一眼。

蒋掌柜屁滚尿流地爬到她面前，口中连连呼叫："小姐饶命！饶命！我当时是被猪油蒙了心啊！"

蒋小九虽然没有干什么对她造成实质性伤害的事情，却在她最危难的时候，站在了她的对立面。

戚悦叹了一口气，道："我也无意要你的性命，只是戚家你就不要待下去了，以后戚家的铺子也不会再任用你。"

"多谢小姐！多谢小姐！老奴错了！"蒋小九跪在地上，不断地磕着头。

"走吧，我当不起你的小姐！"

蒋小九立马卷铺盖走人。

戚悦看着蒋小九明显佝偻的身子，叹了一口气。这些背叛和欺骗终于结束了。

第十一章 散财名传世

关海谋反的事情牵连甚广，满朝文武，被罢免官职的有数十人，戴罪的也有三四成。

皇上仁慈，念在关海年岁已高，没有把他发放边疆，只是将他罢官，没收全部家产，发回原籍。身为关海耳目的黄莉莉，被打入冷宫，永远不许赦免出宫。

成王被褫夺爵位，贬为庶民，发配边疆，终生不得回京。

至于关渔，虽然是关海的侄女，但因为雪中送炭，良心未泯，故而凌盏还赏赐了关渔，并封她为县主。

而从前总是对戚悦嗤之以鼻的顾千歌，先是落选，灰溜溜地回家；再后来顾大人被牵连进关海谋逆的事件里，虽然只是被降级，但总没有了昔日的荣华，顾千歌后来也就草草地被许了人家。

戚悦入宫的时候，凌盏正在御书房处理政务。现在百废待兴，他处理了关、成二人的党派之后，还有好多空缺的位置等着新人来接替，如今他忙得脚不沾地。

戚悦是来找凌盏兑现承诺的，她要摆脱身上的皇妃称号。

戚悦刚到御书房门口，就看到站在门口迎接她的凌盏。

两人相视一笑。戚悦想到自己就要出宫，开始大刀阔斧地重整戚家的生意，从此也不知道是否还有机会再和凌盏见面，不禁也带有几分伤感之情。

铲除乱党，凌盏重掌朝政，下一次她再来京城的时候，应该会看到一个励精图治、众人夸赞的皇上吧！虽然见面的机会越来越少，但若是他们能在各自的领域里都拥有佳绩，纵使分散在天涯，也无所谓了。

凌盏见她来了，迎她进了御书房，又命人把已经拟好的两份圣旨拿出来。一份是嘉奖戚悦护皇有功，允许戚悦出宫，婚嫁自由，并把戚悦封为县主，戚县作为她的封地，另赏赐黄金万两。另外一份则是封戚家为第一皇商，让戚家负责皇家茶叶、绸缎的采办。

就在凌盏要命人宣旨昭告天下之时，太后出现了。

太后道："不行！历朝历代，哪有皇妃出宫的道理？"

半路突然杀出个程咬金，戚悦大好的心情被破坏殆尽："可是……"

"皇上不懂祖宗规矩也是情有可原。"

戚悦从来不知道太后竟然那么能言善辩，她才刚说了两个字，太后就已经把历朝历代的祖宗规矩都拿出来讲一通。哪有这样过河拆桥的？

凌盏朝戚悦看了一眼,示意她先下去,这边由他搞定。

戚悦看了看一脸为难的凌盏,又看了一眼板着脸的太后,最后迈着小步,离开了御书房。

直到戚悦的背影消失不见,太后这才恨铁不成钢地说道:"皇儿,你既然舍不得她,为什么不顺水推舟将她留下来?你要知道,若是真把她放出宫去了,这辈子你们可能就再也无法见面了。"

"她不愿被束缚在宫中做笼中鸟,朕自然要给她一片更广阔的天空。再说,君子不能食言而肥。"虽然已经望不到戚悦的背影,但凌盏还是注视着门口。

"那又怎样?好人让你做,坏人我做!"太后激动起来,似思及了陈年往事,目光中隐隐透出泪光,道,"戚悦的父亲是前太傅夏琦,当年离京的时候说得多好听,说自己厌倦了官场,只想告老还乡,做一个俗气的商人,找个僻静的地方娶妻生子,有朝一日会回京报效朝廷的。结果呢?你父皇盼了他一辈子,他都没再踏进过京城。若非关海和你皇叔盯上了戚家的财富,他根本就不会履行诺言把女儿送进宫,这故人心易变啊!"

"母后,算了吧。朕不想强人所难。"凌盏苦笑道。

太后这才缓和了激动的情绪,深呼了一口气,道:"你还是再好好想想吧,以免将来后悔,再也找不回她。"

那厢凌盏劝说太后失败,这厢戚悦又被一干人等迎到了宝气宫。一群人热泪盈眶叫她璎妃娘娘的场面,真是让她消受不起啊!

戚悦整天在宫里咬着笔头,思索着歪主意。她若是把这宫里搞得鸡飞狗跳,太后说不定就会睁一只眼闭一只眼,让凌盏放她出宫了。

死猪不怕开水烫,主意一定,戚悦就立马号召众人准备起来。反正,她之前还有一堆余钱放在宫中呢。

半个月后,太后的慈安宫门前支起了一张髹漆桌,响起了锣鼓声,桌上放着满满当当的银票、金银、首饰。璎妃娘娘亲自领着宝气宫的宫人,捧着一块匾额和一副对联,匾额上书:宝气满宫;对联写着:璎妃散财助善道,各宫得惠享誉名。

元宝的嗓门最大,负责吆喝。她掐着腰,道:"走过路过不要错过!璎妃散财,各宫得惠。宫里的主子们,姐妹们,你们觉得在宫中花钱如流水吗?你们觉得月钱太少入不敷出吗?快来我们'宝气满宫'处!即日起,只要你们在宫中做善事,到我这边登记，就能够享受我们家娘娘额外给你们的补贴！"

说到这里，元宝还拍了拍桌子上的银票，俨然一副"我们很有钱"的模样！

外面的动静闹得这么大，太后在宫中自然也听到了。她想着戚悦还能折腾出什么新花样，听到采南姑姑禀告了之后，气笑了，道："行，让她开着，看看她的银子到底能支撑多久。"

太后说完就闭目凝神，想看戚悦的笑话。

没想到戚悦的阵仗闹得越来越大，每日风吹雨打不误出工，巳时摆桌，申时收起。哪怕正对着太后的宫门，每天都有人络绎不绝地来。而且，做了好事还能拿到真金白银，宫人们的积极性就更高，来的人也越来越多了。

如此敲锣打鼓半个月后，太后憋不住了。

慈安宫内，太后扶着额头，对着每日来例行请安的凌盏叹气，道："罢了罢了！让她出宫去吧！哀家老了，受不了这般热闹了！"

凌盏这边得了太后的松口，就立马带上赏赐和圣旨，来到宝气宫。

戚悦收到消息，又看到那些东西，笑逐颜开。结果一看到那些宝物个个都做了记号，她就垮下了脸："这些宝贝是死物呀！只能摆，不能当。"

"当了也无妨，朕不追究。"凌盏笑道。

看戚悦不吭声，他又轻道："留着吧。你爹不是喜欢吗？放着当摆设也好。"

"好。"

凌盏静静地看着戚悦迫不及待地开始收拾行囊，生怕太后后悔。良久，他笑道："皇宫的门，永远为你敞开。宝气宫，永远为你留着。"

戚悦整理行囊的动作慢了一拍，心里有些发酸。这次离宫，怕是再也不会有和凌盏一起筹谋大事的机会了。当然，她也不希望再有那样的机会。

她扬起笑脸道："好，到时候我要是想回来了，你赶我走，我也不会走。"

既然要离宫，善后的事还是要做的。元宝和铜钱自然是要跟着她一起出宫的，而"宝气满宫"肯定也是要传承下去的。临行前，她把桌子搬到了宝气宫的门口，又吩咐工匠们弄一个小屋顶。但凡宫里有人需要接济的，就让玉木姑姑那边负责考评；若是平日里助人为乐，人品好的，那么银子就多给点儿。平日里落井下石的人还想要银子？没门。

戚悦虽然不在宫中，也不担着璎妃的名分了，不过，"散财皇妃"的名号，自此还是流传了开来。不仅宫内人人都知道有一个"散财皇妃"，就连宫外的人，也知道曾有一个"散财皇妃"，有才有貌，还助皇帝平定反贼，乐善好施。凡是遇到难处，只要做一件好事，呼叫一声"散财娘娘"，问题便能迎刃而解。甚至也有戏班子还专门开始演艺"散财皇妃"的故事。

这种乐于助人的风尚，渐渐蔓延至整个国家。

不过这是后话。

享誉盛名的戚悦，得了出宫的圣旨，又领了很多赏赐后，满载辎重，从京城出发，衣锦还乡。

离开自己待了数月、经历颇多的皇城，戚悦想着要展开拳脚大干一场。结果没想到，她才离了皇城，钱就被偷了。

一觉醒来，随从竟然告诉她，满车厢的宝物，一夜之间全消失不见了！

戚悦的瞌睡虫瞬间惊没了，她立马从客栈的床上跳起。跑出去后，她发现别的东西都在，就是临别前凌盏赠送给她的一车宫廷宝物，都不翼而飞了！

这地方姑且也算是皇城脚下吧，这贼不偷金银只偷财宝，还是御赐的宝物，简直是贼胆包天！可见这贼和顾衫一样，是非名贵珍宝而不偷。

只是，他们竟敢在太岁头上动土，当她戚悦是真好欺负的软脚虾吗？

是可忍，孰不可忍！

报官！抓贼！且让她来会会他们吧！

抓——贼——啊！

——本季完——